JULES DELAFOSSE

—

ÉTUDES

ET

PORTRAITS

PARIS

CALMANN LÉVY, ÉDITEUR

ANCIENNE MAISON MICHEL LÉVY FRÈRES

3, RUE AUBER, 3

—

1894

ÉTUDES
ET PORTRAITS

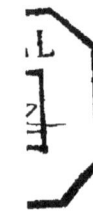

IMPRIMERIE CHAIX, RUE BERGÈRE, 20, PARIS. — 6592-3-94. (Encre Lorilleux.)

JULES DELAFOSSE

ÉTUDES

ET

PORTRAITS

PARIS

CALMANN LÉVY, ÉDITEUR
ANCIENNE MAISON MICHEL LÉVY FRÈRES
3, RUE AUBER, 3

1894

AVANT-PROPOS

Le titre vrai de ce volume serait *Réaction*. Je
n'ai pas voulu l'écrire, parce que le mot prête
aux interprétations équivoques. Il est communément admis que la réaction doit s'entendre de
tout effort fait en vue de ramener l'humanité
à la routine et aux abus du passé. Il y a
cependant, dans le présent, des oppressions
qui ne pèsent pas moins lourdement sur elle,
et c'est réagir aussi que de vouloir l'en affranchir. Ainsi font aujourd'hui tous ceux qui ont
le sens de la justice et l'amour de la vérité.
Ainsi fais-je moi-même, et mon livre, comme
ceux qui l'ont précédé [1], est surtout un témoignage de combat.

1. *Hommes et Choses, A travers la Politique,* chez Dentu.

On trouvera dans la diversité des questions auxquelles il touche une protestation identique et constante contre les doctrines oppressives ou démoralisantes qui prévalent aujourd'hui partout. L'athéisme en philosophie, le positivisme en morale, le jacobinisme en politique, le socialisme en économie, le naturalisme en littérature sont les traits dominants du régime actuel ; ce sont eux qui lui prêtent toute sa physionomie, et l'école révolutionnaire, maîtresse, depuis vingt ans, de nos destinées, prétend nous asservir à ces sophismes comme à la loi même du progrès. Lorsqu'un cabinet nouveau s'installe au pouvoir, il ne manque jamais, dans son discours d'inauguration, de se déclarer partisan d'une politique « progressive », et il lui donne, en même temps, pour formule le maintien des lois les plus restrictives du droit, de la justice et de la liberté. Ni lui ni ceux qui l'applaudissent ne s'aperçoivent qu'en se vouant à la garde de ces servitudes, ils se placent au dernier degré de la civilisation et poussent l'outrecuidance jusqu'à défendre aux autres de monter plus haut qu'eux.

Le progrès, c'est l'émancipation indéfinie de l'esprit humain, jusqu'à la plénitude de la liberté. Il ne supporte aucune servitude, et l'oppression laïque, non plus que l'oppression religieuse, ne trouve grâce devant lui. On le viole aussi bien en m'obligeant à nier qu'en m'obligeant à croire. La certitude de posséder et de répandre le vrai ne confère à personne le droit d'opprimer ceux qui lui résistent. Fût-il certain que la République est un foyer de lumière et un tabernacle de vérité qu'elle devrait, pour répondre à la loi du progrès, se contenter de nous éblouir et renoncer à nous contraindre. Liberté en tout, et liberté pour tous : voilà le mot de la politique progressive et la fin suprême du progrès.

Mais qualifier de doctrine et présenter comme une œuvre de progrès les servitudes diverses que le parti républicain fait peser sur la conscience et l'esprit de notre temps, c'est l'une des aberrations les plus grossières que

l'on puisse commettre, un recul vers la notion
barbare de la morale d'État, et tous ceux qui
s'y rattachent sont plus près du moyen âge
que de la Révolution française. Cependant les
auteurs et les apologistes de cette barbarie nous
traitent couramment de réactionnaires, parce
que tout ce qu'a fait le jacobinisme jusqu'ici
nous paraît vieillot, suranné, stupide, et que
nous entendons faire place nette de cette routine. Dans vingt ans, on ne trouvera plus un
Français qui les comprenne. Leur tyrannie brutale et grossière fera tache dans l'histoire de la
civilisation, et s'il reste quelques prosélytes de
ce passé humiliant, ils seront dans la société
émancipée comme des hibous qui fuient la
lumière et poussent leur hululement solitaire
dans la nuit.

J. D.

ÉTUDES ET PORTRAITS

LES IMMORTELS PRINCIPES

On a connu jadis une race de républicains con-
vaincus, intègres, désintéressés, inflexibles dans
leurs mœurs politiques comme dans leurs doctrines.
Certes, la société n'avait pas plus à se louer d'eux
qu'elle ne se recommande aujourd'hui par les bro-
canteurs qui ont pris leur place. C'étaient d'étroites
et dures cervelles, imbues de sophismes, peuplées
de chimères, systématiquement fermées à la discussion et réfractaires au sens commun; au demeurant, d'insupportables réformateurs, raides,
graves, bornés, lugubres, qui feraient périr un
peuple d'ennui, encore plus vite que d'épuisement.

1

Jamais personne n'a moins compris le libre et riant génie de notre France que ce maussade et tyrannique sectaire que 93 et la Convention léguèrent au xixe siècle, et dont la République, à son aurore, fit son soldat et son apôtre. Mais, au moins, ces républicains, s'ils avaient l'impénétrabilité de la borne, en avaient aussi la rigidité. Ils ne transigeaient pas. Ils croyaient à l'excellence de la république qu'ils enseignaient et pour laquelle ils savaient mourir. Ils étaient aussi farouches dans leur conduite qu'exclusifs dans leur foi; l'apôtre devenait aisément martyr; mais il n'est pas d'exemple qu'il tournât au maquignon. L'absolutisme de leur doctrine se traduisait par une inflexibilité de tenue qu'on ne pouvait s'empêcher d'estimer, tout en la maudissant. Ils pensaient en butors, mais vivaient en braves gens, et parfois finissaient en héros. Barbès fut le type achevé de cette race, et il semble bien aussi qu'il ait été le dernier des républicains. Il est mort sans postérité.

Il n'est pas jusqu'au soldat de l'émeute, créature et disciple de ces pontifes insociables, qui ne participât de leur conduite austère, comme il partageait leur foi. L'ouvrier républicain d'alors était un dangereux fanatique. Il vivait d'utopies, se nourrissait de sophismes, se vouait corps et

âme à d'indigestes réformes, dont il servait la
formule sans en comprendre le sens. Mais la noce
communarde ne hantait point ses rêves. Il partageait sa vie entre la lecture des pamphlets socialistes et l'appel aux barricades. Il descendait dans
la rue de grand cœur, tuait sans remords les soldats de l'ordre, et croyait faire œuvre pie en déli-
vrant le monde d'un tyran. Mais il n'eût jamais
mis au service de sa cause le pillage, l'incendie et
l'assassinat. Ce prolétaire républicain, socialiste,
sectaire, insurgé, mais probe, à sa façon, jusque
dans le crime, a aussi laissé son type dans le bour-
relier Morey, complice de Fieschi, qui se laissa
condamner sans desserrer les lèvres, et guillotiner
sans qu'un pli de sa face trahît la moindre émotion.

Les républicains de notre temps sont loin de
compte avec ces intraitables ancêtres. Des soldats,
je ne veux rien dire. Ils ont eu, depuis quinze ans,
de tels exemples qu'ils sont vraiment excusables
de ne plus connaître d'autre morale politique que
la loi de leurs appétits. Quant aux chefs, ce ne sont
plus des apôtres ni des martyrs, ce sont de simples
industriels qui travaillent dans la république, comme
d'autres se mettent dans les affaires. Ils l'ont choi-
sie, non comme doctrine gouvernementale, mais
comme carrière. Carrière fructueuse, d'ailleurs, qui

fait les fortunes rapides et les grands hommes à la minute. On n'y fait point de stage ; le grimaud de la veille y devient, en un tour de main, l'oracle du lendemain.

Ils se disent républicains, parce que la république est l'enseigne obligée de leur boutique. Ils couvrent de ce pavillon leur commerce, parce qu'il leur faut une raison sociale pour s'imposer et vivre. Mais de république réelle, concrète, doctrinale, positive, il n'en est pas question. Ils se soucient des principes et des traditions de leur parti tout juste autant que de leurs premières dents. Leur république est une baraque vide dont on ne voit que les tréteaux. Sur ces tréteaux parade, avec l'autorisation de M. le maire, hélas ! le personnel breveté des représentations républicaines, et jamais turlupins de foire ne se sont montrés plus riches de boniments et de grimaces.

La république, avant l'avènement des républicains au pouvoir, constituait un corps de doctrines dont les lignes principales pouvaient se résumer ainsi :

Liberté des cultes ;

Liberté de conscience ;

Liberté d'enseignement ;

Liberté de réunion et d'association ;

Liberté de la presse;

Accès de tous les citoyens aux charges publiques;

Égalité de tous les citoyens devant la loi;

Juridiction de droit commun pour tous les crimes et délits;

Liberté! Égalité! Fraternité!

C'était un beau programme. Mais on n'a pas laissé de remarquer que ce sont les sociétés les plus véreuses qui font aussi les plus beaux prospectus. Lorsque les meneurs de ces louches entreprises ont, à force de promesses alléchantes et de visions dolosives, soutiré l'argent des souscripteurs naïfs, on fait faillite et la farce est jouée. C'est exactement ce qui est advenu du programme républicain.

Prenez une à une ces revendications augustes, ces libertés sacrées, et mettez-les en regard de la réalité : vous aurez le plus bel effet d'ironie qui se puisse voir. La liberté des cultes se traduit par l'oppression de l'Église; la liberté de conscience par le réveil des guerres de religion; la liberté d'enseignement par l'athéisme obligatoire; la liberté d'association par l'expulsion des congrégations; l'égalité d'aptitude aux fonctions publiques par l'obligation du certificat de civisme; l'égalité de tous devant la loi par la persécution des uns et l'immunité des autres; le droit commun judiciaire par le tribunal des conflits, le déclinatoire d'incompétence et la Haute Cour de justice. Il nous reste, à vrai dire, la liberté de la presse. Mais ce n'est pas leur faute si elle est encore sauve. Ce sont, en grande majorité, les conservateurs qui l'ont sauvée du guet-apens que les républicains orthodoxes avaient tramé contre elle.

Il est toujours amusant de rappeler ces malheureux à leur ancien apostolat, bien que cela ne serve à rien : ils se sont fait un front qui ne craint plus les huées. Mais leur façon de répondre aux conservateurs qui les accusent est vraiment édifiante. — Ils vous sied bien, disent-ils, de vous plaindre ! Et la Saint-Barthélemy ? Et les dragonnades ? Et la Bastille ? Et les cours prévôtales ? Et les commissions mixtes ? — Il y en a même qui ajoutent, tant ils ont besoin d'aïeux : — Et Laffémas ? Et Laubardemont ? Et Barbe-Bleue !... — Ils ne sentent pas que cette assimilation de leur conduite aux violences, aux iniquités, aux crimes du passé est précisément ce qui les condamne. Car si la république n'est là que pour ajouter ses propres vices aux plus sombres pages de notre histoire, sans pouvoir reproduire ni un seul avantage, ni une seule vertu, ni un seul des titres d'honneur des monarchies tombées, elle n'est plus même un plagiat des régimes auxquels elle suc-

cède ; elle est seulement une ignominieuse caricature qui ne mérite que le mépris égal des monarchistes et des républicains.

On a cité souvent ce mot, qu'on attribuait, à
tort, je crois, à Louis Veuillot : — Nous vous de-
mandons la liberté, parce que c'est votre principe,
et nous vous la refusons, parce que c'est le nôtre.
— Et l'on trouvait cet aveu cynique. — Ce n'était
point du cynisme, mais seulement la constatation,
sous une forme saisissante, des différences de pratique et de principe qui distinguent la république
de la monarchie. Vous avez enseigné que la monarchie, sous toutes les formes, n'était qu'un régime
d'oppression, et que la république serait le règne
de la liberté. Non seulement vous avez professé
cette doctrine hasardeuse, mais vous avez réussi à
la faire triompher. Les générations nouvelles sont
allées avec vous de l'autorité monarchique à la
liberté républicaine, et c'est en son nom que vous
avez occupé le pouvoir. Eh bien! nous prétendons
que ce programme vous oblige, et que vous nous
devez toute la liberté que vous aviez promise.
Nous ne vous reconnaissons pas le droit de venir
confesser, après l'épreuve, que votre programme
était chimérique, et que les nécessités du gouvernement ou de la défense vous forcent à renier tout ce

que vous aviez proclamé et à réhabiliter tout ce
que vous aviez flétri. La seule raison d'être de la
république, c'est la nouveauté de son programme
et la sincérité de ceux qui l'appliquent. Elle perd
tout droit à la vie le jour où elle fait faillite à ses
promesses, et les républicains qui se piquent de
faire figure au pouvoir, en plagiant misérablement
l'autorité monarchique, passent simplement pour
des histrions.

C'est à cet édifiant spectacle que nous assistons
tous les jours. Et peut-être est-il bon qu'il en soit
ainsi. Le violent dégoût qu'il inspire et répand est
une leçon qui durera. La vieille légende républicaine, où flamboyaient les mots de liberté, de droit,
de justice, d'honneur, de vertu, et dont l'appel généreux fouettait le sang des jeunes générations à
travers les âges, ne pouvait être tuée que par les
républicains. Ils s'y emploient, Dieu merci! cons-
ciencieusement. Il suffira d'écrire cette histoire
avec leur propre plume pour préserver l'avenir de
toute contagion. Le souvenir de la farce ignominieuse qu'ils achèvent pèsera d'un poids si lourd
sur leur mémoire que la légende ne reparaîtra plus.

23 avril 1889.

LES ROIS S'EN VONT!...

Il y a matière à philosopher longuement dans la révolution qui vient de s'accomplir au Brésil. En France, on a pris l'aventure par son côté plaisant, et l'on s'est extasié sur la prestesse avec laquelle le tour a été joué! Que nous sommes loin des tumultueuses et sanglantes révolutions d'autrefois! Ici pas de bruit, pas de trouble, pas de lutte, pas d'effusion de sang. On proclame la république à Rio-de-Janeiro avec la même tranquillité que si l'on annonçait un changement dans le spectacle du jour. Personne ne s'y oppose, et personne ne s'en émeut. On fait poliment savoir à l'empereur, qui académisait à quinze lieues de là, qu'il a cessé de plaire : on lui offre

1.

même, paraît-il, une douzaine de millions pour le dédommager du dérangement qu'on lui cause, et on l'embarque pour l'Europe, en s'excusant de la liberté grande. En vérité, ces républicains du Brésil font galamment les choses, et méritent les compliments qui leur sont venus de notre dilettantisme.

Mais je doute que les souverains d'Europe, s'ils sont capables de réfléchir sur leur propre fortune, aient pris aussi gaiement l'aventure. Cette révolution, si lestement accomplie et si facilement acceptée, est pour eux un avertissement autrement sinistre que le *memento mori* des trappistes. On a beau se dire que le Brésil est trop loin pour que ses agitations aient leur contre-coup chez nous, que les royautés européennes, tirées de la chair même des peuples sur lesquels elles règnent, et consacrées par les siècles, n'ont pas la fragilité de ces empires exotiques, artificiels et fondés d'hier, ce sont là de pauvres raisons qui ne font illusion à personne. Les peuples sont les mêmes partout, et partout ils obéissent aux mêmes lois. La foi monarchique est morte, et devant les jeunes générations éprises de nouveautés, nos souverains d'Europe jouent le rôle ingrat des vieillards en amour. Ils sont le passé, et l'on se tourne, d'instinct, vers l'avenir.

Regardez autour de nous ! L'Allemagne, toute

puissante qu'elle apparaisse dans son appareil militaire, n'est, en réalité, qu'un anachronisme. Tout est archaïque, factice, éphémère dans son économie présente. Le socialisme la ronge, et l'aventure la menace. L'empire est à la merci d'une guerre malheureuse. Qu'il perde une bataille, il s'effondrera sous le choc, et quatre ou cinq républiques grouilleront sur ses ruines.

En Italie, il n'y a de royalisme qu'en Piémont. Partout ailleurs, c'est l'esprit particulariste ou républicain qui anime la population italienne. La royauté paraît populaire, parce qu'elle est l'instrument servile des passions nationales et des ambitions extravagantes qui affolent en ce moment l'Italie. Mais tout cela n'est qu'une enflure que le moindre insuccès dégonflera, et le trône ne résisterait pas à l'épreuve.

En Espagne, règne une femme admirable qui a réalisé ce miracle de conquérir, elle étrangère, l'âme du peuple espagnol. On l'aime, on la respecte, on l'acclame. Elle continue, dans la mêlée des partis, l'œuvre de relèvement et de réparation qu'avait inaugurée le roi Alphonse XII. Il faut se souvenir de l'abîme de ruine et de honte où l'Espagne avait roulé lorsque Don Carlos soulevait les provinces du Nord, que la Commune occupait Carthagène, que la *mano negra* ravageait l'Andalousie, que toute vie était suspendue, pour savoir ce que ces quinze années de monarchie représentent de bienfaits. Cependant, la révolution la guette, et il suffit de l'ambition démesurée d'un Lopez Dominguez ou d'un Cassola pour la replonger dans les horreurs d'où elle est si brillamment sortie.

En Autriche, l'empereur François-Joseph est vénéré de tous ses sujets. Mais ce culte universel ne s'adresse qu'à lui seul. Lorsqu'il aura disparu, il est à prévoir que les conflits de race, chaque jour plus nombreux et plus ardents, qui divisent son empire, se résoudront par une dislocation. Allemands, Hongrois, Tchèques, Slaves, Roumains, Croates se grouperont, suivant leurs affinités, en principautés indépendantes, ou peut-être en républiques fédératives.

En Angleterre, le loyalisme dynastique se défend mieux, parce que le génie propre du peuple anglais est inaccessible à la griserie des mots et à la piperie des formules. Là, la verroterie révolutionnaire n'éblouit personne. Sa longue pratique de la liberté, son respect inné et orgueilleux de la tradition mettent naturellement l'Anglais en garde contre les innovations hasardeuses. Il fait de la politique comme il fait le commerce. Avant d'adopter une opinion, il regarde ce qu'il y a dessous, et son infaillible bon sens lui révèle que sous la révolution il n'y a que des bêtises. Cependant ses vieilles institutions craquent et s'émiettent; la Chambre des lords se dépopularise à vue d'œil, et devra bientôt disparaître; le suffrage universel arrive à grands pas et les idées de Bradlaugh font des adeptes. Il y aura bientôt si peu de différence entre la république, telle qu'il peut la concevoir, et sa monarchie, et le pas lui paraîtra si court qu'il pourra bien le franchir.

La Russie seule paraît pour longtemps encore à l'abri de ces accidents. Ses peuples ont conservé pour le czar, pontife et roi, le culte mystique des vieux âges, et leur âme restera longtemps encore impénétrable à la propagande insidieuse et dissolvante qui a miné partout ailleurs l'affection et la foi.

Cette évolution démocratique des peuples, qui a pour terme fatal la république universelle, paraît être une loi de l'esprit humain. L'effort des hommes peut l'interrompre ou la précipiter; il ne peut la faire dévier ou la conduire vers d'autres fins. La démocratie est instinctivement niveleuse. L'esprit qui l'anime procède des moins nobles aspirations de l'âme humaine. C'est l'impatience ou l'ennui de toute supériorité, l'envie, la rancune jalouse du passé, la manie égalitaire qui est la revanche des deshérités, le goût irréfléchi de l'innovation et tous les sophismes et toutes les chimères qui l'entretiennent. Joignez-y l'intrigue des politiciens, des déclassés, des bacheliers, comme on dit au Brésil, des brouillons et des chercheurs de places, et vous comprendrez l'irrésistible poussée des sociétés démocratiques vers la révolution indéfinie.

Il convient d'y joindre l'influence souveraine de l'exemple, et l'exemple vient de chez nous. Certes on doit aux républicains de notre temps la justice de reconnaître qu'ils s'abstiennent de toute propagande au dehors. Les temps sont passés où, dans les banquets démocratiques et dans les journaux, on jetait l'anathème aux trônes, en appelant les peuples à l'émancipation révolutionnaire. Les républicains les plus intempérants font aujourd'hui grâce aux gouvernements étrangers de ces invocations sinistres, et c'est peut-être en France que l'éviction de dom Pedro a été accueillie avec le plus de décence et de discrétion. Mais cette réserve de nos républicains n'a rien ôté à la puissance expansive de la république et à son rayonnement.

M. de Bismarck faisait preuve d'une diplomatie singulièrement bornée et d'une sagesse bien courte lorsqu'il recommandait à son ambassadeur de France, dans les dépêches fameuses révélées par le procès d'Arnim, de favoriser le maintien de la République parce que la république, disait-il, nous vouait à l'isolement. Oui, la république nous isolait peut-être du concert des puissances et permettait à sa haine toujours en éveil de nouer toutes sortes d'alliances contre nous ; mais il ne prenait pas garde que la république pouvait conquérir l'Allemagne à son tour. *Græcia capta ferum victorem cepit...* Les Allemands sont faits de la même argile que nous, et ils sont moins que nous disposés à s'accommoder longtemps d'une viande aussi creuse que la gloire militaire, surtout depuis qu'elle est devenue le prix de l'outillage et non plus de l'héroïsme. Il n'avait pas prévu que la France, en dépit de la république, se relèverait et reparaîtrait, aux yeux des nations, grande, prospère, puissante, admirée, d'autant plus belle qu'il l'avait plus humiliée, et que la république aurait tout l'honneur et tout le profit de son relèvement.

Il n'avait pas prévu que l'Exposition universelle mettrait le monde en extase devant nous, et cette extase des peuples est une soustraction terrible au prestige des rois. Si l'on me disait que c'est l'Exposition française qui a déterminé la révolution du Brésil, je n'y ferais pas d'objection. Depuis les grandes guerres de la république et de l'Empire,

l'Exposition est le plus puissant appel qu'on ait
jamais adressé à la révolution. Tous les milliers
d'étrangers qui sont accourus la visiter s'en sont
retournés éblouis, troublés, déjà républicains ou tout
prêts à le devenir. Ils n'ont pas aperçu ce que cet
éblouissant décor masquait de misères ; ils n'ont pas
réfléchi que les seules choses qui méritent d'être
admirées chez nous sont l'œuvre du génie français
et que la république n'a point de part dans la
production de ces merveilles ; ils ont jugé de la
France par son enseigne, et c'est l'enseigne qui
leur a fait l'âme républicaine !

Je constate ces fatalités sans parti pris. Je ne suis
républicain ni par principe ni par réflexion. Je tiens
la république pour un système de gouvernement
inférieur, dans sa théorie comme dans sa pratique,
et je déplore que la démocratie contemporaine n'ait
pas assez de clairvoyance et de vigueur dans l'esprit
pour se garder du sophisme républicain. La république est ainsi faite que ses vices constituent sa
propre essence et qu'elle ne pourrait les perdre sans
cesser d'être. Ces vices, c'est son instabilité constitutionnelle, c'est le renouvellement périodique de ses
pouvoirs, c'est cette mobilité incessante qui, sous
couleur de satisfaire aux exigences changeantes de
l'opinion, n'est, en réalité, qu'une prime offerte à

l'intrigue électorale, au charlatanisme et à l'agitation.

Il y a pour les sociétés, comme pour les individus, un avantage immense à placer leurs destinées sous la garde d'une force qui ne change jamais, qui assure à l'existence nationale ce double bienfait sans lequel la vie des peuples n'est qu'une série d'accidents : la stabilité dans les institutions et la continuité dans l'action. C'est là précisément la fonction monarchique par excellence. Elle répond et suffit à tout. Il n'est pas une liberté, pas un progrès, pas un droit qui ne soit compatible avec elle, et sans elle il n'est rien qui demeure et qui dure. La place qu'elle occupe, le rôle qu'elle remplit, le respect qui l'entoure sont une défense commune et permanente contre l'un des pires fléaux qui puissent éprouver un peuple : je veux dire la brigue des politiciens. Lorsqu'elle a disparu, la politique n'est plus qu'un champ livré à l'aventure, à l'accident, aux sophismes, aux chimères, aux appétits, et Dieu sait ce qu'il en résulte !

Malheureusement, cette politique comparative a plus de valeur que de succès. On ne l'enseigne plus guère et on la goûte encore moins. La mode est aux nouveautés. Ne voit-on pas, dans les provinces les plus reculées et jusqu'ici les plus originales,

l'habitant rejeter le costume traditionnel des
aïeux, aux formes pittoresques, aux couleurs écla-
tantes, pour endosser le paletot uniforme et coiffer le
chapeau noir? Il est plus laid ainsi, lourd, emprunté,
banal, sans physionomie et sans tournure. Mais il est
l'égal des plus huppés de sa commune, et cette vani-
teuse jouissance lui fait oublier ce qu'il perd en
aisance et en grâce. Il semble que le costume national
soit la livrée du passé, et il a hâte d'afficher son
affranchissement.

C'est ainsi que nous dépouillons peu à peu l'esprit
et les mœurs des vieilles générations pour nous
conformer à la loi brutale du progrès. Nous sen-
tons vieillir nos croyances à mesure que les temps
s'écoulent.

Tempora mutantur, et nos mutamur in illis.

Les institutions qui ont été pendant une série de
siècles l'honneur et la sauvegarde des peuples
deviennent caduques et tombent en poussière, non
parce qu'elles valent moins que l'empirisme qui
leur succède, mais parce qu'on n'a plus au cœur
l'affection et la foi qui les nourrissent. Et c'est pour
cela que les trônes s'effondrent et que les rois s'en
vont. Ce que gagneront les peuples à les remplacer

par des bacheliers, comme au Brésil, par des avocats, des journalistes ou des médecins, comme chez
nous, je l'ignore. Mais l'expérience est fatale et elle
s'achèvera partout. Peut-être, après tout, faut-il que
les monarchies aient disparu de la surface de la terre
pour que les sociétés commencent à reconnaître
l'utilité et la grandeur de leur fonction.

26 novembre 1889.

LES FRANCHISES MUNICIPALES

Vous souvient-il de vous être échauffé jadis pour la conquête des « franchises municipales » ? C'était au temps déjà lointain de l'Empire, alors que le pays, crevant de santé et las d'une sécurité trop monotone, commençait à s'éprendre des balivernes variées que M. Thiers appelait « les libertés nécessaires ». M. Haussmann, à lui tout seul, transfigurait Paris, sans rendre compte à personne de l'œuvre qu'il accomplissait. L'œuvre, à vrai dire, était bonne et magistralement dirigée : peu d'hommes en ce siècle auront laissé derrière eux une gloire plus solide, fondée sur un pareil labeur. Mais Paris enrichi et paré par cette main puissante, comblé d'espace,

d'air pur et de soleil, regimbait contre les bienfaits qui lui venaient d'un maître. Cette autocratie
insolente, qui ne prenait conseil que d'elle-même,
exaspérait ses aspirations nouvelles. Il voulait être
le dispensateur de ses propres jouissances et, comme
premier terme de son émancipation, il réclamait le
droit d'élire son Conseil municipal.

C'est le châtiment des républicains devenus les
maîtres du pouvoir de se voir contraints d'appliquer
les sottises qu'ils traitaient en principes, du temps
qu'ils n'étaient encore qu'une opposition irréfléchie
et tapageuse, sans crédit et sans espoir. Ils seraient
plus à l'aise au gouvernement, s'ils avaient été
moins téméraires dans l'opposition. Mais si légers
de scrupules qu'ils nous apparaissent, leur passé les
oblige, et au premier rang de ces servitudes de
parti se trouve la religion de Paris. Paris était jadis
leur forteresse, la ville d'élection, le temple de
toutes les vertus civiques, le foyer rayonnant de
l'idée, le cerveau de la France, et quelques-uns ne
laissaient pas d'ajouter : le cerveau du monde. La
réaction pouvait occuper le reste ; mais le reste
n'était que routine, ignorance et frivolité. On ne
régnait qu'à Paris, et ceux qui possédaient Paris
pouvaient se vanter d'être les prophètes élus de la
patrie.

Ce fut notamment une des plus lyriques turlu-
taines de Victor Hugo de célébrer en strophes
échevelées la Ville-Lumière, de prêter à Paris son
propre cerveau, et d'enseigner au peuple qu'à Paris
était réservé l'honneur de purger la terre de toutes
les tyrannies, parce qu'il était l'autel universel d'où
venait toute lumière et toute vérité. Et les écorni-
fleurs politiques traduisaient en prose électorale
cette apocalyse parisienne. Car tous rêvaient d'être
conseillers municipaux, députés et ministres, et il
leur fallait conquérir la faveur populaire pour donner vent à leurs ambitions. Ce que Paris a fait éclore
de ces dentistes est incalculable. Quiconque était
candidat à quelque chose se croyait obligé de traiter
l'électeur parisien en demi-dieu, et cette flagornerie
durerait encore si l'idole saturée d'encens n'avait
eu, un beau matin, la fantaisie inattendue de se
jeter dans les bras de Boulanger.

Ah ! l'on déchanta le lendemain, et ce fut un
spectacle franchement comique que de voir avec
quelle désinvolture les journaux orthodoxes rattra-
paient leurs dithyrambes. Cette population d'élite
passait du coup à l'état d'écume, et on lui signifiait
durement que les temps étaient loin où Paris pouvait se flatter de faire la loi partout. On rajeunis-
sait les anathèmes des prophètes bibliques contre

Israël vendu aux faux dieux, et la Ville-Lumière ne fut plus qu'une ville de camelote et de camelots.

Je n'aurais que peu de chose à redire à ce jugement, s'il était l'expression d'une justice impartiale et réfléchie, et non pas seulement un cri de dépit. Rien n'est, en somme, plus immérité et plus absurde que la longue adulation dont Paris a bénéficié, jusqu'à son *pronunciamiento* boulangiste. Rien n'est plus choquant que le sophisme si longuement entretenu par les politiciens, qui consistait à faire de Paris la ville d'élection de l'esprit humain, et du peuple de Paris le premier peuple du monde. S'il y avait une échelle pour mesurer l'esprit et le caractère d'un peuple, la population parisienne, prise dans sa collectivité, y occuperait le dernier échelon. Ce qui est vrai, c'est que Paris est un centre intellectuel, un centre rayonnant comme le furent autrefois Athènes et Rome. Mais ce n'est pas à sa population qu'il faut faire hommage de cette gloire. Elle en serait plutôt l'étouffoir, si l'esprit pouvait être étouffé.

Il y a quelques centaines d'hommes d'élite, de génies divers qui constituent, en se rapprochant, et alimentent mutuellement ce foyer lumineux qui fait que Paris s'élève et brille comme un phare au-dessus des sociétés. Ils sont venus de tous les points de la

France : Paris est le creuset magique où leur esprit
a pris sa forme définitive et sa splendeur. Leur action
rayonne sur les deux millions d'hommes qui les
entourent, mais elle ne les pénètre pas. Il n'est pas
d'ignorant ou d'imbécile que le voisinage d'un
homme de génie ait guéri de son ignorance et de
son imbécillité. Paris est la Ville-Lumière, si l'on
tient à cette appellation : seulement cette lumière
n'a jamais éclairé d'une lueur particulière l'esprit
de sa population.

A parler net, le Parisien, dans son ensemble, est
le bipède le plus absurde qu'il y ait en France. Sa
bêtise n'est pas simple, elle est superposée. Elle se
complique de toutes les incongruités· politiques,
philosophiques, scientifiques et banales qui hantent
les esprits mal équilibrés. Le cerveau du Parisien
est ouvert à toutes les folies ; il n'est pas d'idée
fausse qui ne trouve à s'y accrocher et n'y fructifie.
Il n'a pas l'ignorance simple et naïve de l'homme
de la campagne ; il a le faux savoir, il a le sophisme,
il a la présomption, il a la vanité des gens qui prétendent enseigner ce qu'ils n'ont jamais appris.

Paris est l'exutoire de la province. Pour un homme
d'esprit solide et de valeur réelle qui vient y prendre
sa place, il y entre des milliers d'esprits insuffisants,
brouillons, difformes, extravagants, incapables de

s'accommoder de la vie étroite et simple de leur foyer, plus incapables encore de réaliser les vagues ambitions qui les agitent. Tout cela pullule et grouille dans la grande cité, et c'est ainsi que le frottement continu de ces ignorances fanfaronnes, de ces incapacités aigries fait du peuple de Paris un peuple à part, crédule, badaud, superficiel et vain, aussi redoutable dans ses engouements que dans ses colères, au demeurant, le plus sot peuple du monde.

Pour l'apprécier à sa valeur, il suffit de considérer la qualité des représentants qu'il se donne. On pourrait citer, dans sa représentation politique, une demi-douzaine d'hommes de talent qui, abstraction faite des idées qu'ils professent, sont égaux au mandat dont ils sont investis. Les autres sont de simples politiciens qui valent ce que vaut au juste le charlatanisme électoral dont ils procèdent. Rien ne les désigne et rien ne les recommande, ni l'éclat des services ni l'éclat des talents ; ils ne seraient rien du tout s'ils n'étaient députés, et ils ne sont députés que parce qu'ils se sont rapetissés à la mesure de la clientèle qui les élit : le mandat qu'ils détiennent est simplement le prix de leur obséquiosité. Mais ni l'art, ni la science, ni la culture intellectuelle dans ses manifestations diverses, ni aucune des hautes situations qui sont l'honneur et la vie des sociétés n'ont

la moindre part dans la députation parisienne. Le
conseil municipal est bien autre chose encore!
L'élection d'où il sort a l'air d'un concours de tro-
glodytes; ce sont, en général, les cerveaux les plus
déprimés qui remportent le prix.

J'ai conservé dans ma bibliothèque, comme un
vivant témoin du passé, un Almanach national de
1870, et je m'amuse à le feuilleter quelquefois pour
mesurer l'inclinaison de la pente où roule la démocratie et le progrès de sa descente fatale vers l'anarchie et la bestialité. Il y avait un Conseil municipal
à Paris, sous l'Empire; mais ce Conseil, c'est le
gouvernement qui le nommait! C'était un effroyable
abus d'autorité, au regard de ceux qui ne connaissent,
en politique, que la logique pure et les principes
abstraits. Il est de règle absolue, depuis 1789, qu'il
n'y a de représentation légitime que celle qui est
consentie et déférée par le corps électoral, et le
Conseil municipal de l'Empire constituait une fla-
grante usurpation. Mais croyez que l'Empire avait
ses raisons! Il considérait que Paris n'était pas une
commune ordinaire, mais la commune des communes, la capitale, le centre des pouvoirs publics;
qu'il jouissait, à ce titre, d'avantages variés assez
rares pour que l'État restât juste en exigeant de
lui certaines garanties particulières d'ordre, de

décence et de sécurité. C'est pourquoi il lui donnait un Conseil municipal à son goût.

Le Conseil se composait de soixante membres, et ces membres, quoique nommés par l'État, étaient autre chose que des commis. J'ai sous les yeux la liste de 1870. C'est vraiment une élite, non pas seulement par la valeur individuelle des hommes, mais par l'association des aptitudes variées qui devaient pourvoir ensemble à l'administration de Paris. On n'y trouve pas un politicien, pas un avocat, pas un journaliste ; mais des savants, des artistes, des ingénieurs, surtout des hommes d'affaires, grands industriels ou commerçants, dont la plupart ont été élus par leurs pairs juges au Tribunal de commerce ; des hygiénistes comme Tardieu, des artistes comme Robert-Fleury, des savants comme Dumas, et aussi quelques ouvriers, de ceux qui travaillent, non de ceux qui pérorent, choisis dans le Conseil des prud'hommes. Tout cela constituait ensemble un Conseil d'élite, tel qu'il le fallait à Paris, mais que Paris était incapable de se donner.

Voulez-vous faire une étude comparative du plus haut intérêt? Mettez en regard le Conseil d'hier et le Conseil d'aujourd'hui : puis faites la différence! D'un côté, l'art, la science, l'industrie, le commerce, l'expérience, le crédit, la richesse acquise par le travail, en un mot, tout ce qui fait l'honneur des hommes et la splendeur des villes; de l'autre, une macédoine révolutionnaire, qui n'a de place nulle part dans la société parisienne et dont l'idéal politique et social, s'il devait se réaliser jamais, équivaudrait à une nouvelle invasion des barbares. Cependant, ce Conseil extravagant est le droit, et l'autre n'est que l'abus!

Que faut-il en conclure? C'est que lorsque les sociétés sont incapables de se conduire toutes seules, il est juste et bon qu'on leur impose une forte et bienfaisante tutelle qui administre en leur place et pour leur plus grand bien. C'est ainsi que l'entendait l'Empire, et s'il avait tort contre les principes, on doit convenir que la pratique lui donnait victorieusement raison. Le cerveau du Parisien est encombré de trop de préjugés et de sophismes pour que le bons sens trouve jamais à s'y loger. La brigue électorale, avec ses adulations, ses flagorneries et ses chimères, lui a fait une âme extravagante et révoltée qui vagabonde à travers l'impossible et prend ses aspirations les plus folles pour la loi même de sa destinée. Sa conscience électorale a chaviré sous le choc de ces sottises, et voilà pourquoi le Conseil municipal qu'il se donne est tout le contraire de ce qu'il devrait être.

Paris est le théâtre du monde. On y vient de toutes parts pour voir et pour être vu.

Spectatum veniunt, veniunt spectentur ut ipsœ.

Il a lui-même le goût de la représentation. Il va d'instinct à tout ce qui brille et ses plus grandes jouissances lui viennent de ses yeux. Il ne passe pas un chien coiffé sur les boulevards qui ne traîne après lui des centaines de badauds. Un grand mariage le retient en foule sur les trottoirs, et il fait la haie sur le passage de M. Carnot. Il vit essentiellement du luxe des autres; mais il en jouit aussi. S'il était capable de se faire une politique conforme à ses intérêts et à ses goûts, Paris serait la plus aristocratique des villes, comme il en est la plus brillante. Tous ses efforts tendraient à parer la scène et à lui donner une administration vraiment digne du décor. Mais Paris ne saura jamais se donner un Conseil municipal qui l'honore. A l'artiste, au savant, au lettré, au protecteur éclairé de sa ville, il préférera toujours un prosélyte quelconque de ces sectes incompréhensibles qui se partagent sa clientèle, un broussiste, un allemaniste, un guesdiste, un marxiste, un blanquiste, un possibiliste, un autonomiste, tous gens dont il ne connaît pas plus la personne qu'il n'en comprend la

2.

doctrine, mais qui flattent ses curiosités mauvaises et ses appétits de désordre, parfois même un bohème de la révolution démocratique et sociale, sans feu ni lieu, qui proteste, à sa façon, contre la propriété, en couchant sous les ponts.

C'est la volonté du nombre, et le nombre est notre loi. Mais la loi du nombre nous fait descendre en spirale aux plus bas-fonds de la démagogie, et la menace de cette barbarie prochaine incline les meilleurs esprits, ceux-là mêmes qui furent les adeptes les plus fervents et les plus sincères du suffrage universel, à chercher des garanties contre ses fatalités. C'est une question sur laquelle il faudra souvent revenir. En ce qui concerne le Conseil municipal de Paris, on ne trouvera jamais mieux que l'expédient de l'Empire. Qu'on le supprime!

15 avril 1890.

LA POLITIQUE INCOHÉRENTE

L'art, on le sait, a ses incohérents; la politique aussi; mais ils ne se ressemblent pas. Les premiers sont, en général, des humoristes qui bouleversent à plaisir les rapports ordinaires des formes ou des idées et font jaillir le rire de rapprochements inattendus. Ils s'amusent eux-mêmes de ces jeux inoffensifs, et réussissent parfois à divertir les autres. Les incohérents de la politique sont de simples bafouilleurs. Ils ne savent, d'ordinaire, ni ce qu'ils disent, ni ce qu'ils font. Ils sont comiques et ne s'en doutent pas. Ils parlent gravement de choses que personne n'entend, tantôt isolément et tantôt tous ensemble, se répandent en considération incongrues et en vaines

palabres, sans méthode dans la discussion, sans suite
dans les idées, ou bourdonnent à leur banc, pendant qu'un malheureux se démanche à la tribune au
milieu du bruit; puis s'irritent, trépignent d'impatience, glapissent, hululent, font claquer leurs pu-
pitres et poussent des cris d'animaux. C'est le spectacle qu'a donné la Chambre pendant les douze ou
quatorze séances où l'on a discuté la réforme de
l'impôt foncier.

Il vient des gens nous voir, et cette curiosité, si
peu flatteuse qu'elle soit dans ses effets, me semble
cependant précieuse. J'ai toujours regretté qu'on ne
pût donner au pays la peinture exacte de sa représentation et des mœurs parlementaires. Le *Journal
officiel* le trompe indignement. Il prend au sérieux
les discours qui s'étalent tout au long de ses colonnes; il se délecte de cette musique et ne se doute
pas de l'accompagnement. Les autres journaux,
Dieu merci, nous traitent avec moins de révérence,
et ne déguisent pas toujours l'idée qu'on doit avoir
des clowneries du Palais-Bourbon. Mais ce sont des
instruments de parti qui rejettent tantôt à droite et
tantôt à gauche les responsabilités qui appartiennent
à tous. Il n'est rien qui vaille deux heures de spectacle pris sur le vif, du haut des tribunes, principalement les jours où l'on dispute de l'impôt, C'est là

que le parlementarisme apparaît et s'épanouit dans toute sa beauté!

Le parlementarisme doit s'entendre de l'omnipotence de la Chambre et de l'abominable confusion qui en résulte. Dans les pays où les pouvoirs sont exactement séparés et leurs attributions rigoureusement définies, le gouvernement parlementaire peut être considéré comme le régime du droit, de la raison et de la vérité. Il a ses imperfections, comme toutes les institutions humaines; mais, en somme, entre tous les systèmes qu'on a essayés ou que l'on peut concevoir, il est celui qui sied le mieux à un peuple en âge de se conduire et qui veut rester maître de ses destinées. Mais dans une démocratie nivelée et niveleuse comme la nôtre, où la représentation nationale est tout, peut tout et fait tout, le gouvernement parlementaire tourne au parlementarisme et le parlementarisme est proprement une pétaudière.

Imaginez qu'on arrête les six cents premiers passants qui auront traversé le pont de la Concorde entre une heure et deux de l'après-midi, qu'on les réunisse dans le Palais-Bourbon et qu'on leur dise:

— Vous êtes souverains, et il n'y a ni pouvoirs, ni traditions, ni lois qui soient au-dessus de votre fantaisie. Le code, c'est vous; l'administration, c'est vous; le gouvernement, c'est vous; la république,

c'est vous. Maintenant, faites à votre guise ! Vous
disposez de la guerre, de la marine, des finances, du
commerce, de l'instruction publique et même de la
diplomatie. Libre à vous d'expérimenter votre génie
sur tout cela et d'y introduire les modifications qu'il
vous plaira. Quoi que vous fassiez, vous serez
obéis, parce que vous êtes la loi vivante, et qu'aucune volonté ne peut prévaloir contre votre volonté !
— Il est infiniment probable que les six cents passants du pont de la Concorde s'écrieraient d'une
seule voix : — Mais c'est de la démence ! Nous ne
sommes ni soldats, ni marins, ni financiers, ni économistes, ni professeurs, ni diplomates. Rien ne
nous a préparés au rôle que vous nous signifiez. Les
connaissances spéciales que tel ou tel d'entre nous
peut avoir sur certaine question manquent à la
collectivité ; et si nous avions la témérité de réformer des institutions ou des lois que nous n'avons
pas même appris à connaître, nous ne ferions que
des sottises. A d'autres !... — Et ils se retire-
raient.

Se retireraient-ils ? Et tiendraient-ils vraiment le
langage que je leur prête ? Je n'oserais l'affirmer. La
manie la plus commune en France est précisément
de raisonner sur la politique et de vouloir réformer
l'État de fond en comble. Il n'est guère de pauvre

diable qui n'ait l'orgueil intime d'être un politique
incompris, à qui ne manquent que le théâtre et
l'occasion pour révolutionner le monde. Et, de fait,
les exemples que nous avons sous les yeux, depuis
vingt ans, sont faits pour ne décourager personne.
Mais il n'en est pas moins vrai que le recrutement
d'une Chambre comme celle que je viens de dire
serait une pure folie, et que l'on redouterait tout de
ses improvisations. La Chambre des députés n'est
pas autrement recrutée, et l'élection d'où elle tire
ses pouvoirs n'offre pas plus de garantie que le hasard d'un tirage au sort.

Un député est un personnage considérable, lorsqu'on regarde à ce qu'il peut ; le malheur est que
son pouvoir ne soit pas proportionné à ce qu'il vaut.
Il pourrait être, en son privé, brouillon, chimérique,
ignorant, superficiel, absurde et même stupide, sans
qu'il en coûtât rien à personne ; ses vices de caractère ou d'esprit ne pourraient nuire qu'à lui. Un
caprice du suffrage universel le fait député. Cette
investiture n'a pas le don de le transfigurer. Elle ne
lui donne pas les qualités qui lui manquent, pas plus
qu'elle ne lui retire les défauts qui le déparent. Et
cependant ce législateur improvisé devra donner son
avis ou, tout au moins, émettre un vote sur des
questions auxquelles il n'a jamais réfléchi. Mettez

qu'au lieu d'être un politicien de parti, ignorant et superficiel, il soit homme d'étude et de bon sens, il n'en sera pas moins inégal à la plupart des tâches qui lui incombent, parce qu'il n'est aucun homme au monde, vécût-il un siècle dans les assemblées, qui possède une compétence universelle.

C'est là cependant le régime auquel la France est soumise, et c'est là tout le parlementarisme. Et l'on voit se reproduire incessamment, du bout d'une législature à l'autre, le spectacle que nous avons eu sous les yeux, durant la dernière quinzaine, de gens qui ont l'air de jouer aux propos interrompus, discutent l'assiette de l'impôt foncier de la même façon qu'ils joueraient aux quilles, expectorent des discours que personne n'écoute sur des articles que personne n'entend, roulent dans la farine le ministre des finances et la commission du budget, et leur donnent du pied où vous savez, afin que nul n'ignore que tout cela n'est que comédie. La presse républicaine s'est montrée sévère pour tous ces divertissements. — Il ne faudrait pas, a-t-elle dit en substance, beaucoup de séances comme celles-là pour dégoûter le pays de la Chambre nouvelle, et Dieu sait quelle réaction ferait suite à ses mépris ! — Le reproche est juste et la crainte est fondée. Ce sont des spectacles comme ceux-là qui ont fait la faveur du boulangisme ; s'ils se reproduisent après une semblable épreuve, c'est qu'on ne guérit pas le vice dont ils procèdent avec des reproches. La bonne volonté des hommes n'y suffirait pas. Le mal est dans l'institution : c'est donc à l'institution qu'il faudrait s'en prendre.

L'Empire, dont on peut s'inspirer utilement, même quand on l'injurie, avait su prendre d'efficaces précautions contre les vices et les dangers du parlementarisme. Non seulement, il avait réduit à trois cents membres environ le chiffre des députés, afin de faire la part moins large aux bavardages inutiles ; mais comme il savait que les connaissances et les aptitudes des hommes sont nécessairement bornées, si bien qu'on les choisisse, il avait refusé le droit d'initiative au Corps législatif. C'est lui qui proposait les lois ; le conseil d'État les élaborait ; la Chambre n'exerçait sur elles qu'un droit d'examen avant de les voter. Le véritable législateur sous l'Empire fut le conseil d'État, et jamais, en vérité, corps d'État ne fut plus propre à fabriquer des lois. Le conseil d'État de l'Empire fut le plus admirable foyer de législation qui se soit jamais vu. On peut oublier les noms des hommes qui le composaient ; on ne méconnaîtra jamais la qualité de l'œuvre qu'ils ont laissée. Les lois que nous faisons, nous

3

autres, sont si mal ébauchées, si gauches dans
leur texte, si flottantes dans leur sens que les tribunaux ne peuvent les interpréter. Les lois de l'Empire, forgées par le conseil d'État, sont d'un métal
si plein et si pur que l'équivoque ne peut y mordre.

Il est aisé de comprendre la supériorité de cette
méthode sur la méthode parlementaire. A la Chambre, les députés font des lois sur toutes les matières,
alors que les trois quarts, au moins, de ceux qui
les font ne savent pas le premier mot des questions
sur lesquelles ils légifèrent. Au conseil d'État d'autrefois, les projets de loi étaient renvoyés d'abord
à la section compétente, composée de juriscon-
sultes et d'administrateurs choisis à cet effet. Là,
chacun d'eux était, pour ainsi dire, passé au laminoir d'une discussion technique et savante, puis
soumis, au conseil tout entier, et l'on conçoit
qu'après une semblable préparation il pût affron-
ter la discussion du Corps législatif. C'est à cette
pratique législative, qui s'appliquait aux décrets
comme aux lois, que l'Empire, dont la politique
générale fut, par d'autres côtés, si malheureuse, doit
d'avoir laissé le souvenir d'une administration incomparable.

On ne peut raisonnablement demander à la république de s'approprier les institutions impériales.

Elles ne sont point faites à sa taille et le déguisement ne lui vaudrait rien. Mais on peut lui conseiller de reviser assez intelligemment les siennes pour donner un peu moins de prise aux pommes cuites. L'histoire d'hier n'est pas si loin qu'elle n'ait dû lais-́ser quelques leçons encore cuisantes dans les consciences républicaines. C'est de ce parlementarisme avili, incohérent et détraqué que sortit la révolte enragée qui s'appelait le boulangisme. Comment on l'appellera demain, je l'ignore. Mais je sais bien que les mêmes causes produisent éternellement les mêmes effets, et qu'il suffit du moindre incident pour donner un mot d'ordre à l'indignation populaire et un chef qui la personnifie. Or, les réactions césariennes ne finissent pas toutes à Jersey.

22 juillet 1890.

LES FONCTIONNAIRES

J'ai eu l'honneur, il y a quinze jours, d'être nommé conseiller général. Le lendemain de l'élection, la préfecture, suivant une tradition dont il sied de la remercier, me fit remettre l'annuaire du département. J'avais, jusque-là, négligé ce recueil. Il me suffisait de connaître les services publics du Calvados et les fonctionnaires qui les remplissent par l'âpreté de la guerre qu'ils nous font. J'ai raconté déjà ce système de tracasseries, de persécutions, d'iniquités ou de dénis de justice qui sont le pain quotidien des malheureux asservis à leurs caprices. J'y reviendrai peut-être une autre fois, car ce petit martyrologe s'enrichit tous les jours de quelque exploit

nouveau. Eh! que voulez-vous que fassent les fonctionnaires de la république, si ce n'est de tracasser
les gens, puisque leurs fonctions ne les occupent
pas?

J'ai feuilleté l'annuaire, et c'est merveille de voir
comment et combien la France est administrée.
Ce recueil est un microcosme. Le tableau qu'il
présente de l'organisation administrative dans notre
département se reproduit rigoureusement dans tous
les autres. La Cour d'appel et l'Académie de Caen
augmentent, dans des proportions assez légères,
d'ailleurs, le personnel de la justice et de l'instruction
publique. A part cela, c'est la même division et
la même hiérarchie partout. Il n'est pas un chef-lieu
de canton, d'arrondissement ou de département où
l'on ne retrouve également la même répartition des
fonctions, sous les mêmes rubriques. Napoléon avait
imaginé ce prodigieux mécanisme, dont il était
l'unique régulateur. Les gouvernements successifs y
ont ajouté quelques cases; la république les a mul-
tipliées, afin de récompenser ses clients faméliques.
C'est sa sportule à elle, et si abondante qu'elle l'ait
faite, elle ne parvient pas à satisfaire les appétits
qu'elle a déchaînés.

Ce réseau de services publics subdivisés à l'infini
qui s'étend de Paris à nos derniers villages, en mul-

tipliant ses mailles, est vraiment formidable, et l'on
ne peut s'étonner que la vie d'un peuple étouffe
sous cette étreinte. Il n'est pas une fonction sociale
qui ne se heurte à la tyrannie oppressive et paraly-
sante de la fonction publique. La fonction se substitue partout à l'activité de la commune ou de
l'individu; le fonctionnaire, transformé par le régime
actuel en agent politique, emploie la part d'autorité
qu'il détient à tyranniser le pauvre monde. Il n'est
jamais entré dans la tête d'un fonctionnaire qu'il
n'est et ne doit être que le serviteur des autres.
Chacun d'eux est pénétré de cette idée, d'ailleurs
endémique en France, que l'État règne souveraine-
ment sur tout et sur tous, et comme il est lui-
même, si chétif qu'il soit, partie intégrante de
l'État, il prend l'air et l'allure d'un roi nègre devant
ses administrés. Le public habitué à tous les escla-
vages, supporte l'insolence de ces nouveaux maîtres
avec la même résignation que le bon plaisir des
seigneurs d'autrefois. Il a changé de livrée sans
changer de servitude, et c'est pitié de voir comment
un galopin de vingt ans éconduit ou rabroue les
gens qu'il devrait servir.

Cette tyrannie est fort onéreuse, et c'est encore là
le moindre de ses vices. L'administration générale
de l'État coûte annuellement cinq cents millions de

plus qu'elle ne coûtait sous l'Empire. C'est apparemment ce qui fait dire aux imbéciles que la république est un gouvernement à bon marché! Notez que cette augmentation monstrueuse ne vise que les services purement civils. Ni la marine ni la guerre n'y sont comprises. Ces deux ministères ont également obtenu d'énormes accroissements de crédits, mais il n'y a pas à s'en plaindre : c'est une nécessité de défense et peut-être de salut. Ces cinq cents millions de dépenses civiles proviennent de créations de services, d'emplois nouveaux et d'augmentations de traitements. Il y a eu de ce chef, principalement dans les administrations centrales, de monstrueuses dilapidations. Non seulement on a créé des ministères nouveaux, et, pour fortifier et consolider ces créations, accumulé autour d'elles, comme autant de contreforts, les directions, les divisions et les bureaux, mais les vieux ministères ont cédé de même à la contagion et multiplié leurs services. Tout sénateur et tout député ministériel traîne après lui une bande de clients électoraux et de fruits secs de famille dont on paie les services ou la parenté en grugeant le budget. On a élargi les cadres pour leur donner des places, et tout cela mange au ratelier de l'État. Coût : cinq cents millions!

Cependant, lorsque l'opposition réclame des éco-

nomies, on lui répond que c'est impossible, parce
que le budget est incompressible. Il est incompressible assurément, si l'on entend conserver ce luxe
de fonctions nouvelles et le personnel qui les remplit. Mais on ne fera croire à personne qu'il soit plus
difficile d'administrer la France qu'il y a vingt ans,
pas plus qu'on n'oserait dire qu'il faut à la république deux ou trois employés pour faire ce qui
était la besogne d'un seul autrefois. La vérité, c'est
qu'on paie tous ces gens-là pour ne rien faire, et
qu'on n'ose troubler leur opime paresse, parce qu'on
révolterait, en y touchant, toutes les influences électorales et parlementaires, et qu'aucun ministère ne
survivrait une heure à ce coup d'État. Là pourtant est la réforme indispensable. Entrez dans une
administration quelconque, et tâchez d'évaluer le
travail accompli : vous trouverez que la besogne
d'une journée représente rarement deux heures d'as-
siduité. En obligeant le fonctionnaire à huit heures
de travail réel, vous pourriez en supprimer trois
sur quatre. Et si, d'autre part, on appliquait la même
réforme aux fonctions, en simplifiant les services et
en réduisant l'énorme paperasserie qui les encombre,
l'État se trouverait déchargé de la plus onéreuse et
de la plus lourde de ses servitudes.

On y trouverait, d'abord, une forte économie d'argent, et une économie beaucoup plus précieuse encore, une économie d'hommes. La bureaucratie dévore plus d'existences humaines qu'une guerre permanente, et la perte qui en résulte pour la société est incalculable. L'homme qui entre à vingt ans dans une fonction publique est une force à jamais perdue, par conséquent, une existence détruite. Sa jeunesse, son activité, sa puissance créatrice, ses facultés physiques et morales sont, à l'heure même, frappées d'une paralysie professionnelle qui les rend à jamais stériles. Il passe à l'état de parasite, vivant de la substance des autres et ne produisant jamais. Le cul-de-jatte qui ramasse le fumier sur les routes, le goitreux qui fait pousser un chou, apportent au moins quelque chose au fonds social. Leur œuvre est misérable, mais elle est utile. Le fonctionnaire n'apporte rien. Il consomme et ne produit pas. Après trente ou quarante années de cette existence de champignon, la société, dont il a vécu, lui assure une pension de retraite pour qu'il l'achève de la même façon. La mort qui l'efface du Grand-Livre n'est pas même un accident. Au fond, c'était un bois mort à vingt ans, qui n'a porté ni feuilles ni fruits.

— Mais il faut bien des fonctionnaires, après tout! — Sans doute; il n'y aurait ni État, ni so-

3.

ciété sans cela. Toute nation étant un organisme, il faut des rouages qui en assurent le fonctionnement, et ces rouages, cè sont les fonctions. Seulement, s'il faut des fonctions, il en faut le moins possible. Il faut qu'elles soient assez rares pour ne pas appauvrir la sève et la force expansive d'un peuple, et assez effacées pour n'être pas l'unique aspiration de sa jeunesse. Il y a trois ou quatre fois plus de fonctionnaires en France qu'en Angleterre, dix fois plus qu'aux États-Unis. La différence ne se résout pas seulement par une économie d'appointements. Les conséquences sociales qui en résultent ont une bien autre portée. En France, les jeunes gens ne visent qu'à la fonction, et leur existence est faite, réglée, achevée dès qu'ils l'ont obtenue. En Angleterre, comme aux États-Unis, ils préfèrent les chances de l'initiative individuelle, du travail libre, de l'entreprise hasardeuse, mais presque toujours féconde, à l'assurance de cette plate médiocrité. Allez donc proposer à un Yankee qui sort du collège une place de commis expéditionnaire, de percepteur ou de receveur de l'enregistrement : vous verrez avec quel superbe mépris il accueillera votre proposition! S'il a des muscles, de la tête et du cœur, c'est pour violenter la fortune et non pour se dessécher dans un bureau. Cette différence de goûts dans la jeunesse de l'une et de l'autre nation se traduit par la différence de leur destinée. L'une est en pleine activité et déborde sur le monde, tandis que l'autre se ratatine et s'éteint.

On ne dira jamais assez aux pouvoirs publics que la cause première de l'appauvrissement de notre pays n'est pas la dépopulation, dont on s'inquiète, à bon droit d'ailleurs, mais l'abus des fonctions. Ce vice d'État est devenu une maladie sociale. Elle absorbe et dévore les jeunes générations et retire au travail ses éléments fécondateurs. Interrogez les enfants de nos lycées sur les carrières auxquelles ils se destinent, et huit sur dix vous répondront qu'ils aspirent à un emploi public. Leurs parents ne leur ont pas soufflé d'ambition plus hardie. Ils sont sans horizon, comme ils sont sans essor. Ils ont vu que tout le monde est fonctionnaire en France; comme leurs devanciers et leurs voisins, ils cherchent à saisir une place vide dans ce casier. Et ce n'est pas seulement dans la jeunesse de nos écoles que sévit ce fléau; il est aujourd'hui partout. Le service militaire obligatoire, et cette ingénieuse machine à faire des déclassés, qu'on appelle le certificat d'aptitude, l'ont développé dans des proportions formidables. Il n'est point de lauréat de l'école primaire qui ne demande une place à la Ville; il n'est pas de sous-officier qui consente à rentrer dans son village. Il faut à tous des places. On serait moins prompt peut-être à les distribuer, si l'on réfléchissait que chaque emploi qu'on donne équivaut à la perte d'un homme pour la société.

Il y a quelques années, j'ai eu l'honneur de porter ces réflexions à la tribune de la Chambre, et, bien qu'il y ait une sorte d'impertinence à se citer soi-même, on me pardonnera, je pense de les reproduire. Car il faut souvent répéter les mêmes choses, pour obliger les gens à s'en préoccuper. — « (1) Il est certain, disais-je, que la puissance commerciale et industrielle de la France dépérit, que la concurrence étrangère l'étouffe, qu'elle commence à l'évincer des marchés que nous avions l'habitude d'approvisionner, et qu'elle est menacée d'être bientôt réduite à l'isolement, c'est-à-dire à la stérilité. Pourquoi? Parce que les forces expansives de la France, l'activité, l'énergie, l'esprit d'initiative, le désir de faire fortune, le combat pour la vie, en un mot, sont paralysées et détruites par un des pires fléaux qui puissent affliger un peuple : l'intervention de l'État, la tutelle absorbante de l'État, la providence d'État, le parasitisme d'État.

(1) Séance du 21 décembre 1885.

» A l'heure qu'il est, les familles françaises ne se contentent plus de réclamer l'intervention de l'État dans leurs propres affaires ; elles demandent à l'État de les nourrir ! Elles élèvent leurs enfants uniquement pour en faire, non des travailleurs, mais des fonctionnaires.

» Il y a des milliers et des milliers de jeunes gens qui sont voués, dès la vingtième année, à cette paralysie volontaire qu'on appelle la vie de bureau. Ils pourraient être d'admirables instruments de richesse sociale, en appliquant au travail leur énergie, leur activité, leurs facultés toutes neuves et l'ambitieuse ferveur de la jeunesse. Eh bien ! ils seront employés, fonctionnaires, bureaucrates, mais producteurs, jamais !

» Et c'est ainsi que la France est en train de devenir une autre Chine, en pleine Europe. Oui, Messieurs, une Chine, c'est-à-dire une vieille nation, immobile et figée dans sa routine, assujettie à toutes sortes de mandarinats, dédaignant le travail, bientôt peut-être dédaignant les armes, uniquement avide d'emplois publics, et satisfaite d'être nourrie et payée pour ne rien faire. »

J'invitais donc le gouvernement et la Chambre qui me faisait l'honneur de m'écouter avec une certaine faveur, à opérer une réforme radicale dans les fonctions administratives, c'est-à-dire à rendre aux carrières privées les deux tiers de ces jeunes gens qui pillent simplement le budget, et j'en tirais cette conséquence :

» Ah ! je ne m'inquiète pas de leur avenir. Un vieux poète a dit que la nécessité est la mère de l'industrie. Ils deviendront industrieux par nécessité. Ils s'ingénieront, ils travailleront, et toute production qui sortira de leur esprit ou de leurs mains enrichira d'autant le patrimoine national.

» Ceux qui ne pourront trouver de travail dans la mère-patrie iront travailler à l'étranger. Ils feront ce que font les émigrants anglais et allemands : ils s'établiront, ils noueront des relations commerciales avec la métropole, et, alors, au lieu d'avoir des colonies militaires que vous ne pouvez peupler que de fonctionnaires et de soldats, vous aurez par eux des colonies marchandes qui ne coûteront à la France ni un homme, ni un écu. »

Tout le monde après la séance, me dit : « Comme vous avez raison ! » Cependant, il y a présentement quelques milliers de fonctionnaires de plus, tant dans la métropole que dans les colonies. C'est à cela que servent communément les articles et les discours !

19 août 1890.

MAL D'ÉTAT

— Vous avez raison ! m'ont dit quelques républicains d'esprit libre et de jugement sain. Le *fonctionnarisme* dévore la France, et, si on ne réussit à la guérir de cette maladie, elle est fatalement condamnée à mourir d'épuisement. Mais ce mal n'est lui-même que la conséquence immédiate d'un autre vice, de l'absurdité de son enseignement. L'État est la proie des fonctions, parce qu'il n'élève que des fonctionnaires.

— L'observation est juste. Ces deux vices d'État sont connexes, et il faudrait guérir l'un pour supprimer l'autre.

Il est peu de questions dont on se soit plus oc-

cupé, en ces derniers temps, que de la réforme de
l'enseignement. Les hommes qui se sont dévoués à
cette tâche sont des esprits d'élite, et leurs lumières
n'ont d'égal que leur dévouement. Cependant, tout
ce qu'ils ont entrepris ou publié n'a pu aboutir
encore à aucun résultat pratique. Ils modifient les
programmes sans parvenir à changer les résultats.
Les générations qui grandissent dans nos écoles et
dans nos lycées n'en retirent que des diplômes et
des brevets : ce sont des aspirants aux fonctions
publiques. Ils ont tout ce qu'il faut pour rendre à
l'État ce qu'ils ont tiré de lui. Mais il leur manque
aussi tout ce qu'il faudrait pour employer leur activité en des entreprises libres et fécondes et tirer
d'eux seuls l'aliment de leur fortune. Ils seront
donc magistrats, professeurs, fonctionnaires de tout
ordre et de toute catégorie. Mais ils ne seront ni
industriels, ni commerçants, ni agriculteurs, ni
colons. Ils vivront de l'État et ne-le feront pas
vivre.

D'où vient cela? De l'absurde uniformité de l'enseignement public et de l'abrutissante complexité
des programmes qui le remplissent. Il y a autant de
diversité entre les enfants d'une école ou d'un lycée
qu'entre les plantes d'un jardin. Le jardinier qui
voudrait ramener ces plantes au même type ne

réussirait qu'à les rendre stériles ou à les détruire.
C'est cette barbarie, pourtant, qui est la loi même de
notre enseignement. Chaque enfant a ses goûts, ses
aptitudes, ses affinités, son génie, et c'est cet ensemble de tendances qui, si elles sont comprises et
intelligemment cultivées, constituera plus tard sa
vocation. La méthode universitaire ne tient aucun
compte de ces différences. Elle n'admet pas qu'un
enfant puisse se distinguer d'un autre. Ce n'est
pour elle qu'une matière homogène qu'elle coule
dans le même moule, et elle tient que sa tâche est
accomplie lorsqu'ils en sortent à l'état de bacheliers.
Or, le propre du bachelier, dans la condition où
l'Université le fabrique, est d'être aspirant à tout
et propre à rien.

Il est un aphorisme qui court partout et qu'on
accueille sans examen : c'est que l'instruction
mène à tout. C'est vrai, mais encore faut-il savoir
l'entendre. L'instruction mène à la fortune, à la
puissance, à la gloire, et c'est cette éblouissante parure qui a fait sa renommée bienfaisante auprès des
pauvres gens. Mais elle mène aussi aux déceptions,
au déclassement et à la misère. Elle mène surtout à
la médiocrité, non point à cette médiocrité précieuse comme l'or, que chantait Horace, à mi-che-
min de l'opulence et de la pauvreté, plus douce que

l'une et moins dure que l'autre, mais à cette condition sociale, pitoyable entre toutes, qui cache sous
le vêtement du riche les privations du pauvre, et
qu'on appelle la misère en habit noir. C'est celle
de tous les malheureux que l'instruction a trahis.
Elle leur a donné un diplôme et leur refuse le
pain !

Eh bien ! le grand vice de notre enseignement
est de mener indistinctement et du même pas,
les jeunes générations qui lui sont confiées, à
ces destinées hasardeuses, sans distinguer jamais
entre ceux qui franchiront l'obstacle et ceux qui
rouleront au fossé. Et ce vice, si gros de conséquences, commence son œuvre dès l'école primaire. J'examinais, il y a quelques jours, les livres
d'un gamin de neuf ans. Ces livres, il faut le reconnaître, sont infiniment supérieurs à ceux de notre
temps. Ils sont mieux faits, mieux compris, mieux
gradués, mieux appropriés à l'intelligence de l'enfant ; mais il y a en a trop. Ce bagage enfantin
constituait une petite bibliothèque. Outre les livres
ordinaires de grammaire, d'histoire, d'arithmétique
et de géographie, il y avait un manuel d'éducation
civique, un traité d'agriculture, une histoire naturelle, un manuel de physique et de chimie, etc...
N'est-ce pas une insanité de soumettre une tête d'en-

fant à un pareil régime ! S'il est intelligent, il court
le risque que cette culture intensive ne provoque des
accidents cérébraux et que sa santé n'y résiste pas ;
s'il est inintelligent ou seulement médiocre, il ne
retiendra pas un mot de ce qu'on lui veut apprendre.
Toutes ces notions indigestes tourbillonneront dans
son cerveau qui les rejettera pêle-mêle, comme il
les a reçues, sans en garder rien.

Jusqu'à douze ans, l'enseignement primaire ne
devrait comprendre que ces notions élémentaires
qui conviennent à tout le monde : le français, l'écri-
ture, l'arithmétique, l'histoire de France et la géographie. Les obligations usuelles de l'existence n'en
comportent pas davantage ; car l'instruction de chacun doit être proportionnée à son état. Il est même
dangereux d'enseigner des choses inutiles, parce
qu'on fait naître ainsi dans le cerveau de celui qui
les reçoit des spéculations, des ambitions et des chimères incompatibles avec une économie bien entendue de la vie, et que toute disproportion dans
l'ordre matériel ou moral est une cause de misère.
Le plus grand service qu'on puisse rendre aux
hommes est de leur enseigner à se contenter de
leur sort, et tout défaut d'équilibre entre l'instruction et les réalités de la vie ne fait que des mécontents.

C'est précisément le contraire qu'on fait dans toutes nos écoles. Les maîtres bourrent impitoyablement les cerveaux enfantins de connaissances indigestes ; leur enseignement est une course au certificat d'aptitude. C'est une gloire pour eux et un titre aux récompenses officielles d'y présenter et d'y faire recevoir le plus grand nombre possible de leurs élèves ; mais c'est un malheur pour la plupart de ceux qui l'obtiennent. Ce diplômé de quatorze ans dédaignera de continuer le métier de son père ; il aura le sot orgueil de préférer l'existence étriquée et besogneuse d'employé citadin à la vie libre, saine et large de la campagne. C'est pour cela qu'il y a neuf cents députés ou sénateurs assiégés par une armée de postulants en mal d'emploi. Des places ! des places ! toujours des places ! Les jeunes filles s'empressent de même à conquérir le brevet de capacité. Elles veulent être institutrices !

On a eu beau multiplier les écoles et remplacer les sœurs par des laïques. Il reste une trentaine de mille à placer de ces malheureuses qui eussent fait de bonnes ménagères, et qu'un faux système d'éducation a condamnées à manquer leur vie.

Dans l'enseignement secondaire, c'est pire encore. De la septième à la philosophie, on gave uniformément quatre-vingts ou cent mille enfants des mêmes matières, sans y changer une lettre. Puis lorsqu'ils sont engraissés, je veux dire lorsqu'ils possèdent leur diplôme de bachelier, on les lâche sur la place, en quête d'une carrière. Comme le propre de l'enseignement qu'ils ont reçu est précisément de ne les avoir préparés à rien, ils se retournent d'instinct vers l'État qui les a nourris et lui demandent de continuer. En d'autres termes, ils lui demandent une place. Et voilà comment la France, qui fut une nation active et féconde entre toutes, conquérante et civilisatrice, aussi renommée par son esprit d'entreprise que pour l'éclat de son génie, n'est plus guère qu'un peuple de fonctionnaires.

Ces fonctionnaires, abstraction faite du régime qui les emploie, sont, d'ailleurs, une élite dans la nation. Ils sont la fleur de sa jeunesse; ils comprennent, dans leur ensemble, ses dons les plus précieux, et Dieu sait quel contingent de richesse et de puissance ils lui apporteraient s'ils savaient ou s'ils osaient les employer pour leur propre compte plutôt que d'en faire le sacrifice à l'État! Mais au lieu de rechercher dans chacun d'eux ses facultés maîtresses, de les cultiver spécialement, de déterminer par cette culture même, chez l'enfant qui la possède, une vocation certaine et de le façonner de toutes pièces à la car-

rière qu'il doit choisir, on le rebute ou on l'endort
par l'uniformité d'un enseignement aussi contraire
à ses inclinations qu'à ses intérêts, et lorsqu'il sort
de cette longue torture, il a perdu, le plus souvent,
ses aptitudes natives, sans en avoir conquis d'autres.

Joignez aux effets de cette aberration la servitude
qui les consacre. L'État a mis le baccalauréat à
l'entrée de toutes les carrières. C'est la clef qui
ouvre la plupart des fonctions dont il dispose. Il
faut le conquérir pour être déclaré propre à quelque
chose, et, pour le conquérir, il faut précisément
renoncer à toute culture individuelle qui ferait un
homme distinct des autres, c'est-à-dire plus apte
qu'un autre à faire fortune dans une carrière déter-
minée. C'est de cette paralysie officielle, savamment
ordonnée, que souffre et meurt la France. Elle lui
retire tous ses éléments de vie, toutes ses facultés
d'essor ; elle la confine dans le mandarinat, et elle
s'y dessèche.

Je ne sais s'il convient de supprimer le baccalauréat, comme le demandent quelques universitaires éminents, tels que M. Lavisse ; mais je sais
bien qu'on ne devrait pas en faire la fin dernière des
études, et que l'enseignement gagnerait en diversité
comme en force, si la plupart des carrières étaient
affranchies de cette tyrannie. Je ne sais s'il est juste

d'accuser le grec et le latin, comme le fait M. Frary, de l'anémie cérébrale et de l'appauvrissement moral que nous constatons dans la société de notre temps. A vrai dire, je ne le crois pas. Je suis même convaincu qu'on ne trouvera jamais mieux, pour décorer et meubler l'âme humaine, que cette vieille culture qu'on appelait autrefois les humanités. Mais je crois fermement aussi que cette culture ne convient qu'à l'élite, qu'il faut soigneusement choisir ceux à qui l'on doit l'appliquer, et diriger les autres vers d'autres voies. En un mot, l'enseignement devrait être une sélection. L'État en a fait un laminoir sous lequel passent toutes les intelligences indistinctement et qui corrige les jeunes générations de toute originalité par l'aplatissement. Ce serait un immense bienfait que de briser cette odieuse machine et de rendre à la France rajeunie son ancienne vertu. Mais elle est défendue par deux puissances formidables : la routine et l'État, et ce n'est pas, j'imagine, de la république jacobine qu'il faut attendre la délivrance.

26 août 1890.

UNE CONSULTATION

— Qu'est-ce que vous pensez de tout cela?
— Tout cela, c'est ce commerce d'indiscrétions, de révélations, de récriminations, de provocations, de potins variés qui défraie, depuis un mois, la curiosité publique, et c'est aussi l'état social sur lequel poussent ces phénomènes rabiques, comme poussent les plantes malsaines sur un sol empoisonné. Le *Matin* a eu l'ingénieuse idée d'envoyer un reporter auprès de M. J.-J. Weiss, de M. Jules Simon et de M. Zola, pour s'enquérir de ce qu'ils pensaient de tout cela. Ce sont trois esprits dissemblables, originaux et libres, sans parenté d'humeur ou de parti, et dont on ne pouvait attendre une réponse banale. Ils ont

répondu, sans se faire prier, chacun suivant son optique particulière et le cours ordinaire de ses méditations, et il m'a paru qu'il ne s'était produit rien de plus intéressant dans la politique, depuis huit jours, que cette triple consultation.

— C'est la moëlle! a dit Weiss. Nous souffrons d'un appauvrissement cérébral qui nous mène tout doucement au dépérissement de la race. Nous avons moins de sang dans les veines et moins de pulpe dans le cerveau. C'est proprement de l'anémie, et cet état explique les phénomènes dont s'occupe votre curiosité. Si vous observez les marionnettes qui s'agitent sur les tréteaux politiques, vous remarquerez qu'elles s'agitent presque toujours à contresens. Il leur manque à toutes la rectitude dans les desseins et la franchise dans l'action. C'est la moëlle. Notre moëlle est de qualité notablement inférieure à celle de nos devanciers, lesquels étaient, eux-mêmes, fort loin de valoir leurs aïeux.

— Triste! a dit M. Jules Simon. Oui, c'est une question bien triste et bien complexe que vous me posez là, et nous assistons à des spectacles bien malheureux. Voyez-vous, la faute de tout cela, c'est le progrès croissant du matérialisme. J'ai parcouru la Suisse, la Belgique, l'Allemagne et l'Italie; j'ai interrogé les ouvriers partout et j'ai constaté qu'il n'y a

4

plus de patriotisme nulle part. On a renoncé aux
idées généreuses pour chercher uniquement l'argent.
On veut jouir éperdument et tout de suite. Le boulangisme n'a été qu'une manifestation de ce furieux
appétit de jouissance. Et puis, il faut toujours à ce
malheureux peuple une idole. Un homme est populaire, un autre impopulaire sans qu'on sache pourquoi. Voyez, par exemple, M. Jules Ferry ; c'est
un homme de valeur et que j'estime. Eh bien, il est
devenu impopulaire à cause du Tonkin, et non point
à cause de ses lois contre la liberté d'enseignement,
qui sont pourtant un monstrueux attentat. En pré-
sence de tant d'inconséquence et d'aberration, il est
bien difficile de prévoir ce que nous réserve l'avenir.
Mais je me méfie terriblement de l'indifférence des
jeunes gens.

— Pour un déballage, a dit M. Zola, c'est un
fameux déballage ! Je ne m'en réjouis pas. Car, tout
curieux que je sois du document humain, je pense
qu'on ne doit pas tout dire au peuple. En art, c'est
très bien ; mais en politique, cela me paraît dangereux, parce que le peuple n'est pas en état
de tout comprendre. Au reste, tout cela provient
de la médiocrité des politiciens. Nous n'avons eu,
depuis vingt ans, que le règne des médiocres. En
temps de paix, cela m'est égal ; mais en temps

de guerre, je m'accommoderais fort bien d'un dictateur.

Si ce n'est pas là le texte exact des réponses, c'en est du moins la traduction rigoureuse, et personne, j'imagine, ne me taxera d'infidélité. On ne sera pas sans remarquer le trait commun de cette triple consultation, je veux dire le pessimisme qui s'en dégage. Tous trois accusent notre décadence ; ils l'expliquent seulement par une cause différente. Pour Weiss, cette cause est physiologique ; pour M. Jules Simon, elle est d'ordre moral ; pour M. Zola, qui a plus observé que réfléchi et qui n'a, d'ailleurs, ni la culture ni l'horizon des deux autres, elle n'est qu'accidentelle. Mais, à quelque raison qu'on s'arrête, et soit que la France meure d'anémie ou s'abrutisse par les jouissances, soit qu'elle souffre simplement de la médiocrité de ses tuteurs, il est certain qu'elle apparaît misérablement déchue des qualités de tempérament et d'esprit qui firent autrefois sa force, sa gloire et sa grandeur. Est-ce une décadence irréparable ? Et doit-on tenir ce verdict pour définitif ?

Je ne sais si, comme l'affirme Weiss, la moëlle des hommes de notre temps est inférieure à celle des générations qui nous ont précédés. Mais il est certain que les nations vieillissent, comme toutes

choses en ce monde, et que leur activité décroît
avec les années. Nous sommes, après les Chinois,
le plus vieux peuple de la terre, ce qui est un
titre de noblesse, sans doute, mais aussi une cause
d'affaiblissement. Ce phénomène apparaît surtout
sensible, lorsqu'on compare la vitalité bouillon-
nante et féconde des sociétés jeunes, telles que les
États-Unis, avec les mœurs casanières, routinières
et desséchantes qui prédominent chez nous. Il s'en
faut pourtant que la décadence des nations suive
la marche progressive et fatale de la vieillesse chez
les individus. Il y a, sinon des philtres qui rajeu-
nissent, du moins des réactions vivifiantes qui in-
terrompent l'action des âges et rendent aux peuples
qui le méritent la puissance et la fécondité.

La société française, à la fin du siècle dernier,
n'était pas en meilleure posture que la nôtre, lorsqu'elle fut brusquement saisie, fondue et transfi-
gurée par la Révolution et l'Empire. Ce fut un
peuple tout neuf qui sortit du creuset magique
où elle venait de se refondre, et si puissante et
si riche fut cette transfiguration que les générations trempées dans ce cycle héroïque en prolon-
gèrent le mouvement et l'effet au delà d'un demi-
siècle. La décadence dans la trempe des esprits
et la qualité des œuvres s'accuse avec le second

Empire, qui n'en eut pas toute la faute. Ce fut beaucoup moins l'effet de la compression politique qu'il exerça que de l'excès de sécurité et de bien-être auquel il accoutuma la société de son temps. Puis survint la défaite qui nous cassa les reins, et quelque chose de plus funeste encore que la défaite : l'avènement au pouvoir du parti le plus étroit, le plus borné, le plus brutal, le plus anti-pathique au génie clair et riant de notre race, le mieux fait, en un mot, pour dessécher le cœur et décourager l'esprit. Son abominable manie de per-sécution a fatalement entraîné tout le monde dans le tourbillon politique, et cette invasion de la poli-tique, qui a brouillé toutes les familles entre elles, a été la grande cause de la déperdition des forces vives de la nation ; elle reste le principal obstacle à son relèvement. Il faudrait désespérer d'elle à jamais si la France eût subi cette sotte et basse tyrannie sans révolte. Mais la révolte est venue, et cette révolte vengeresse a été précisément le mou-vement boulangiste.

Ceux qui l'insultent n'y entendent rien, ou affec-tent de le méconnaître. Les républicains officiels ne voient dans le boulangisme qu'une bande renou-velée de Catilina, se ruant comme elle à l'assaut de la fortune publique, et ils s'égosillent à l'inju-

4.

rier. Mais que ne regardent-ils aux multitudes qu'il avait soulevées ? Ce n'étaient pas des politiciens en quête de places, ces millions de citoyens de la ville et des champs qui s'insurgeaient ensemble et marchaient de confiance à la délivrance de la patrie. C'étaient les révoltés du patriotisme, du droit, de la liberté, de la justice, de l'honneur, de toutes les nobles causes sacrifiées à l'égoïsme républicain. On peut dire aujourd'hui que leur enthousiasme fut irréfléchi et leur confiance mal placée ; mais on ne peut nier ni la sincérité, ni la noblesse de leur aspiration, et c'est précisément le phénomène qu'il convient de retenir dans cette aventure. Il ne faut pas trop se hâter de proclamer la dé-chéance d'un peuple capable de pareilles révoltes. Ils manquèrent de chef, il est vrai ; mais on leur doit cette justice de reconnaître qu'ils ne man-quaient pas de moëlle.

Il reste, il est vrai, l'objection de M. Jules Simon : « Le matérialisme a refoulé dans l'âme des peuples les aspirations généreuses qu'ils cultivaient autrefois. On ne pense plus à la patrie ; on ne songe qu'à jouir, et la jeunesse ne croit plus à rien. » Tout cela n'est que trop vrai. Mais cette déchéance civique des jeunes générations n'est imputable qu'à ceux qui les ont enseignées. Le régime qu'elles ont sous les yeux est proprement une école de scepticisme et de mépris. Lorsqu'on voit les pontifes d'antan piétiner le culte idéal auquel ils sacrifiaient autrefois, bafouer leur ancienne foi, narguer leurs principes, cabrioler à travers leurs traditions et leurs programmes, comme des clowns de cirque à travers des cerceaux de papier, il ne faut pas trop s'étonner que les gens élevés à leur école s'inspirent de ces exemples et ne suivent, comme eux, que leurs appétits. Joignez à l'effet dissolvant de l'exemple, l'éducation plus démoralisatrice encore que distribue l'État, à tous les degrés de l'enseignement, et vous comprendrez la désespérance de M. Jules Simon.

Il ne faudrait pas moins qu'une refonte intégrale de notre enseignement public, depuis l'école primaire jusqu'aux chaires de nos Facultés, pour rendre aux générations anémiées ou pourrissantes leur foi et leur vertu. On saurait alors ce que vaut, pour l'honneur et le salut de la patrie, « l'ordre moral » si gracieusement raillé par les fortes têtes du jacobinisme, et l'on sauverait, en même temps, la France contemporaine du vice que lui dénonce M. Zola, le règne de la médiocrité. Ce n'est pas de la médiocrité du talent qu'il faut l'entendre. Il y a dans les Chambres d'aujourd'hui beaucoup plus de talents que n'en réunirent les Chambres d'autrefois. Mais

le talent est la moindre vertu des hommes qui ont
charge de peuple : ce qui fait l'homme d'État, c'est
la hauteur du caractère et la grandeur des vues.
Interrogez la politique qui prévaut depuis une
douzaine d'années, et vous n'y trouverez, à l'excep‑
tion de Gambetta, qui rêva la grandeur et ne fit
rien pour la réaliser, ni un nom ni une œuvre qui
mérite qu'on s'en souvienne.

Eh bien ! c'est de cette politique plate et bête,
dont on nous repaît depuis quinze ans jusqu'au
dégoût, que naissent les dictatures. On se lasse,
on s'ennuie, on s'irrite de cette humiliante servitude;
on se prend à la maudire, et le peuple exaspéré
court éperdument derrière le premier panache qui
lui promet de le conduire à la délivrance. C'est une
honte ! disent les républicains orthodoxes. Bon !
Mais qu'est-ce donc que le régime qui inspire une
semblable aversion? La valeur politique et morale
des gouvernements se mesure exactement à l'inten‑
sité des réactions qu'ils produisent, et si rien ne vous
paraît plus misérable que le boulangisme, c'est qu'il
n'y eut jamais rien non plus de pire que le régime
auquel il devait nous arracher. Il se peut que la
conscience nationale soit un peu déchue de son
ancienne vertu. Mais elle n'est ni tellement anémiée,
ni tellement corrompue, qu'elle consente à se laisser

tranquillement et complètement dissoudre dans cet
abîme d'horreurs. C'est à ceux qui l'ont creusé, et
qui sont encore nos maîtres, de travailler à nous
faire d'autres destinées, s'ils veulent épargner à
leur régime des accidents comme celui qui a failli
l'emporter. Il n'y a que les sots qui raillent le tonnerre quand l'orage a passé.

23 septembre 1890.

A ROME

Je n'ai pas demandé à monseigneur Freppel ce qu'il est allé faire à Rome. Mais je connais assez mon éminent collègue pour ne pas me tromper sur les intentions qui l'y conduisent. L'évêque d'Angers n'appartient pas seulement à l'Église militante : il est doué au plus haut point de cet instinct batailleur que les physiologistes appellent la combativité. La nature s'est trompée de siècle en le faisant naître en un temps où les évêques ne portent plus que la crosse et ne doivent enseigner que la paix. C'est un contemporain de Jules II, le pape-soldat, qui prenait les villes d'assaut et passait le premier par la brèche.

Dans les législatures précédentes, il avait can-

tonné son opposition, toujours ardente, dans les
questions qui mettaient en cause l'enseignement, la
religion et l'Église. Il n'y faisait exception que pour
l'expédition du Tonkin, dont il fut le plus fervent
et le plus éloquent apologiste. La politique de parti
ne l'intéressait guère, et nul n'eût pu dire s'il était,
à cette époque, plus royaliste qu'impérialiste ou plus
impérialiste que républicain. Mais c'était, en tout
cas, un défenseur actif, entreprenant et redoutable
de toutes les causes morales que les conservateurs de
tous les partis servent indistinctement ensemble.
Dans la Chambre actuelle, monseigneur Freppel
représente, avec M. de Cazenove de Pradines et
M. de Villebois-Mareuil, le royalisme le plus intran-
sigeant. Il n'admet ni tempéraments ni délai, et les
gens qui lui insinuent qu'une restauration souffrirait
peut-être quelques difficultés s'exposent à de terribles anathèmes. Il lui faut le roi tout de suite ! J'i-
magine que le comte de Paris doit être un peu
ébahi d'inspirer à un évêque de cette humeur une
pareille passion.

On conçoit, dans ces conditions, que les manifestations qui se sont produites dans l'épiscopat l'aient
profondément irrité. Il commença par répondre dans
le journal qu'il inspire au toast retentissant du cardinal Lavigerie, qui avait donné le signal de ce

mouvement. Mais sa réponse n'y fit rien. Plusieurs
évêques, non point de ces prélats assermentés que la
République a promus en ces derniers temps et qui
paient leur place en complaisances ou en flagorneries, mais des évêques de Droite pure, conservateurs
orthodoxes et prêtres irréprochables, avaient publiquement adhéré aux conseils du cardinal. Enfin, le
pape lui-même avait approuvé cette évolution d'une
fraction plus ou moins considérable du parti catholique, et dans une entrevue récente avec M. Piou,
il venait de confirmer explicitement son approbation.

On a beau, comme l'a fait M. d'Haussonville,
distinguer entre l'enseignement et le conseil, il
n'est pas moins certain que le conseil, bien qu'il
n'oblige pas, prend dans la bouche du chef de
l'Église une autorité particulière. Ceux qui raisonnent conserveront, à l'exemple des royalistes de
Nîmes, le privilège du libre examen qui leur appartient sans réserve, dans le domaine politique, et ne
se croiront pas obligés de conformer leur opinion à
l'avis du Souverain-Pontife ; mais ceux qui croient
sans raisonner, et c'est le plus grand nombre, incli-
neront vite à penser que ce n'est pas la peine d'entretenir la guerre implacable quand le chef de l'É-
glise lui-même leur conseille la conciliation. C'est

évidemment parce qu'il a senti toute l'autorité de ce conseil et mesuré sa portée que monseigneur Freppel s'est rendu à Rome. Il essaiera sans doute d'obtenir, à son tour, des déclarations qui atténuent l'effet de l'adhésion précédemment donnée au manifeste du cardinal Lavigerie et de l'entrevue récente du pape avec M. Piou.

Je n'ai pas vu mon collègue et ami M. Piou, depuis son retour de Rome, et j'ignore absolument ce que le pape a pu lui dire. Mais je lui sais un gré infini de n'en avoir pas fait usage pour les besoins de la cause qu'il sert. Je suis un catholique trop respectueux de l'autorité pontificale pour dire que l'avis du pape sur nos querelles de parti ne m'importe guère; mais j'avoue très sincèrement qu'il ne me plaît pas qu'on le lui demande. L'intervention de l'Église dans la politique, si discrète et si mesurée qu'on la veuille, est toujours un péril pour elle et un embarras pour nous. Lorsque le Christ répondait aux questions insidieuses des politiciens de son temps en disant : « Mon royaume n'est pas de ce monde », il enseignait à tous ceux qui portent la parole en son nom, depuis le pape jusqu'au curé de village, le principe du désintéressement temporel qui doit être leur loi. L'Église a le gouvernement des âmes et son ministère est purement spirituel.

5

Chaque fois qu'elle descend dans l'arène politique et se mêle aux discordes des hommes, autrement que pour les apaiser, elle compromet son autorité et manque à sa mission.

J'ajoute que le pape, quel qu'il soit, n'a ni qualité ni titre pour nous dire quel est le gouvernement qui nous convient le mieux en France, parce qu'il est toujours un étranger. Léon XIII est assurément l'une des intelligences les plus hautes et les plus déliées de notre temps. Il lui manque cependant une grâce essentielle à nos yeux : c'est de penser en Français. C'est un Italien qui a l'âme italienne, et l'âme italienne nous jalouse ou nous hait. J'admets sans hésitation qu'il a su s'affranchir des passions misérables qui ont envenimé la politique de l'Italie envers nous. Il n'a jamais parlé de la France qu'en termes d'une noble et généreuse affection, et il y a eu d'autant plus de mérite que la conduite du gouvernement français envers l'Église ne l'y provoquait pas. Seulement, cette affection, qui est celle d'un père spirituel, n'est pas et ne peut être exclusive, et c'est à cette condition pourtant qu'on a l'âme française. L'Allemagne occupe dans sa sollicitude une place égale à la nôtre. C'est à ses instigations et sur ses sommations publiques que le centre catholique du Reichstag votait, il y a quatre ans, l'augmentation

d'effectif qui lui était demandée par M. de Bismarck,
et c'est lui qui entretient à Vienne un des pires courtiers de la Triple Alliance, diplomate intrigant et
gallophobe effréné, le nonce Galimberti. Peut-être
la conception qu'il a des intérêts de l'Église l'oblige-
t-elle à faire ainsi. Il est universel par situation :
mais c'est aussi pour cela qu'il n'est pas nôtre.

L'Église n'a point de parti, et toutes les formes de
gouvernement sont égales devant elle. Elle n'est ni
monarchique ni républicaine; elle tient, suivant l'ancienne formule, que la voix des peuples est la voix
de Dieu, et elle considère que le gouvernement légitime est celui qu'il plaît aux nations de se donner.
C'est la doctrine qu'elle a professée de tout temps et
que le pape Léon XIII a rappelée plusieurs fois dans
de mémorables encycliques. Cette doctrine me semble
juste et bonne, aussi propice à l'autorité de l'Église
qu'à la paix des États, et je serais fâché que le
clergé de France s'en départît. Non point qu'il doive
se désintéresser d'une façon absolue de la politique
qui se fait autour de lui. Non seulement le prêtre
est citoyen comme nous et conserve, en cette qualité, sa part d'intervention dans les destinées de la
patrie commune; mais il est, en outre, le ministre et
le gardien des principes qu'il a l'obligation de défendre. La politique et la religion ne sont pas con-

finées sur des domaines absolument séparés. Elles se touchent par maints endroits, et le malheur veut que les conflits les plus aigus qui nous divisent aient précisément surgi à ces points de rencontre. Le Concordat, par exemple, les lois sur l'enseignement, la loi militaire, la contribution fiscale appliquée aux congrégations, sont autant de questions mixtes dans lesquelles l'Église et l'État sont également engagés. Il est impossible et personne ne saurait raisonnablement exiger que le prêtre reste neutre dans les conflits qu'elles soulèvent, parce que sa neutralité, en pareille matière, pourrait être justement taxée d'apostasie. Il se doit tout entier à la foi qu'il professe, et jamais le combat ne lui apparaît plus impérieux et plus légitime que lorsqu'il est obligé de souffrir pour elle.

Il en est autrement lorsqu'il s'agit de choisir entre la république et la monarchie, et c'est précisément la question qu'on pose au pape et qu'on agite en France. Il appartient au chef de l'Église d'enseigner aux catholiques le respect des institutions et des lois de leur pays, autant qu'elles respectent elles-mêmes les intérêts et les droits de l'Église; mais il ne peut, en vérité, sans excéder sa mission, intervenir personnellement dans nos querelles et se déclarer monarchiste ou républicain. Quelque avantage que dût trouver dans l'intervention papale la politique à laquelle je me suis attaché, je regretterais qu'on y recourût. Et je regretterais autant que les catholiques de France se constituassent en parti politique, désormais indifférent à la question de forme qui se débat entre la république et la monarchie, et voué exclusivement à la défense des intérêts et des principes qui intéressent leur conscience et leur foi. Outre qu'un parti pareil affaiblirait sensiblement la Droite, en laissant de côté un contingent sérieux de conservateurs qui appartiennent à d'autres confessions ou ne professent même aucun culte, il aurait pour effet infaillible de déconcerter et de s'aliéner peut-être des populations qui n'ont jamais admis que l'on confonde la politique et la religion. Le Français est généralement religieux; il n'est pas clérical. Il aime et respecte le prêtre dans l'exercice de son ministère spirituel; il redoute et déteste son intervention dans la politique. Il y a plus d'hommage que d'injustice dans cette prévention; c'est sa façon d'entendre que la religion ne doit travailler que pour le ciel.

Soyons conservateurs avec elle; mais prenons garde de la compromettre en faisant d'elle un instrument de parti. Ses intérêts, ses droits, ses principes, ses revendications sont aussi les nôtres. Nous défendons la liberté de son culte, parce qu'il est le

premier des droits de l'homme, et nous défendons
son enseignement, parce qu'il est, à nos yeux, la
plus haute école de discipline et de morale qui convienne aux peuples. Mais ce qui fait la force de notre
cause, c'est qu'à ces principes s'ajoute la défense
d'intérêts sociaux, moins nobles, sans doute, mais
qui ne sont ni moins pressants, ni moins chers. Une
cause aussi solide et aussi riche doit suffire à son
triomphe, pourvu qu'on n'en brise pas l'unité. *Italia
fara dà se!* Cette fière devise que l'Italie ne prit,
d'ailleurs, que pour la montre, puisqu'elle n'a rien
fait toute seule et que tout lui est venu des autres,
peut être plus justement la nôtre. Les conservateurs
doivent se suffire, et tout fils respectueux de l'Église
qu'ils sont, il leur sied d'oser dire que l'intervention
du pape dans nos affaires serait plus redoutable
qu'utile à leur triomphe.

17 février 1891.

A BERLIN

Pendant que la politique nous laisse un peu tranquilles à l'intérieur, il peut être intéressant de regarder au dehors. Le spectacle n'a rien de déplaisant pour nous. Il s'est produit sur l'échiquier diplomatique des coups extraordinaires qui ont modifié sensiblement l'état de la partie qui s'y joue. Nous avons vu disparaître, en moins d'une année, de maîtresses pièces, M. de Bismarck, M. Tisza et M. Crispi, c'est-à-dire trois chefs de gouvernement qui servaient ensemble une politique commune, celle de la Triple Alliance. Comme il entre beaucoup d'intempérance et d'irréflexion dans nos appréciations, surtout en politique extérieure nous avons salué de vivats un peu précipités la disparition de ces trois ennemis. Il était licite de s'en féliciter, mais c'était aller peut-être trop loin que d'y voir une victoire française.

La politique extérieure des États n'est pas liée au sort des hommes qui la dirigent : elle dépend de leurs rapports, et leurs rapports sont réglés eux-mêmes par leurs passions nationales ou leurs intérêts. Il n'est point d'événement au monde qui puisse allier la France et l'Allemagne. L'antagonisme entre elles est inépuisable aussi longtemps que durera le supplice de l'Alsace-Lorraine. On a dit que certains de nos gouvernants, en ces dernières années, avaient essayé d'un rapprochement avec l'Allemagne, en s'accommodant des faits accomplis. C'est une politique qui peut convenir à des Français d'hier, c'est-à-dire à des gens qui n'ont pas l'hérédité de notre sang et des passions qu'il a charriées à travers les siècles. Elle est contraire au sentiment populaire, à l'honneur national et à l'intérêt bien compris de notre pays. Les peuples, non plus que les hommes, ne vivent pas seulement de pain : ils vivent d'estime, de considération, d'honneur, de fierté, d'orgueil, et leur place dans le monde se mesure à l'opinion qu'on a d'eux. La défaite a diminué la France, elle ne l'a point avilie. Mais il y a quelque chose qui la ferait tomber plus bas que la défaite dans l'estime des autres : c'est la renonciation. Il faut que l'Alsace-Lorraine soit reconquise par la guerre ou qu'elle nous soit rendue par la diplomatie. Jusqu'à ce que cette réparation s'accomplisse, la France ne peut avoir, à l'endroit de l'Allemagne, d'autre politique que celle d'une patiente, mais intraitable revendication. Et voilà pourquoi les changements qui se produisent de l'autre côté du Rhin ne peuvent modifier l'état de nos rapports.

Cependant, il se produit du côté de l'Allemagne certains phénomènes qui pourraient passer pour des avances et qui témoignent, tout au moins, qu'on a le sentiment là-bas qu'il vaut mieux vivre en paix qu'en guerre avec nous. L'empereur Guillaume II nous écrit une lettre de condoléance à l'occasion de la mort de Meissonier, et s'étonne qu'une manifestation aussi extraordinaire n'ait pas eu plus d'éclat. L'impératrice Frédéric vient visiter Paris et se félicite tout haut de l'accueil courtois qu'elle y trouve. Le fait est qu'elle n'a rencontré parmi nous d'autre ennui que la poursuite des reporters qui courent après sa voiture comme des chiens de chasse. Enfin les organisateurs de l'exposition invitent nos artistes à figurer dans ce concours de gloire et à ne pas refuser plus longtemps les cou-

ronnes qui les attendent là-bas. Ce sont là des
phénomènes de surface qui ne peuvent rien changer
à la situation respective des deux nations. Néanmoins, les formes ont leur prix, et lorsque l'on
compare cette courtoisie et ces prévenances à la
provocante brutalité de M. de Bismarck, on ne peut
nier qu'il ne soit survenu un changement appré-
ciable dans l'état de nos rapports, et s'il est vrai
que ce changement ne nous fait pas même espérer
la suprême satisfaction que nous recherchons, il est
permis cependant de s'en féliciter comme d'une
preuve de respect et d'une garantie donnée à la
paix du monde.

Comment la France doit-elle y répondre ? C'est,
en somme, le rôle du vainqueur de se montrer
généreux et de faire oublier sa victoire au vaincu.
Nous sommes, d'ailleurs, assez riches de gloire
militaire pour oublier nous-mêmes notre défaite, si
elle n'eût laissé derrière elle qu'une blessure
d'amour-propre. Aussi bien, la gloire des armes
a-t-elle beaucoup perdu de son prix, depuis qu'on
a usiné la guerre et que les vertus héroïques qui
faisaient autrefois le renom des armées et le prestige
des chefs sont devenues des facteurs inutiles ou
gênants qu'on remplace par la puissance et la mul-
tiplicité des engins de destruction. Bonaparte et

ses trente mille soldats d'Italie ont moissonné plus de gloire que n'en recueilleront jamais les quatre ou cinq millions d'hommes qui combattront, sans se joindre et même sans se voir, dans les batailles de l'avenir ; et je ne sais rien dans la campagne allemande de 1870 qui vaille la merveilleuse victoire de Davout à Auerstædt. Oui, vraiment, l'oubli nous serait facile, si nous n'étions que des vaincus. Mais nous sommes des amputés, et la blessure saigne toujours.

L'arrachement de l'Alsace-Lorraine est l'un des grands crimes de ce siècle, le plus grand peut-être, qu'on ait osé contre la civilisation et l'humanité. Certes, l'histoire est pleine de pareils exemples et la gloire des conquérants n'est faite que de ces violences. Mais la justice varie suivant les temps, et la gloire d'hier peut être le forfait d'aujourd'hui. Il y a des provinces qui ont vingt fois changé de maîtres, sans que les populations qui étaient l'enjeu de la guerre eussent pu dire de quel côté était la patrie. C'est le temps, l'habitude, la vie commune, l'affinité de race et de tempérament, le sang versé ensemble pour les mêmes causes et sous le même drapeau qui ont fixé leur nationalité ; et le jour où elles ont pris conscience de cette nationalité, un droit nouveau leur est né du même coup, le droit à la patrie, qui est une religion aussi auguste et non moins inviolable que l'autre. Il n'est pas plus légitime d'obliger un Français à devenir Allemand que de contraindre un protestant à se faire catholique. Devant la conscience humaine, l'oppression est la même, et le crime est égal. Nous avons eu l'honneur d'introduire dans le monde ce principe souverain, et destiné à devenir la loi des temps nouveaux, que les peuples s'appartiennent et peuvent seuls disposer d'eux-mêmes. Nous l'opposerons implacablement à la conquête allemande, et aussi longtemps que l'Alsace-Lorraine se réclamera de la patrie française, il n'y aura ni paix ni trève entre nous.

C'est ce sentiment de la revanche inéluctable qui rend nos rapports avec l'Allemagne si délicats qu'il est presque impossible de les fixer. Rien, assurément, n'est plus facile que de répondre avec de la courtoisie et de la bonne grâce à leurs prévenances. L'impératrice, mère de l'empereur, vient se promener à Paris. Nous regretterions qu'une maison française organisât une fête en son honneur ; mais nous traiterions de goujat quiconque lui manquerait de respect. Guillaume II, qui est d'humeur voyageuse, viendrait lui-même que nous lui devrions le même accueil. L'idéal serait qu'on fît le silence sur sa visite et qu'aucun reporter ne s'en

aperçût. Mais lorsqu'on nous invite à aller nous-
mêmes à Berlin, la question change de face, et
l'on se demande si la bonne grâce et la courtoisie
des procédés ne nuit pas, en pareil cas, au patriotisme.

C'est une question très controversée, en ce moment,
que de savoir si les artistes doivent répondre à l'in-
vitation qui leur est venue d'Allemagne. Les bonnes
raisons de s'y rendre ne manquent pas, et on nous
les a fait abondamment connaître. C'est la renommée
de l'art français, l'éclatante affirmation de sa supériorité, son triomphe certain sur l'Allemagne, obligée de
reconnaître et de proclamer elle-même notre immortelle et inaliénable primauté. Ce sont là, du moins,
des raisons pour ceux qui ont l'irrépressible appétit
de médailles nouvelles ou de clients nouveaux. Mais
le cœur aussi a « ses raisons que la raison ne comprend pas », et le cœur ne veut pas qu'on aille à
Berlin. Et pour peu qu'on interroge cette défense instinctive, on y peut démêler des arguments qui valent
bien les autres. Vous irez en Allemagne pour y faire
triompher, dans vos œuvres, l'art français et mériter
que l'Allemagne proclame elle-même votre supériorité. Soit : mais les couronnes qui vous attendent
c'est l'Allemagne qui les distribuera. Vous faites de
Berlin, qui n'est encore qu'une immense caserne,

une capitale des arts. Vous lui donnez le rayonnement qui lui manque et sans lequel elle restera sans
gloire. Vous l'illustrez aux dépens de Paris, et tout
ce que vous ajoutez à sa renommée est un vol fait à
la nôtre. Il y a, sur le trône d'Allemagne, un jeune
souverain d'humeur néronienne, toujours sur la
scène, toujours en quête de l'applaudissement universel, et qui rêve tout haut de faire de sa ville la
capitale du monde. Son rêve éperdu embrasse Paris,
Athènes et Rome, et prétend les transplanter ensemble à Berlin. Le génie allemand est, Dieu merci !
ce qu'il y a de plus impropre au monde à la réalisation d'un tel rêve. Mais c'est déjà trop vraiment que
des Français prêtent les mains à qui le tente et s'en
aillent là-bas signer le premier acte de notre
déchéance.

Il convient d'avoir pour l'art et les artistes toute
la déférence qu'ils méritent. On ne peut s'empêcher
néanmoins de trouver qu'ils prennent dans nos
soucis un peu plus de place qu'il ne leur en
appartient. Peintres, sculpteurs, romanciers, poètes
décadents ou symbolistes, littérateurs névropathes,
comédiens et bateleurs de toute catégorie nous
étourdissent du bruit de leurs gestes ou de leurs
prétentions. Il semble que la France ne vive que
par eux et pour eux, et nous nous acheminons

ainsi, sans en avoir conscience, à la condition de
ces Grecs dégénérés, *Græculi*, comme on les appelait à Rome, grammairiens, rhéteurs, poètes, philosophes, qui vivaient en mercenaires de l'art, et
n'avaient pas même gardé le souvenir de la patrie
conquise. Si nous souhaitons à notre pays une
autre destinée, il faut savoir cultiver les vertus
qui la préparent. Or, la vertu qui nous est le plus
nécessaire, à l'heure présente, c'est la force : force
matérielle et force morale, tout doit contribuer au
succès de l'effort décisif que nous avons à faire
pour notre rédemption. Par contre, tout ce qui
peut l'affaiblir ou le dévier est une diminution de
la patrie. Quand on a ce sentiment bien chevillé
dans l'âme, on songe à faire des citoyens qui
soient égaux à la tâche qui leur incombe, et l'on
attend, avec l'inflexible résolution qu'un tel dessein comporte, que nos soldats l'aient accomplie,
avant de songer à les montrer en peinture à
Berlin.

24 février 1891.

L'ORDRE RÉPUBLICAIN

Lorsque le gouvernement de M. Goblet faisait
fusiller à Châteauvillain de pauvres femmes dont
le seul crime était de vouloir prier dans une cha-
pelle libre, ce forfait ne souleva dans les rangs
républicains aucune émotion. Les victimes étaient
cléricales : leur sang ne comptait pas. Il en est
autrement, lorsque la troupe, pour sauver l'ordre
et se défendre elle-même contre l'émeute, tire sur
les ouvriers et couche quelques malheureux sur le
carreau. On s'émeut, alors, on se lamente, on
s'indigne, on s'accuse, on demande d'un ton cour-
roucé des explications sur le terrible « malentendu »
qui a causé cette atrocité. C'est que l'affaire, au

lieu de relever de la justice toute seule, ce dont jamais républicain ne s'est proccupé, peut avoir des conséquences politiques incalculables. L'ouvrier a été jusqu'ici le meilleur client de la république. C'est lui qu'on appelle « le peuple », au détriment du reste de la nation, et tous les trésors de la rhétorique révolutionnaire, qui est très riche en verroterie, ont été répandus devant lui. Le peuple, à vrai dire, commence à s'apercevoir qu'on ne vit pas de métaphores et qu'il n'y eut jamais de régime plus décevant et plus creux que celui-là. Mais les républicains populaciers n'en continuent pas moins leur commerce, et jamais un émeutier ne tombera sous les balles sans qu'ils se croient obligés de déclamer sur sa mort.

Des événements comme celui de Fourmies s'expliquent tout seuls, et il ne serait vraiment pas besoin d'encombrer la tribune d'explications et de déclamations inutiles, s'il n'y avait au fond de tout cela des leçons pour tout le monde. Il en sera de même, toujours et partout, chaque fois qu'on mettra l'émeute et l'armée face à face. Le gouvernement, assez mal servi par ses fonctionnaires civils, n'a pas eu de peine à justifier la conduite de ses soldats. Des bandes d'émeutiers les assaillent à coups de pierres ; les troupes répondent à coups de fusils : c'est la

fatalité de ces rencontres. Les interpellateurs ont
négligé de nous dire ce qu'ils feraient eux-mêmes,
s'ils avaient la charge du gouvernement et la
garde de l'ordre. J'entends bien que leur doctrine
initiale est d'appliquer à l'émeute le mot d'ordre des
économistes : « Laissez faire, laissez passer. » Mais
il y a toujours un point où il devient impossible de
laisser faire. On peut, à la rigueur, laisser aux manifestants socialistes la liberté de vaguer par les rues
et de pousser, sur l'air qu'il leur plaira, le cri de
leurs revendications; mais comme ni les promenades
ni les cris ne changeront rien à leur condition, ils en
viendront, par une pente fatale, à des démonstrations
moins inoffensives. Ils s'en prendront, soit aux pouvoirs publics, qui ne font rien pour eux, soit au patron
qui les exploite, et voudront envahir l'Hôtel de
Ville ou saccager l'usine. A cette limite, que ferait
un gouvernement socialiste révolutionnaire, eût-il
pour ministres M. Dumay, M. Antide Boyer et
autres réformateurs de leur espèce? Ou bien il résisterait, et provoquerait en résistant, dans tous les
centres ouvriers à la fois, de sanglantes collisions
comme celle de Fourmies; ou bien il abdiquerait
devant le socialisme triomphant, et son abdication
aboutirait à une immense Jacquerie. Du sang toujours, et du sang partout !

Si dure que fût l'épreuve et si dignes de pitié que soient les victimes, l'armée a fait son devoir, et le gouvernement a compris le sien en la défendant. Il ne faudrait point partir de là, cependant, pour tresser des couronnes à nos ministres et les traiter en sauveurs de l'ordre. S'ils sont hommes à méditer sur ces événements douloureux, à rechercher leurs causes et à discerner les responsabilités, ils doivent s'apercevoir que la préservation de l'ordre est d'une pratique moins simple qu'ils ne l'avaient imaginé jusque-là. Il n'y a pas d'ordre là où la paix sociale n'est maintenue que par la répression. Il y a désordre, au contraire, partout où l'on sent bouillonner et sourdre du sein des malheureux des appétits révolutionnaires et des passions homicides que réprime la force ou que contient la peur. Tel est, malheureusement, l'état de la société contemporaine telle que l'éducation républicaine nous l'a faite. La guerre sociale gronde aujourd'hui partout, et les aspirations incendiaires, encore éparses, bientôt coalisées, n'attendent que l'occasion propice pour éclater ensemble.

Il arrive souvent aux républicains de célébrer la tranquillité dont le pays a joui sous leur loi, et de rappeler avec orgueil que, pas une fois, depuis vingt ans, l'ordre n'a été troublé. C'était même l'argument favori qu'ils opposaient aux revendications conservatrices. L'argument avait une force apparente jusqu'à vendredi dernier. Mais, alors même que l'accident de Fourmies ne se fût pas produit, ce n'était qu'une apparence.

Qu'importe que l'ordre règne à la surface, si le désordre est au fond ? Et quel argument valable peut-on bien tirer de la paix publique si elle couvre simplement l'indiscipline et l'insurrection ? La vérité, c'est que la politique républicaine n'a été, depuis douze ou quinze ans, qu'une initiation systématique des classes ouvrières et des jeunes générations, aux idées et aux mœurs de l'anarchie. Interrogez, dans les centres ouvriers, les âmes formées à son école, et vous n'y trouverez que l'envie, la haine, l'indiscipline, l'esprit de révolte, les aspirations chimériques et violentes, la surexcitation des appétits et l'impatience de jouir. Sans doute, l'ordre règne et dure, pendant que s'accumulent, à son ombre, tous les matériaux d'incendie. Mais à quelque moment que se produise l'explosion désormais fatale, la faute en sera toujours aux politiciens imprévoyants et bornés qui l'auront préparée.

Certes, il ne me déplaît pas que le gouvernement, en même temps qu'il loue nos soldats de leur discipline et de leur fermeté, flétrisse ces misérables excitateurs qui, sans s'exposer eux-mêmes au péril, poussent de malheureux ouvriers au-devant de ces exécutions sanglantes. Mais je voudrais qu'il eût l'esprit assez élevé et le jugement assez sûr pour s'apercevoir que ces maigres turlupins ne sont pas les véritables auteurs du mal qu'il réprime. Le crime vient de plus haut et de plus loin. Il vient de ces faux apôtres du progrès, philosophes de quatre sous et politiciens de pacotille, qui ont entrepris de réformer les mœurs politiques de la France, en la déshabituant de ses anciennes croyances. C'est l'enseignement matérialiste inauguré par eux dans nos écoles qui engendre ces revendications impatientes et brutales. Ce sont leurs doctrines, leurs promesses, leurs exemples et leurs flagorneries qui poussent le peuple des misérables à la révolte. Tout ce qu'ils ont dit ou fait au pouvoir n'a été qu'une école d'indiscipline, une semence de sédition. Ils peuvent aujourd'hui déplorer, en toute sincérité, l'aveuglement furieux des foules qui vont expier sous les balles la foi qu'ils ont mise en leurs sophismes : ils ne sauront jamais assez la part qui leur revient dans ces catastrophes. Si le sang des victimes pouvait être rejeté par la terre et marquer au front ceux qui l'ont fait verser, il n'est peut-être pas un républicain de notre temps qui resterait sans tache.

Mais ce sont là des vérités trop dures pour qu'on se les applique spontanément, et l'on en chercherait en vain la trace dans la discussion à laquelle je viens d'assister. Ni les interpellateurs ni les ministres qui leur ont répondu n'ont eu souci de remonter aux causes premières et d'accuser leur propre parti. Ils se croient quittes sans doute envers leur conscience et envers leur pays en déplorant en termes éloquents ou acerbes ces fatalités sanglantes qui arment les pouvoirs publics contre la partie la plus intéressante de la nation. Des mots! des mots! des mots! et sous les mots du sang! Leur excuse, s'ils en ont une, est qu'ils ne savent ni dire ni faire autre chose.

Cette discussion, douloureuse entre toutes, s'est terminée par une misérable pasquinade où l'on a vu le gouvernement et la gauche associer dans le même hommage les travailleurs et l'armée et promettre ensemble de résoudre la question sociale. Ce sont là de touchantes funérailles pour les morts d'hier! Seulement, si la solution se fait trop attendre et que les travailleurs s'impatientent, il faudra encore recourir aux feux de peloton. Eh bien! c'est notre revanche, à nous, théoriciens et serviteurs impénitents de l'ordre moral, à nous qui plaçons l'autorité dans le respect, et non dans la répression, c'est notre

revanche de constater que nos principes, nos traditions et nos croyances offrent à la paix sociale
d'autres garanties que le nihilisme républicain qui
leur succède. Nous ne triompherons pas de l'impuis-
sance et de l'imbécillité de ceux qui en ont fait une
doctrine d'État, parce que ce triomphe coûte trop
cher à ses victimes. Mais nous avouons hautement
l'espérance que ces leçons sanglantes ne seront pas
perdues pour tout le monde, et que les temps sont
proches où le peuple des travailleurs, las de duperies
et saturé de mensonges, voudra changer de tuteurs.

5 mai 1891.

A PROPOS DE *THERMIDOR*

Je suis de ceux à qui il n'importe guère que le
cabinet trébuche ou marche droit. Il ne me déplaît
pas qu'il vive, parce qu'il ne serait pas remplacé
par meilleur que lui : mais il succomberait que je ne
prendrais pas le deuil. Ce qui me choque, c'est de
voir des gens d'esprit se conduire comme des nigauds.
Il n'est pas trop bête, ce ministère, si l'on considère
individuellement les personnages qui le composent,
encore qu'ils ne soient pas tous de même qualité ;
cependant il vient de commettre une sottise qui ne
pourrait être proprement signée que par M. Tirard !
A quoi tiennent les réputations ! On eut cherché
dans nos assemblées un homme pour interdire *Ther-*

midor que M. Tirard eût été communément désigné
à cet office, et il se trouve que c'est M. Constans
qui le supplée; voilà un homme terriblement vengé !

Il est à remarquer, d'ailleurs, que tous nos républicains ont déraisonné à l'envi dans cette affaire.
J'excepte naturellement M. Henry Fouquier, dont
la thèse était bonne, et M. Reinach, qui a prononcé
un maître discours, où le courage égale la raison.
Mais l'isolement même où sont restés ces deux républicains schismatiques armés contre leurs frères pour
la défense de la justice et de la liberté, témoigne
avec éclat combien l'âme républicaine est inféodée
à la cabale et réfractaire à la conception la plus
élémentaire de l'ordre. Prenez tout ce qui s'est dit,
au cours de cette séance, par les républicains orthodoxes, vous n'y trouverez, sous ses aspects variés,
que l'esprit de secte et de coterie, complaisant aux
siens, implacable aux autres et faisant de son intolérance ou de sa haine l'élément de sa politique et
la loi de son gouvernement.

Voici, par exemple, des collègues ayant, d'ordinaire, l'esprit lucide et l'humeur aimable qui tirent
argument contre la liberté du Théâtre-Français de
la subvention qu'il reçoit. Ils eussent supporté *Thermidor* sur la scène de la Porte-Saint-Martin ou de
l'Ambigu; mais ils ne peuvent admettre qu'un

6

théâtre subventionné emploie l'argent qu'il reçoit
de la république à déshonorer la mémoire de ses
fondateurs. Je sais un gré infini au ministre de
l'instruction publique d'avoir écarté cette thèse qui
pouvait paraître tentante à un membre du gouvernement, et d'avoir revendiqué pour la Comédie-
Française, comme pour tous les autres théâtres, le
droit à la liberté. Mais le sophisme n'en subsiste pas
moins, et les commentateurs de cette mémorable
journée s'obstinent à proclamer qu'un théâtre subventionné n'a pas le droit de médire de Robespierre !

Subventionné, oui ; mais par qui ? et pourquoi ?
Comme l'a dit M. Bourgeois, la subvention n'a jamais
été donnée à la politique : on l'a de tout temps
considérée comme un encouragement donné à l'art,
et l'art n'a point de parti. Vous n'avez pas à regarder si la pièce est sympathique ou déplaisante, conservatrice ou républicaine : c'est au public seul qu'il
appartient de la juger. La subvention produit tout
son effet si l'œuvre est belle par elle-même et mise
hors de pair par le talent des artistes qui l'inter-
prètent. Aussi bien est-ce un étrange abus de langage que de dire ou de laisser entendre que c'est le
parti républicain ou le gouvernement républicain
qui subventionne le Théâtre-Français. La subven-

tion est donnée par l'État, c'est-à-dire par l'universalité des citoyens, et l'argent qui constitue cette subvention sort également des poches réactionnaires et des poches républicaines. D'où il suit que la politique de droite ou de gauche ne peut avoir accès dans le jugement qu'on porte sur les pièces qui y sont représentées. C'est l'affaire du public qui applaudit ou proteste, selon son goût; ce n'est pas la vôtre.

Il plaît aujourd'hui, par exemple, à certains républicains de proclamer que la Terreur est une période glorieuse et sacrée pour leur parti et d'ériger Robespierre en idole. C'est leur droit et je ne me mets pas en peine d'y contredire. Qu'ils fassent donc ou commandent des pièces pour glorifier la Terreur et déifier Robespierre. Je m'engage d'avance à ne point troubler les cérémonies de leur culte. Mais qu'ils laissent, en revanche, à ceux qui ne voient dans la Terreur qu'un accès de bestialité sanglante et dans Robespierre un sinistre et plat gredin, la liberté de les peindre comme ils les voient, et qu'ils consentent au public qui pense comme eux, la liberté de ses applaudissements.

C'était autrefois la théorie des républicains doctrinaires, alors que les républicains enseignaient seulement la République, et ne l'occupaient pas.

Aujourd'hui que la république est entre leurs mains, ils prétendent en faire une boutique où l'on ne débite que des drogues marquées à leur estampille. Il leur suffit qu'une pièce manque de respect à la guillotine pour qu'ils en réclament l'interdiction.

Question d'ordre public ! dit M. Constans. C'est un habile homme qui ne se risquerait pas à dire qu'il interdit *Thermidor* pour sauver l'honneur de Robespierre. Il aime mieux sauver l'ordre. Mais quelle étrange façon de l'entendre ! Vingt-cinq tapageurs troublent la représentation et promettent de revenir en force le lendemain. Il semble bien que ce fût l'affaire de la police et des tribunaux qui sont institués précisément pour prévenir ou réprimer ce genre d'accidents. Point ! On fermera plutôt le théâtre, afin de parer au désordre annoncé. De la part d'un dompteur d'émeutes, tel que l'est M. Constans, l'expédient paraît au moins douteux. Car c'est le droit au tapage qu'il consacre. Mais le droit du spectateur qui a payé sa place et qui prétend jouir en paix du spectacle qu'il s'est réservé ? Et le droit de l'auteur qui voit se dissiper sous les sifflets ou les horions tout le travail d'une année ? Et le droit de l'entrepreneur qui a fait des sacrifices considérables pour monter la pièce ? Et le droit de tout le monde enfin contre la brutale fantaisie d'une minorité qui n'a pas de droits du tout? On n'en prend point souci. Il est entendu que tout doit être sacrifié à la sauvegarde de l'ordre. Oh! le bon apôtre! Si la même troupe de manifestants, revenue de ses tendresses, allait vociférer quelque jour contre la majorité républicaine, est-ce que vous fermeriez la Chambre?

Ce sont là de mauvaises raisons qui ne trompent personne. La vraie cause de l'interdiction, M. Clémenceau nous l'a dite dans cette sauvage sortie qui a fait revivre un moment sur nos bancs les haines et les fureurs de la Convention : c'est la solidarité de parti qui unit tous les républicains dans le culte indistinct de la Révolution et ne permet pas qu'on y touche. La Révolution, selon lui, ne comporte pas la critique: c'est « un bloc » dont on ne peut rien distraire. Cette théorie, qui assimile le parti républicain tout entier à un troupeau de brutes, sans conscience, sans critique et sans liberté, fait ma joie et mon admiration. Il est toujours plaisant de regarder au fond de l'âme de ces pontifes du progrès. Le verbe est superbe et l'esprit misérable. Voilà un homme qui se pique de libre-pensée et dont le culte révolutionnaire est notablement inférieur à l'idolâtrie d'un nègre. Il haussera les épaules devant l'acte de foi d'un homme qui croit en Dieu; mais il

6.

ne permet pas qu'on discute ni un homme, ni un acte de la Révolution. C'est sa religion à lui, et comme il la trouve parfaitement adéquate à sa conception personnelle de la politique et de l'histoire, il l'érige en dogme et jette l'anathème à qui se permettra d'y porter la main.

Ce brutal fétichisme, qui est toute la religion politique de M. Clémenceau, il a su l'enfoncer de vive force au cœur de la majorité républicaine, et il reste, en somme, le seul triomphateur de la journée. Il a triomphé de la même façon et pour la même cause que ces terroristes dont il célèbre aujourd'hui la gloire indivisible. Il fait peur à son peuple, et c'était une joie d'une saveur assez rare que de voir les malheureux se courber et frémir au vent de cette parole stridente et sèche qui a la flamme courte et le tranchant de l'acier. Mais ce sont là des satisfactions de théâtre qu'on peut savourer en dilettante, lorsqu'on n'est pas de la famille. Je ne suis pas républicain, et ni les doctrines ni les anathèmes de M. Clémenceau ne sauraient me toucher. Je prends ma part de la Révolution française, sans lui demander permission, et dans le défilé tragique de ceux qui furent ses héros ou ses victimes, je choisis mes auteurs. C'est le droit de tout le monde, et tout le monde peut l'exercer à sa façon.

En réalité, M. Clémenceau est l'incarnation la plus brillante du grand vice qui est aussi le grand mal de notre temps, l'esprit révolutionnaire. La Révolution française, mal enseignée et mal comprise, est la grande corruptrice des générations qui se réclament d'elle. Elle a substitué l'effraction à la méthode rationnelle, qui est la loi la plus certaine du progrès, et, voulant faire des citoyens, elle a fait surtout des insurgés. Elle a émancipé l'individu des servitudes séculaires qui pesaient sur lui ; mais elle l'a du même coup déshabitué de tout respect, de toute discipline et de toute règle ; elle lui a soufflé l'esprit de révolte contre tout ce qui le gêne, en le grisant de sa souveraineté toute neuve, et comme il a plus d'appétits que de jouissances, elle lui a donné la violence pour régime et l'anarchie pour fin.

Si nous pouvions disposer des lois qui gouvernent le monde physique, il y a beau temps que la terre serait retournée au chaos. Nous sommes les maîtres de nos destinées politiques et sociales ; les lois qui nous régissent nous appartiennent, et nous n'en avons usé depuis cent ans que pour bouleverser à plaisir la société et l'État. La révolution, proprement dite, était accomplie et devait être close par l'inscription dans nos lois des vérités qu'avait proclamées la Déclaration des Droits de l'homme ; en

s'en tenant là, elle n'eût été qu'une réforme bienfaisante et féconde. Mais elle a eu pour épilogue un
accès de démence furieuse qui mêla, saccagea, confon-
dit tout dans sa ronde infernale, et c'est cette frénésie
qui s'est appelée la Révolution. De là vient qu'il y a
parmi nous une école de politiques révolutionnaires
qui ne distinguent pas plus dans son œuvre qu'elle
ne distinguait elle-même et prétendent nous contraindre à l'adorer « en bloc ».

Cette théorie du bloc, qui a fait fortune, est le
défi le plus insolent qu'on ait jamais porté à la
conscience humaine. Vouloir qu'on aime, qu'on
honore, qu'on glorifie tout dans la Révolution, sans
choix, sans critique, sans réserve, le bien et le mal,
la grandeur réelle et le cabotinage, le dévouement
héroïque et la bestialité sanglante, le canon de
Valmy et le couperet de Sanson, c'est vouloir ra-
valer l'espèce humaine au niveau du plus grossier
fétichisme, et les sorciers de Behanzin n'enseignent
pas à leur peuple de nègres une superstition plus
sauvage que celle que M. Clémenceau appelle le
culte intégral de la Révolution.

3 février 1891.

LE DROIT D'ASILE

Il faut qu'il se produise de temps en temps des accidents éclatants pour réveiller les questions endormies. L'assassinat de **M.** de Séliverstoff, ancien directeur de la police en Russie, a ramené violemment l'attention publique sur cette racaille internationale qui n'use de l'hospitalité qui lui est offerte à l'étranger que pour conspirer à l'aise contre leur gouvernement. Il y eut des nations qui s'honorèrent grandement, autrefois, en recueillant les champions proscrits du droit, de la justice et de la liberté. C'est grâce à leur libérale et fière hospitalité que la conscience humaine put faire entendre au monde ses revendications immortelles. La Hollande, la Suisse, l'Angleterre, firent du droit d'asile un piédestal à tous ceux qui témoignaient contre l'oppression et, du haut de ces tribunes ou de ces chaires érigées en terre libre, les proscrits appelèrent les peuples à l'émancipation universelle. Sans eux, le monde n'eût été qu'un étouffoir.

Ces traditions subsistent, bien qu'elles n'aient plus de raison d'être à peu près nulle part. La liberté de parler ou d'écrire règne dans la plupart des États, et il est devenu complètement inutile d'aller crier à l'étranger ce que l'on peut tranquillement dégorger chez soi. Il y a cependant des proscrits, et des gouvernements qui continuent de leur offrir l'hospitalité. Mais les proscrits des temps nouveaux méritent rarement l'asile qui leur est offert, et les gouvernements qui le leur concèdent font simplement une sottise. Il n'y a aucune comparaison à établir entre l'écrivain ou l'agitateur d'autrefois et le réfugié politique d'aujourd'hui. Le premier était un apôtre et le nihiliste n'est, le plus souvent, qu'un assassin.

Assassin politique ! dira-t-on : prenez garde à la différence ! — Oui, je sais bien ; il y a des moralistes subtils qui distinguent entre l'assassin politique et l'assassin ordinaire, et font même de l'épithète qu'ils décernent au premier un titre de noblesse. L'assassinat politique est classé dans ces cerveaux-là comme une variété de l'héroïsme. Héroïsme étrangement discret, en tout cas, puisqu'il se dérobe, agit dans les ténèbres, ajoute sans remords, pour esquiver le châtiment, l'immolation de quelques innocents au meurtre du tyran. Pour se débarrasser de l'empereur Alexandre II, on blesse ou l'on tue avec lui une dizaine de pauvres diables qui n'avaient rien fait aux assassins. Fieschi fait avec sa machine un épouvantable massacre sans atteindre le roi qu'il visait, et Orsini, du haut de son balcon, pouvait tuer trente ou quarante personnes, sans courir le risque d'une égratignure. Je ne connais guère qu'un assassin politique qui ait vraiment quelque titre à cette estime particulière : c'est Louvel. Il y allait bravement de sa personne et la mort qu'il donnait ne s'égarait pas.

Je refuse, quant à moi, mon hommage à ce genre d'héroïsme, et ne reconnais pas la distinction qu'on prétend établir. S'il y avait une distinction à faire entre l'assassinat ordinaire et l'assassinat politique, c'est au bénéfice du premier que je la consentirais. Car si le crime politique procède d'une inspiration moins vile, il est autrement terrible dans ses conséquences. L'individu qui tue pour voler ne frappe qu'une victime et porte le deuil dans une seule famille. L'assassin politique peut bouleverser la fortune d'un peuple. Il peut sortir de son attentat d'effroyables révolutions qui déchaîneront la guerre civile et coûteront la fortune et la vie à des milliers d'honnêtes gens. Si le crime n'a pas une révolution pour conséquence, il est inutile, et s'il est suivi de cette épouvantable épreuve, il devient le plus abominable des fléaux. Dans l'un et l'autre cas, il ne mérite que l'exécration.

Ce n'est point ainsi qu'on en juge communément, surtout en France. Nous avons tiré de notre éducation classique une morale déclamatoire qui est toute à la haine des tyrans et à la gloire de leurs meurtriers. J'ai fait, comme tout le monde, des vers latins en l'honneur d'Harmodius et d'Aristogiton, et je n'oserais dire encore que l'éloge fût immérité. Dans la plupart des sociétés antiques, la tyrannie du chef d'Etat n'était point tempérée par les lois. Ils régnaient à leur gré, suivant les circonstances, suivant leur humeur, et leur autorité, comme leur morale, ne connaissait guère d'autre règle que le bon plaisir. Or, ce pouvoir arbitraire devenait aisément atroce, et l'on conçoit que l'opposition, qui n'avait pas d'arme légale, recourût de temps en temps au poignard des conjurés.

Dans les sociétés modernes, la bombe explosible a

remplacé le poignard comme arme de délivrance. Mais outre qu'elle est moins noble, on n'en saurait plus justifier l'emploi par de pareilles raisons. Il n'est pas un État au monde, si ce n'est dans quelques régions perdues du centre africain, où sévisse le despotisme libertin ou sanglant des anciennes tyrannies. Même en Russie, où toutes les institutions se concentrent en la personne du tzar, l'autocratie impériale est bridée par les mœurs, à défaut des lois. Là, comme ailleurs, l'opinion publique seule est souveraine ; elle régit l'empereur tout-puissant comme le plus humble des moujiks. Les Russes qui sont en avance sur la conscience encore obscure de leur pays, peuvent souhaiter qu'on substitue à l'autocratie du tzar des institutions politiques et sociales comme celles qui constituent l'organisme des autres États. Il n'y a dans ce vœu rien qui ne soit légitime et ne doive se réaliser un jour. Mais lorsqu'ils préludent à ces réformes par l'assassinat, ils commettent un crime, non seulement contre l'humanité, mais contre leur patrie ; car ils savent que la conscience et le cœur de la Russie tout entière sont avec les assassinés.

Il est, d'ailleurs, parfaitement inutile de vouloir les en convaincre. Les individus qui se sont adonnés à cette politique assassine sont des monomanes

7

aussi réfractaires au raisonnement qu'à la morale ordinaire des honnêtes gens. Mais ce qu'ils ne veulent pas entendre, les gouvernements, eux, ont le devoir de se le dire et de conformer leur conduite à leurs obligations. Ils doivent se demander si l'hospitalité qu'ils accordent à une bande de maniaques en proie à l'idée fixe ne devient pas un encouragement. Un journal suisse, qui s'inspire à Berlin, s'est écrié, en apprenant le meurtre de l'ancien directeur de la police :

— Voilà un terrible coup pour l'alliance franco-russe!

— Ce n'est qu'une sottise. La France n'est pas responsable du mauvais coup que peut faire un malade ou un bandit. Où sa complicité commence, c'est dans le parti pris de rester hospitalière au nihilisme, et de devenir le refuge ouvert et préféré de tous ceux qui prêchent ou pratiquent l'assassinat.

On a dit que les chancelleries s'étaient émues de cette situation et que des mesures internationales étaient élaborées pour purger le monde de ce fléau. Je pense bien que la France ne refusera pas son adhésion à cette ligue d'assurance et de salubrité, mais son adhésion viendra trop tard. Puisque le crime a été commis chez elle, et qu'elle a le malheur

d'héberger une douzaine de nihilistes, émules d'Hartmann et de Padlewski, c'est à elle qu'il appartient
de prendre les devants et de préluder aux conventions futures par une expulsion spontanée. Est-ce
qu'on ne rencontrera jamais, sous ce régime, un
ministre de cœur assez ferme et de taille assez haute
pour désavouer, au nom même de la république,
toute compromission révolutionnaire? Si la république a la prétention d'être un gouvernement
comme un autre, et non un champ d'expériences
ouvert à la révolution indéfinie, il faut qu'elle s'as-
treigne aux obligations de tous les gouvernements.
Elle a, de ce chef, des devoirs envers elle-même et
envers les autres, et le premier de tous est d'ex-
tirper et de bannir les éléments délétères qui compromettent la sécurité ou les intérêts de la com-
munauté.

Qu'est-ce qu'un nihiliste? C'est un ennemi, non
pas seulement l'ennemi de la monarchie russe qui
vous demande de l'expulser, mais votre ennemi à
vous, au même titre et pour les mêmes causes. C'est
le représentant armé et militant des appétits et des
haines qui menacent tout gouvernement et toute
société. Quel droit a-t-il dès lors à votre asile? Quel
titre à votre pitié? S'il assassine en Russie, comme
Hartmann, il n'en reste pas moins un assassin, parce

qu'il s'est réfugié en France; s'il assassine en France les fonctionnaires russes, comme Padlewski, le crime apparaît plus odieux encore, parce qu'il s'accomplit sous le couvert de votre hospitalité; s'il se contente de le prêcher, comme Lawroff, il n'est ici comme là-bas qu'un apôtre de l'assassinat. C'est en politique encore plus qu'en moraliste, qu'il faut juger ces choses, en politique qu'il faut les trancher.

Fût-il vrai, d'ailleurs, que le nihiliste réfugié chez nous ne menace ni le gouvernement français ni la société française, que le devoir n'en serait ni moins clair ni moins étroit. Il y a solidarité entre les gouvernements, d'où qu'ils viennent, quels qu'ils soient, et par cela même que la république est d'origine suspecte, son gouvernement a plus rigoureusement qu'un autre l'obligation de s'associer à la défense commune. Si la République devait devenir le refuge naturel de tous les conspirateurs et comme le foyer du monde révolutionnaire, ses destinées se trouveraient promptement compromises. La société a fait des lois pénales pour retrancher d'elle les individus qui lui nuisent. Il y a pour les gouvernements un code naturel qui leur impose les mêmes devoirs et les mêmes mesures de préservation.

Pour mériter de vivre, il faut qu'un gouvernement soit également conservateur pour lui-même et pour les autres. S'il manque à cette loi de vie, il se condamne lui-même et l'exécution de la sentence lui vient d'autrui.

25 novembre 1890.

AUX COLONIES!

Nos prisons regorgent et nos colonies restent vides. Il n'y a aucune relation apparente entre ces deux faits. En y réfléchissant, cependant, on pourrait peut-être y trouver un commencement de solution à ce double problème qui est l'un des graves soucis de notre temps : décharger la métropole et peupler nos colonies.

Je ne veux rien dire ici de la politique d'expansion coloniale. Il se passera quelque temps encore avant que l'opinion publique puisse porter un jugement définitif sur les diverses entreprises auxquelles elle a donné lieu. L'expérience seule pourra dire si ce fut une coûteuse chimère ou une réalité bienfai-

sante : la discussion n'y suffit pas. Elle se heurte,
d'une part, aux résistances raisonnées de ceux qui
prétendent qu'un pays sans émigration est radicalement impropre à la colonisation ; d'autre part, à
l'amour-propre national, à l'instinct mystérieux de
la conquête, à ce chauvinisme ailé, irréfléchi, irrépressible qui ne pose pas à terre et prend toute
expansion de l'empire colonial pour un accroissement
de puissance et un titre de gloire. Le souvenir et
les effets de la défaite pèsent lourdement sur ce
peuple de France dont le génie rayonnant et dominateur s'était fait une habitude de la primauté.
Conquérir des colonies et planter triomphalement
son pavillon sur des possessions nouvelles, ce n'est
pas encore la revanche des grands désastres ; mais
c'est, aux yeux des enthousiastes, le signe d'une
renaissance, le retour à la vie, la nouvelle donnée
brillamment au monde que la France n'a pas
abdiqué.

Cette politique d'imagination a subi de sévères
mécomptes, et le moindre peut-être est sa stérilité.
Mais nous n'en sommes encore qu'à la période
d'exaltation qui accompagne la conquête, et quelles
conquêtes que celles de ces dernières années ! Des
territoires dix ou vingt fois vastes comme la France,
des possessions dont nous ne savons pas les limites,

et qui nous appartiennent tout de même, parce que
nous avons décidé qu'elles devaient être à nous.
Puis, quelle merveilleuse simplicité dans la prise
de possession ! M. Étienne, sous-secrétaire d'État
aux colonies, s'en expliquait ainsi l'autre jour : —
« Faut-il rappeler le lieutenant Binger qui, parti seul
de Bamakou, s'est jeté, s'est enfoui, pour ainsi dire,
dans la brousse pendant deux ans et, au bout de ce
temps, est réapparu sur la côte après avoir donné à
la France un territoire aussi grand que le Soudan
tout entier ! » — Cela rappelle le mot de Pascal : —
« Ce chien est à moi, disaient ces pauvres enfants ;
et voilà l'origine de la propriété sur la terre. » ·

Il est de principe, en effet, que la terre appartient
au premier occupant, et puisque les indigènes ne
comptent pas, il est certain que ces territoires sont à
nous. Nous ne les connaissons pas ; nous savons seulement qu'ils sont nôtres. Ils porteront désormais sur les
cartes géographiques la teinte française, et la diplomatie internationale les reconnaîtra comme notre
propriété. Malheureusement, ces possessions immenses, illimitées, ne sont entre nos mains qu'une
parure inutile. Elles sont ouvertes à tout le monde ;
leurs trésors inconnus sont promis à qui voudra les
prendre, et personne n'y veut aller.

Après avoir glorifié notre expansion coloniale,

M. le sous-secrétaire d'État était forcé d'avouer que nous n'en tirions aucun parti. L'État indépendant du Congo, par exemple, possession belge, donne au commerce soixante-cinq millions par an, tandis que le Congo français, plus étendu et plus riche, ne donne que deux millions et demi. Que faire ? M. Étienne l'a dit : imiter les autres. Mais encore, s'il n'y a pas d'imitateurs ?

J'avais ouvert, l'an passé, devant la Chambre, un avis auquel je voudrais donner aujourd'hui la publicité plus large et plus retentissante du journal. On sait que nous avons le régime pénitencier le plus absurde qui soit au monde. Les maisons centrales font aux détenus une existence abondante et ouatée que pourraient envier des millions d'honnêtes gens. Ils sont logés, vêtus, nourris et chauffés comme le sont très peu d'ouvriers. C'est un fait inouï, mais certain, que l'État français traite mieux ses voleurs que ses soldats ! Quant à la Nouvelle-Calédonie, elle jouit, dans le monde du crime, d'une si douce renommée, que les voleurs se font assassins tout exprès pour y être envoyés. C'est une villégiature à laquelle ils aspirent, comme le bureaucrate aspire à la retraite et le commerçant à la campagne. Ainsi l'ont voulu les philanthropes qui se sont consacrés à l'étude des questions pénitientaires. Ils se sont pris

7.

d'une sollicitude attendrie pour leur peuple de gre-
dins, et n'ont plus songé qu'à adoucir leur sort,
aux dépens de la justice et de la société. Le résultat
de leur démence est que la peine afflictive a disparu
de nos lois; la peine infamante seule est restée.
Mais la note d'infamie, qui fait reculer les honnêtes
gens, prête à rire aux autres. Ils s'en consolent et
n'en souffrent pas. En résumé, la justice, qui n'était
que boiteuse, a perdu ses deux jambes; il y a
toujours des condamnations; il n'y a plus de châtiment.

Nous avons pourtant une loi sur la récidive dont
on attendait des miracles, et qui les eût réalisés, si
on avait osé l'appliquer. Mais on ne l'applique pas,
parce que là, comme ailleurs, la philanthropie des
spécialistes s'est mise en travers. Cette loi, votée en
1883, sous l'énergique impulsion de M. Waldeck-
Rousseau, et malgré les réclamations sauvages des
radicaux édicte la peine de la transportation contre
les « individus qui auront été condamnés deux fois,
dans l'intervalle de dix années, pour faits qualifiés
crimes, aux travaux forcés pour moins de huit ans,
à la réclusion ou à l'emprisonnement ou auront
subi, après la condamnation susénoncée, la peine de
trois mois d'emprisonnement pour vol, abus de confiance, escroquerie, destruction ou dégradation d'ar-

bres ou récoltes, outrage public à la pudeur, exci-
tation habituelle de mineurs à la débauche, les
vagabonds ou gens sans aveu qui n'ont ni domicile
certain ni moyen d'existence, soit qu'ils tirent profit
habituel de jeux illicites et prohibés sur la voie
publique ou de la prostitution d'autrui ».

J'ai reproduit textuellement le dispositif, afin de
montrer, par l'énumération des différentes catégories
d'individus qu'il vise, quelle magnifique épuration
nous était promise.

Pourquoi cette épuration, d'autant plus ardemment
souhaitée que le flot fangeux du vice monte toujours,
ne s'est-elle pas accomplie? Si vous adressez cette
question aux pouvoirs publics, ils vous répondront
que l'application intégrale de la loi ne coûterait pas
moins de quarante millions par an, et ils trouvent
que c'est trop cher. C'est, à vrai dire, leur conception
de la loi qui est trop chère, et non son application.
Ils se croient obligés de parquer les relégués dans
une étroite enceinte et de les entretenir à rien faire,
sous la garde d'une garnison puissante qui veille à
leur défense! A ce compte, ce sont les condamnés
qui font la fête et les soldats qui sont punis! On
peut, j'imagine, entendre la loi d'une façon moins
absurde et tirer d'elle des services qui coûteraient
infiniment moins cher.

Il y a deux catégories à faire parmi les condamnés destinés à la transportation : les forçats proprement dits qui font leur peine, et les récidivistes qui ont acquitté leur dette, mais que la société rejette, parce qu'elle les juge incurables. Rien n'est plus simple que de régler le sort des premiers. Ils sont condamnés aux travaux forcés : eh bien, faites-les travailler ! Au lieu d'en faire les rentiers indolents que vous entretenez à la Nouvelle-Calédonie, et qui se moquent de vous, employez-les à faire tous les grands travaux que réclament nos colonies ; faites-leur ouvrir des routes, creuser des ports, élever des digues, drainer des marais, défricher des bois, préparer, en un mot, les voies à la colonisation future. — Il n'y a pas un mètre de route à la Guyane! s'écriait l'autre jour M. Pelletan. Et M. Étienne de répondre : — Donnez-nous de l'argent! — Eh non ! ce n'est point de l'argent qu'il faut vous donner. Vous avez trois ou quatre mille forçats qui vous feront des routes pour rien, et si vous voulez les employer comme leur condamnation vous y oblige, ils auront fait en vingt ans, de la Guyane, la plus riche, la plus féconde et la plus saine de nos colonies.

Quant aux récidivistes, on ne peut légalement les soumettre au même traitement. Ils sont bannis, mais ils ne doivent plus rien à la société qui les expulse. Pourquoi ne pas tenter avec eux l'expérience de colonies pénitentiaires dans ces espaces immenses qui s'étendent du haut Niger au Congo? Versez-les par milliers dans ces territoires inoccupés ; donnez-leur des instruments de travail, des graines pour ensemencer la terre, des armes pour chasser et se défendre, et une fois nantis de tout ce qu'il faut pour vivre, qu'ils se débrouillent ! Ils vivront, car la terre est fertile et le climat salubre partout ailleurs qu'à l'embouchure des fleuves, et leur vie vaudra ce qu'ils la feront ; car ils en seront les maîtres. Ils se constitueront en république et feront sans doute des lois sévères sur la propriété. Ce sera leur affaire, et non plus la nôtre. Ce qu'on peut souhaiter de mieux pour eux et pour nous, c'est qu'ils colonisent et fassent souche de générations vigoureuses et fécondes, lavées par le travail de la tache originelle et rendant à la mère-patrie un empire colonial pour un désert.

Mais il n'est pas besoin de compter sur de pareils résultats pour justifier l'épreuve. Il y a un premier bienfait qui la commande : c'est le salut même de la société. Il est absolument impossible que la société française, plus menacée que d'autres par l'éducation qu'on lui inflige, ne se défende pas contre cette armée du mal qui la presse, l'assiège et la submerge.

La loi n'effraie plus ; la loi ne punit plus. Il y a sur le pavé de nos grandes villes et dans les cellules de nos prisons une innombrable et malfaisante canaille qu'il faut retrancher tout net de la société qu'elle encombre et déshonore, comme on coupe une branche morte sur un arbre en fleurs. Cette expulsion de l'écume sociale sera le plus grand des bienfaits comme elle est déjà le plus urgent de nos besoins.

Pourquoi faut-il que certains républicains protestent contre cette épuration? De mauvais plaisants ont dit qu'ils défendent ainsi leur clientèle électorale. Il n'en est rien, Dieu merci. Les individus que menace la relégation ont généralement perdu la qualité de citoyens en même temps que leur qualité d'honnêtes gens. C'est plutôt dans ce sentiment de philanthropie maladive et dévoyée, particulière aux républicains de principe, qu'il faut chercher le secret de leur résistance. Ils cultivent la pitié, célèbrent le repentir et se méfient de la justice. Pour eux, le criminel est un malade qui a droit à des homélies et à des soins particuliers, mais qu'on ne doit pas punir. Il n'est pas d'exemple que ces bonnes âmes qui se répandent en doléances sur le sort d'un condamné à mort aient trouvé une larme pour l'assassiné. Ils pleureraient de même sur les sombres

convois qui devraient arracher à leur patrie les inté-
ressantes victimes de la police correctionnelle et des
assises. Mais quelque effet qu'ils attendent de leur
philanthropie, les gens pratiques lui préféreront
toujours le balai !

Décembre 1891.

SOCIALISME CATHOLIQUE

M. de Mun est assurément l'une des personnalités
les plus hautes et les plus brillantes de la politique contemporaine. Il doit la place d'élite qu'il
occupe dans l'attention du monde autant à l'inquié-
tante originalité de l'œuvre qu'il poursuit qu'à la
distinction de son talent. C'est un très noble esprit
au service d'un grand cœur. Il n'est pas seulement l'orateur le plus éloquent et le plus pur de la
Chambre des députés, il est aussi le prosélyte le plus
fervent de la réforme sociale. Il porte dans la politique des soucis plus élevés que le commun de ceux
qui s'y adonnent, et l'objet ordinaire de ses efforts
dépasse sensiblement le cadre de son parti. Il se

laisse appeler royaliste, parce que c'est une opinion
de famille qui l'oblige et qu'il croirait déchoir en
s'affublant d'un autre nom. Mais ce qui lui importe, ce n'est pas un changement d'enseigne dans
le gouvernement de son pays ; c'est l'inauguration d'un régime nouveau dans les rapports qui
régissent la société. Il n'est réellement et pleinement
que catholique, mais un catholique doublé d'un
apôtre, qui sent avec force ce que peut le principe
de la charité évangélique pour atténuer ou guérir le
mal social, et voudrait convertir tout le monde aux
sentiments et aux idées dont il est lui-même pénétré.

M. de Mun n'est point le seul catholique qui s'intéresse à la question sociale ; il faut dire, à l'honneur
du catholicisme lui-même, que tous les esprits qu'il
inspire réellement ont fait de ce redoutable et pres-
sant problème leur principal souci. On a témoigné,
l'an passé, au Congrès de Liège, plus de science et
plus de sollicitude à la fois pour les ouvriers que
n'en montra jamais le socialisme officiel, je veux
dire le socialisme révolutionnaire, lequel n'est qu'une
exploitation politique de la misère publique et des
revendications farouches qu'elle engendre, mais qui
n'en fut et n'en sera jamais le remède. De tous les
catholiques qui se sont consacrés à l'étude du problème social, M. de Mun est celui qui marche le plus

intrépidement sur cette route semée d'écueils et tend
le plus loin. Il va si vite et si loin qu'il a fini par
effrayer les autres. Il s'est produit dans l'*Association
catholique* de légères divergences, non sur les principes, mais sur l'application des remèdes qui en dérivent, et M. de Mun vient de s'en expliquer dans
une brochure retentissante qui est à la fois un programme et une profession de foi.

Lacordaire, que cite M. de Mun, disait dès 1845 :
« C'est dans la question du travail que toute servitude a sa racine ; c'est la question du travail qui
fait les maîtres et les serviteurs, les peuples conquérants et les peuples conquis, les oppresseurs de tout
genre et les opprimés de tout nom. Le travail n'étant
pas autre chose que l'activité humaine, tout s'y rap-
porte nécessairement, et, selon qu'il est bien ou mal
distribué, la société est bien ou mal ordonnée, heureuse ou malheureuse. » Cette distribution sociale du
travail est devenue le plus terrible problème de
l'heure présente. Il apparaît clairement à tous les
regards que la constitution actuelle de la société ne
peut demeurer intacte sous peine d'aboutir aux plus
effroyables bouleversements. La disproportion cho-
quante des fortunes est un élément de désordre
chronique et une semence de guerre civile. Les misérables se résignaient, autrefois, à cette inégalité,

parce que la foi religieuse dont ils étaient nourris en adoucissait l'épreuve par l'espoir des compensations éternelles. Mais la propagande matérialiste qu'on a déchaînée dans l'âme de ces multitudes qui souffrent et ne croient plus a dissipé la résignation, provoqué l'indiscipline, attisé la haine, et maintenant, du haut en bas de la hiérarchie du travail, il n'y a plus que des intérêts discordants et des appétits en guerre.

C'est ce problème gonflé de haines que M. de Mun et les catholiques de son école essaient de résoudre, et la solution qu'ils recommandent tient tout entière dans ces deux termes : la réglementation du travail par les pouvoirs publics et le retour aux corporations.

La réglementation du travail, assure M. de Mun, ne soulève aucune objection de principe de la part des catholiques. — « Tous reconnaissent que le pouvoir public a une mission de protection sociale à remplir envers ceux qui lui sont soumis, en intervenant, dans la mesure de ses attributions, pour promouvoir le bien et empêcher le mal. » — Ce principe dérive, en effet, d'une conception toute spéculative de la justice. Il n'est point juste que les uns jouissent et que les autres peinent, et que la jouissance d'un seul soit précisément faite de la peine accumulée des autres. Il y a dans ce phénomène social qui résulte d'une imparfaite distribution du travail quelque chose d'anormal et de monstrueux dont souffre la conscience humaine. Les économistes purs s'accommodent de cette fatalité, non par indifférence, mais parce qu'ils ne reconnaissent d'autre loi que la liberté des contrats. L'homme, suivant leur doctrine, fait ce qu'il veut de ce qui lui appartient en propre, de ses bras, s'il est ouvrier, de ses capitaux, s'il est patron, et l'État ne saurait intervenir dans les rapports qui s'établissent librement entre eux, sans bouleverser l'ordre universel. Au contraire, les socialistes et les catholiques prétendent que la liberté du contrat n'est que l'une des formes les plus inhumaines de l'oppression du faible par le fort, du pauvre par le riche, de l'ouvrier par le patron, et que l'État a le devoir impérieux et sacré d'intervenir pour substituer à cette tyrannie des conditions de vie plus conformes à la justice et à l'humanité. Ils disent, suivant une parole qui est, je crois, de Lacordaire, qu'en matière économique, c'est la liberté qui opprime et l'autorité qui affranchit.

L'intervention de l'État leur paraît donc légitime et souhaitable, et tous les catholiques y font également appel. Mais s'ils sont d'accord sur le principe de cette intervention, ils ne s'entendent plus dès qu'on en vient à l'application. M. de Mun, qui va jusqu'au bout de sa doctrine, réclame la réglementation du travail, non seulement pour les enfants et les femmes, mais aussi pour les adultes, et comme la réglementation du travail implique la réglementation des salaires, il ne recule pas devant cette conséquence. Seulement, ce n'est plus à l'État qu'il en appelle. Il n'admet pas que le salaire puisse être réglé par une loi. Il cherche la solution du problème « dans l'accord formé au sein de la profession par un conseil d'arbitrage représentant les parties intéressées ou mieux encore par la corporation régulièrement organisée ».

C'est un point où d'autres catholiques, qui furent ses collaborateurs de la première heure, n'ont pas osé le suivre. Il s'est fondé récemment à côté de lui une « Société catholique d'économie politique et sociale », placée sous la haute direction de monseigneur Freppel et qui compte parmi ses *leaders* monseigneur d'Hulst, MM. Lucien Brun, Buffet, le duc de Broglie, Chesnelong, de Cazenove de Pradines, Keller, Claudio Jannet, tous catholiques de marque et socialistes de bon renom. Ces socialistes circonspects admettent et réclament volontiers, par voie législative, certaines améliorations dans les conditions du travail; ils répugnent au socialisme d'État. Ils consentent une

protection raisonnée de la femme et de l'enfant
contre une exploitation excessive, même quand elle
est volontaire ; mais ils repoussent énergiquement la
réglementation des heures de travail pour les adultes,
à plus forte raison, la réglementation du salaire.

Le socialisme de M. de Mun est plus généreux ;
la résistance des autres est plus sage et procède
d'un sentiment plus pratique de la réalité. Pour
être un bienfait, la réduction des heures de travail
implique l'irréduction du salaire, et c'est bien ainsi
que l'entendent les réformateurs. Ils veulent diminuer la peine sans en diminuer le prix. Seulement,
ce bienfait a des conséquences économiques auxquelles ils ne prennent pas assez garde. S'il faut que le
patron paie pour huit ou dix heures de travail ce qu'il
payait pour douze ou quatorze, ce renchérissement
de la main-d'œuvre l'oblige à vendre plus cher, et
s'il élève dans la même proportion ses prix de vente,
il se heurte à la concurrence étrangère qui, vendant
à meilleur compte des produits similaires, lui arrache
sa clientèle et ferme ses débouchés. La conséquence,
c'est la faillite inéluctable pour lui et le chômage
forcé pour ses ouvriers.

Une réforme aussi grosse que celle-là, c'est-à-dire
impliquant la réduction du travail et la réglementation du salaire, exigerait une législation internatio-

nale qui ferait au travail les mêmes conditions dans
tous les pays du monde et procéderait par nivellement. C'est à cela qu'avait songé, l'an passé,
l'empereur d'Allemagne, lorsqu'il appelait les grandes
nations d'Europe à tenir les grandes assises du
travail à Berlin. Son dessein n'a été qu'une manifestation platonique sans réalité et sans avenir. Il en
sera toujours ainsi. L'identité de législation est im-
praticable et le nivellement impossible, parce qu'il
y a, de peuple à peuple, des inégalités de climat
et de tempérament impossibles à combler. Il serait
déraisonnable de vouloir égaler le salaire de l'ouvrier
italien au salaire de l'anglais, parce qu'ils n'ont pas
de besoins égaux et ne produisent pas la même
somme de travail. Et si nous passons d'Europe en
Asie, on constatera que le Chinois, par exemple,
donne à peu près pour rien la force que nous payons
très cher en France. Il suit de là qu'une législation
internationale sur les conditions du travail n'est
qu'une utopie.

Je ne sais si le retour aux corporations que
préconise M. de Mun aurait aisément raison de ces
difficultés. Je crois, pour mon compte, que la meilleure et la plus sûre des méthodes, c'est la coopé-
ration, parce qu'elle a pour effet certain de répartir
entre les travailleurs eux-mêmes la part de béné-

fices qui, dans le régime du salariat, est absorbée
par le capital. Il faudrait donc favoriser, autant
qu'on le peut, le développement des sociétés coopératives. Mais cela, c'est l'œuvre de la liberté, plutôt
que celle de l'État. Je ne sais si le système des
corporations aurait tous les avantages qu'en attend
M. de Mun. En tout cas, il a contre lui d'être un anachronisme. Le moule de l'ancienne société est brisé,
et l'on ne peut guère songer à faire revivre ses institutions, sans l'accompagnement obligé de ses idées,
de ses pratiques, de ses traditions, de sa hiérarchie
et de son gouvernement. Nous sommes dévorés
par l'individualisme et la solidarité professionnelle
n'est même plus un rêve. Ce qu'il convient de dire
à l'éloge de M. de Mun, c'est qu'il ne contraint personne. La corporation qu'il recommande est libre
et toujours ouverte : entre qui veut et qui veut en
sort. On peut, dans ces conditions, adhérer au
système et en recommander l'expérience. La grandeur des intérêts qui sont aux prises et dont l'antagonisme menace incessamment l'ordre social mérite
qu'on fasse librement et sincèrement l'essai de tous
les remèdes. C'est d'autant plus facile, en la circons-
tance, que M. de Mun ne réclame de l'État que le
droit commun et l'usage de la liberté.

Et puis, se trompât-il sur l'efficacité des réformes

qu'il propose, qu'il faudrait le louer encore d'y avoir pensé. Ce sont de nobles chimères que celles qui s'inspirent du spectacle de tant de misères et d'injustices et du désir ardent de les guérir. Elles révèlent chez ceux qui les nourrissent un sentiment de solidarité humaine que le socialisme révolutionnaire n'a jamais connu. Il irrite, il déchaîne, il exploite les passions incendiaires de ces multitudes de travailleurs affolés par le sophisme ou révoltés par la misère. M. de Mun et les catholiques qui lui font cortège les consolent et les appellent à des destinées meilleures. Il n'est pas certain que les classes ouvrières fassent jamais la différence entre ces deux écoles. Mais qu'importe? C'est l'immortel honneur des grands esprits et des grands cœurs de faire et d'enseigner le bien pour lui-même, et non pour le profit qu'on en peut tirer.

27 janvier 1891.

LA QUESTION DES SŒURS

Vous savez combien la musique, même la plus
caressante, affecte douloureusement les nerfs des
chiens. Les pauvres bêtes se lamentent et hurlent
comme si la mélodie qui nous enchante leur déchi-
rait les fibres. J'ai pour mes collègues de gauche
toute la déférence qu'il faut et je me reprocherais
d'user à leur endroit de comparaisons désobligeantes.
Mais c'est vraiment un phénomène de même nature
que produisent sur eux les questions religieuses.
Observez-les pendant la discussion du budget. Ils
sont là sur leurs bancs, attentifs ou distraits, suivant
la question qu'on discute ou l'orateur qui parle,
écoutant, causant ou dormant, mais l'air honnête et

suffisamment rassis. Tout à coup, le mot de congrégation religieuse retentit à leurs oreilles, et leur physionomie se transforme à vue d'œil. Ils ont le regard rouge et la mine convulsée. Ils trépignent, ils grincent, ils hurlent. Ce sont des frénétiques.

L'Église avait autrefois un mot expressif pour désigner ces troubles nerveux que la science moderne ramène aux phénomènes variés de l'hypnotisme. Elle disait que les malheureux en proie à ces convulsions étaient des « possédés ». Et, de fait, cette hystérie antireligieuse qui se traduit par de pareilles fureurs est bien la marque d'un état d'âme absorbée par l'idée fixe. Les victimes de ce dérèglement mental sont possédées par la manie qui les agite; elles ne se possèdent plus. La conscience se voile, le jugement se détraque, les nerfs seuls agissent, et comme les lois de l'équilibre physique et moral sont en même temps bouleversées, l'accès se manifeste toujours par des grimaces.

Ces spectacles, qui reviennent à des intervalles à peu près périodiques, seraient le divertissement de la Chambre, si l'on n'avait le sentiment que des milliers de malheureux sont victimes de l'affolement qui les provoque. La semaine dernière, c'est une interpellation de M. le docteur Després qui a déterminé l'accès. M. le docteur Després n'est ni conser

vateur, ni clérical. C'est, au contraire, un républicain qui se pique de libre-pensée. Mais, chez lui, du
moins, l'enseigne ne ment pas. Il pense librement,
et à cette qualité, qui est fort rare chez les républicains de profession, il en joint une autre qui n'est
pas moins précieuse : c'est de dire librement aussi
ce qu'il pense. Comme médecin des hôpitaux de
Paris, il a constaté que l'expulsion des sœurs de
charité et leur remplacement par des infirmières
laïques étaient gravement préjudiciables aux malades, et il a demandé qu'on les réintégrât dans leur
ancienne fonction.

C'est une cause populaire entre toutes que celle-là,
et depuis longtemps gagnée dans le cœur des populations, même les plus hostiles au cléricalisme. La
sœur a fait la conquête du peuple. On voit quelquefois de sinistres et blêmes voyous insulter un prêtre;
il ne s'est jamais vu sur le pavé de Paris de brute
ou d'ivrogne qui ait seulement l'idée de molester
une sœur. Partout où elles passent, le respect et la
sympathie les accompagnent. C'est qu'elles sont l'expression la plus parfaite de la plus parfaite vertu, la
charité. On sait qu'elles ont complètement renoncé
à vivre pour elles-mêmes, qu'elles ont fait abnégation
de leur personnalité, qu'elles n'ont ni une pensée,
ni un désir, ni une ambition qui les concerne, et

que tout chez elles, l'argent qu'elles quêtent comme le dévouement qu'elles répandent, appartient aux malheureux. Entre tous les miracles qu'a produits la foi, il n'en est pas de plus étonnant et de plus beau que celui-là : produire des créatures qui ont fait de l'humanité leur famille et ne connaissent ni d'autre devoir, ni d'autre fin dans la vie que de se dévouer tout entières à elle.

Une pareille vertu faisait d'elles des garde-malades d'élite et c'est par là qu'elles excellaient dans le service des hôpitaux. Ce service ne comporte pas seulement des soins matériels; il exige, pour être complet, une sollicitude morale à laquelle les sœurs de charité peuvent seules répondre. Le malade à l'hôpital est seul, et cette solitude lui est souvent plus cruelle que le mal dont il meurt. Lorsque nous souffrons, nous autres, nous avons autour de nous des parents et des amis qui nous entourent, et notre souffrance est allégée de toute la part qu'ils y prennent. L'homme de l'hôpital n'a personne qui souffre avec lui, personne qui recueille sa plainte et lui réponde. La sœur, autrefois, lui servait de famille. Elle s'intéressait à lui, mêlait à ses soins les paroles qui relèvent et consolent; elle pansait l'âme et sauvait le malheureux de l'horreur de l'abandon. Ce n'est rien sans doute, au regard de la philo-

8.

sophie officielle, que cette sollicitude amie et pénétrante substituée par les sœurs à l'indifférence gla-
ciale et parfois même à la sourde hostilité des
mercenaires. Car ce ministère moral a été la cause
déterminante de leur expulsion.

On les a chassées parce qu'elles exerçaient autour
d'elles une sorte de prosélytisme involontaire. Il
devait nécessairement arriver que le malheureux,
réconforté par elles, remontait spontanément à la
source de ces vertus surhumaines et devenait l'adepte
d'une religion qui inspire de tels dévouements.
Peut-être conseillaient-elles aussi la prière aux désespérés : c'était encore adoucir leur souffrance que
de les initier au secret de leur sérénité. Le matérialisme est une doctrine qui va bien aux santés insolentes ; ce n'est point un viatique d'hôpital, et le
prosélytisme religieux des sœurs valait mieux, à tout
prendre, pour les malades, que la neutralité indif-
férente qui lui succède. Mais ce n'est point l'avis de
nos fortes têtes municipales. Il s'est rencontré là,
comme ailleurs, d'épais imbéciles pour déclarer que
tout, chez les sœurs, n'était que superstition, leur
dévouement comme leur foi, et qu'une démocratie
comme la nôtre ne pouvait plus longtemps tolérer
cette insulte à la libre-pensée. — Tout ce qu'elles
font, elles le font au nom de Dieu, et l'on sait, au

conseil municipal, que Dieu n'existe pas ! — Faites commenter cet apophtegme par un collectiviste du quartier des Épinettes ou de la Goutte-d'Or, et vous saurez par quelle pente l'Assistance publique, qui est, paraît-il, aux ordres de ces libres esprits, a été conduite à laïciser les hôpitaux.

C'est ce crime, l'un des plus odieux que l'on puisse commettre, puisqu'il choisit pour victimes des malheureux sans défense, que M. le docteur Després reprochait l'autre jour à l'administration républicaine. Il l'a fait avec la conscience d'un honnête homme et l'autorité d'un témoin. C'est un légitime hommage à lui rendre que de citer le portrait qu'il a fait de la sœur de charité : — « Une femme, dit-il, qui n'a ni famille, ni intérêts pécuniaires, qui n'a même plus de nom et qui s'appelle « la sœur », qui vit de la vie d'un prisonnier, qui couche dans un dortoir, mange dans un réfectoire la même nourriture que les malades et qui, trois cent soixante-cinq jours de l'année, depuis quatre heures du matin jusqu'à dix heures du soir, sauf les heures de prières, qui ne sont pas bien longues, et les heures de repas, peut donner son temps avec la régularité d'un mouvement d'horloge, avez-vous remplacé cela ? Non ! Et vous ne le remplacerez jamais ! »

On a tenté, du moins, de les remplacer par des

infirmières laïques dont le moins qu'on puisse dire
est qu'elles font par intérêt ce que les sœurs faisaient
par charité. Un trait cité par le docteur Després dans
son discours souligne curieusement la différence.
Dès le lendemain de la laïcisation, on se crut obligé
d'afficher dans les salles cet édifiant avis : — Les
malades ne doivent rien au personnel qui les sert.
— C'était, en propres termes, l'interdiction du pour-
boire. Ces laïques cependant coûtent sept cents
francs, quand elles sont logées, dix-huit cents ou
deux mille cent francs, quand elles ne le sont
pas. Les sœurs ne coûtaient que deux cents francs.
Mais qu'importe? Du moment où le pansement
des malades est un métier, et non plus une
œuvre de dévouement, il est naturel que celles qui
l'exercent veuillent en tirer le plus d'argent possible.
Ce métier d'infirmière est, d'ailleurs, l'un de ceux
qui répugnent le plus à l'égoïsme humain. L'homme
fuit, d'instinct, la souffrance, lorsqu'aucune affection
particulière ne l'attache au patient. Il faut une vocation
surhumaine pour consacrer ses soins et son cœur à
ces spectacles désolés. Cette vocation, la foi religieuse peut l'inspirer ; l'argent n'y supplée pas. Et
qu'importe, après cela, que le principe d'où elle descend soit une superstition ou une vérité? C'est, en
tout état de cause, une œuvre bienfaisante et, si

c'est une chimère, la chimère vaut, par ce qu'elle donne, la plus précieuse et la plus sainte des réalités.

C'est M. Constans qui a répondu à l'interpellation du docteur Desprès, et j'ai le regret de dire que la cause des sœurs valait mieux que son plaidoyer. Il n'a point médit de ces saintes filles, mais il a fait l'éloge des infirmières laïques et proclamé que les unes et les autres occupaient le même rang dans l'estime de son gouvernement. Il n'est pas, d'ailleurs, plus partisan qu'un autre de la laïcisation des hôpitaux, mais c'est une affaire qui n'est point de sa compétence. Il n'appartient qu'à l'Assistance publique de régler, comme elle l'entend, les services hospitaliers, et du moment qu'elle est d'accord avec le conseil municipal, le gouvernement n'a plus rien à dire. Si l'on veut leur réintégration, il faut demander à la population parisienne d'élire un conseil municipal investi de ce mandat. On peut être certain que, dans ces conditions, le gouvernement n'y ferait pas obstacle !

C'est là, si l'on veut, de la politique parlementaire dont le principal souci est de garder l'équilibre entre les partis ; mais c'est aussi de la politique subalterne, plus digne d'un jongleur que d'un homme d'État. Elle nous étonne et nous choque dans la

bouche de M. Constans, parce qu'il avait témoigné,
en maintes circonstances, d'une politique personnelle, originale et hardie, et qu'on ne le savait pas
homme à se traîner dans les sentiers battus de l'opportunisme. Le propre des vrais ministres est de
savoir distinguer au premier regard les causes qui
honorent et grandissent l'homme qui les adopte, et
je n'en connais pas qui pût léguer à son défenseur
une popularité de meilleur aloi.

C'est une mauvaise plaisanterie que d'en appeler aux élections municipales. Si la question
devait être l'objet d'une consultation électorale, ce
sont les malades et les médecins qu'il faudrait con-
sulter, et leurs voix seraient, à peu près, unanimes.
Le sentiment de la population n'est pas plus obscur.
Qu'on fasse un plébiscite, et ce sont précisément les
quartiers les plus infectés de l'esprit révolutionnaire qui donneront les majorités les plus fortes
pour la réintégration des sœurs. Cela ne les empêche pas de nommer des conseillers municipaux
qui les expulsent. Ils votent d'instinct pour le candidat hydrophobe qui répond le mieux à leur rage
de bouleversement, sans regarder, d'ailleurs, si
l'expulsion des sœurs fait partie des exécutions
qu'il médite. Avec un pareil système, Paris possède
un conseil qui est la parfaite caricature de ses goûts,

de ses sentiments et de son génie. Cette difformité
vivante est sa représentation légale ; mais ce n'est
pas à **M.** Constans qu'on fera jamais croire qu'elle
en est l'image.

C'est un regret pour nous et un malheur pour lui
qu'il ait laissé passer l'occasion de mesurer son autorité de ministre à la défense d'une cause aussi haute
et aussi sûre que celle-là. Mais la défaite qu'il a
consentie, s'il ne l'a pas lui-même infligée, n'est pas
pour cela définitive. La cause des sœurs est destinée
à la même revanche et promise au même triomphe
que toutes les causes identiques sacrifiées depuis
quinze ans à la brutalité républicaine. Nos adversaires
croient voir s'évaporer l'esprit monarchique, et ils
s'en réjouissent. Eh bien ! il y a quelque chose qui
fond et s'efface encore plus vite que nos traditions
et nos croyances : c'est le jacobinisme. Oui, Homais,
le libre penseur typique dans lequel il s'était incarné,
Homais, l'idéal accompli du républicain de notre
temps, le Homais mangeur de prêtres et mangeur
de rois, dont l'intolérance persécutrice et haineuse
n'était qu'une Inquisition retournée, Homais, se
meurt sous les huées. On le honnit, en attendant
qu'on l'enterre, et sur sa boutique effondrée, la
conscience publique s'apprête à restaurer le règne de
la vraie justice et de la vraie liberté. C'est une

grave erreur pour un homme de gouvernement de n'avoir pas compris que les grands ministres de demain seront ceux qui se feraient aujourd'hui les initiateurs et les prophètes de cette réparation.

23 décembre 1890.

LE SOCIALISME AU PARLEMENT

Un député qui déborde de bonne volonté, l'honorable M. Maujan, a déclaré l'autre jour, à la tribune,
que la question sociale devait se résoudre au Parlement, et non dans la rue. Il a dit cela d'un ton solen-
nel et sévère, avec un geste dominateur, c'est-à-dire
en homme qui croit fermement ce qu'il dit, et ses
congénères républicains ont beaucoup applaudi sa
déclaration. Il leur avait fait voter la veille un
ordre du jour dans lequel, après avoir rendu un égal
et fraternel hommage aux ouvriers de Fourmies et
aux soldats qui venaient de les fusiller, la Chambre
s'engageait à travailler d'arrache-pied la question
sociale et à la résoudre dans le courant de l'année.

9

Ce sont là de louables dispositions dont il ne faut pas médire, et j'admire bien sincèrement, pour mon compte, les cervelles où elles trouvent à se loger. Malheureusement, je n'ai pas la foi parlementaire. Je ne crois pas du tout à la solution de la question sociale par voie législative, et, entre tous les exercices inutiles auxquels s'adonne la Chambre, il n'en est pas qui me semblent plus dérisoires et plus vains que ses lois sur la réglementation du travail et la condition des travailleurs.

Ce n'est pas que je sois plus indifférent qu'un autre à ces problèmes, et surtout aux effroyables misères qui les suscitent. Aussi bien ne servirait-il guère de se désintéresser de ces questions. Elles s'imposent d'elles-mêmes et nous prennent à la gorge ; impossible d'échapper à leur étreinte. La politique pure, je veux dire la brigue des partis et les conflits de systèmes, ne nous échauffe plus. On se passionnait, naguère, pour des questions ou pour des hommes qui ne recueillent plus que le sourire moqueur de la galerie. On ne croit plus en personne et l'on ne tient communément à rien. Ce peuple de Paris, notamment, jadis si ardent et si jeune, si facile à l'enthousiasme ou si prompt à la révolte, s'est fait une triple cuirasse de scepticisme, de mépris et de dégoût, sous laquelle rien ne bat plus.

Il a fouillé les nobles programmes dont on berçait sa naïve espérance et n'y a trouvé que du son ; il a pris mesure de ses favoris, et s'est aperçu qu'ils n'étaient que des bateleurs. Son éducation est maintenant achevée : il blague ses vieilles idoles.

Mais il est un fait dont on ne rit pas : c'est le socialisme. Le mot est vide et vague, d'autant plus formidable qu'il comprend, sans les définir et sans les discipliner, toutes les aspirations chimériques ou bestiales des déshérités. C'est comme une nouvelle invasion des barbares qui se rue sur le vieux monde, et l'on voit déjà se former et grossir aux quatre coins de l'horizon le sinistre et formidable grouillement des multitudes en marche pour le dévorer. Encore que l'humeur aimable et légère dont nous sommes doués ne s'accommode guère des longues perspectives, il n'est personne parmi nous qui ne s'arrête effaré devant la date fatidique du 1er mai. C'est un symptôme terriblement alarmant pour la paix sociale que cette manifestation, non dans ce qu'elle est, mais dans ce qu'elle présage. D'un bout du monde à l'autre, les malheureux et les révoltés s'entendent et se répondent et, en même temps qu'ils échangent leurs doléances, leurs haines et leurs revendications, ils prennent conscience de leur souveraineté. Comme ils sont le nombre, ils sont aussi la force, et ils n'ont qu'à vouloir ensemble pour que le moule social craque et se brise sous l'étreinte de leur main.

Il faudrait que les malheureux fussent des anges pour résister à la tentation, et ce ne sont même plus des croyants. Le monde appartient à une race d'éducateurs et d'hommes d'État qui s'évertuent à débarrasser l'âme des peuples de toute foi spiritualiste et de la morale qui en découle. La discipline sociale était autrefois fondée sur un corps de doctrines et de croyances qui opposaient victorieusement au mal physique l'espoir des compensations éternelles. On enseigne aujourd'hui que c'est duperie de croire et folie d'espérer. Il n'y a de certain que les fonctions diverses de l'organisme, et l'homme qui remplit le mieux sa destinée est celui qui joint à la diversité des appétits le talent de leur donner les plus larges satisfactions. C'est la morale d'État qui prévaut aujourd'hui, et pour l'avoir inaugurée dans nos écoles, M. Jules Ferry s'est fait la réputation d'un homme de gouvernement !

Ce matérialisme insurgé contre l'ordre traditionnel et les privilèges sociaux dont il était le cadre se complique de rancunes féroces. La république semblait venir parmi nous comme une sorte de providence terrestre destinée à réparer les iniquités du monde et à faire le bonheur universel. C'est ainsi, du moins, que l'annonçaient ses prophètes, et leur évangile politique soulevait autour d'eux un peuple d'adorateurs. Hélas ! les prophètes d'antan sont devenus les parlementaires d'aujourd'hui. Ils sont descendus des sommets de l'idéalisme pour pâturer dans le marais.

Comment en un plomb vil...?

Je ne sais : c'est au peuple qui les élut qu'il faut demander des nouvelles de leur métamorphose. Elle est peu darwiniste, leur clientèle, et n'entend rien aux théories de l'évolution. Elle ne voit qu'une chose : c'est que la république leur avait tout promis, et qu'elle ne leur a donné jusqu'ici que des coups de fusil. La déception est vraiment amère, et l'on ne peut raisonnablement s'étonner que la foi primitive ait fait place à d'effroyables colères. « Prenons garde, s'écriait l'autre jour M. Tony Révillon, de décourager nos électeurs ! » Voilà qui est d'un bon homme. Malheureusement, sa sollicitude retarde. Il y a beau temps que les électeurs ne croient plus aux encouragements.

Que faire contre ce mouvement d'ensemble qui monte des profondeurs de la démocratie, grossit, s'étend, s'irrite et menace de submerger le vieux monde sous le flot trouble de ses revendications? Les oracles se consultent et se répondent les uns aux autres : « Il faut faire quelque chose. — Mais quoi ? Voilà le problème, et ce sont les solutions pratiques qui nous manquent le plus. Dans le programme socialiste, tout n'est que chimère ou charlatanisme. On nous propose, par exemple, la réduction des heures de travail et la réglementation des salaires. Nous voulons les trois huit ! » disent les ouvriers. « Donnons-leur les trois huit, répondent nos socialistes, et voilà la question sociale résolue du coup. » Ceci est de la démence toute pure, et l'on a mis à Charenton des fous moins dangereux que les idéologues ou les fumistes qui préconisent de pareils expédients. On ne peut réglementer le travail sans nuire à la liberté de l'ouvrier. On ne peut réglementer le salaire sans compromettre le capital du patron. Toute réglementation est la gêne pour l'un ou la faillite pour l'autre, c'est-à-dire une aggravation certaine du mal auquel on veut remédier.

Je ne parle pas des difficultés internationales qui proviennent de la différence des forces, des ressources, des capacités, des mœurs, des besoins afférents au génie de chaque race et au climat de chaque pays ; différences qui constituent autant

d'éléments réfractaires à toute réglementation internationale du travail. Je prétends que la question,
réduite à ces deux termes, est radicalement et à
jamais insoluble, et que les pires ennemis de la paix
sociale sont ceux-là mêmes qui l'agitent et se piquent
d'en venir à bout. Le plus grand service que l'on
pût rendre à la classe ouvrière serait de discuter
devant elle ces dangereuses rêveries et de lui en
faire sentir tout le néant. Le malheur est qu'il y
a dans le socialisme autre chose que des travailleurs : il y a surtout des charlatans qui exploitent
ces redoutables problèmes comme une industrie,
éveillent dans l'âme populaire des aspirations chimériques et des espérances insensées et ne consentent à cesser ce commerce de sophismes et de
mensonges que lorsqu'ils en ont touché le prix
sous la forme d'un mandat de député ou d'un
portefeuille de ministre. Je sais des régimes qui
osent considérer cette industrie comme pernicieuse
à la santé publique et la supprimer tout net. Mais
on ne peut raisonnablement demander à la république d'être à ce point cruelle à sa propre famille.

Et que reste-t-il alors ? Des palliatifs tels que
les sociétés de prévoyance, les caisses de retraite,
l'assurance obligatoire, et autres institutions phi-

lanthropiques du même genre, qui constituent une atténuation marquée du mal social. Il n'y a rien à redire, en principe au moins, à ces expédients, et l'on peut souhaiter que l'Etat les convertisse en faits ou en lois. Il est là dans son domaine, et le bien qu'il y peut faire s'impose à lui comme un devoir. Puis, il est d'autres remèdes, moins inoffensifs, comme la réforme des lois fiscales, par exemple, ample matière et thème particulièrement commode aux imaginations radicales. N'a-t-on pas vu, la semaine dernière, le même M. Maujan bouleverser d'une chiquenaude tout le système de nos impôts? Il y a là aussi quelque chose à faire, encore qu'il y ait plus à laisser qu'à prendre dans ces improvisations. Mais dût-on trouver le secret de supprimer l'impôt tout net, sans le remplacer par rien, que le mal social se trouverait atténué, sans que la question sociale eût fait seulement un pas. Car elle consiste tout entière dans le conflit vivace et de plus en plus aigu entre le capital et le travail, le patron et l'ouvrier, et il n'est pas de réforme qui la puisse résoudre.

Les lois n'y peuvent rien. Si elle doit se résoudre un jour, ce sera par une collaboration mieux réglée de ces forces ennemies ou par l'usage mieux entendu de la liberté ; j'entends par là une participation plus large du travail aux bénéfices du capital, et la multiplication des sociétés coopératives. Lorsque des ouvriers également laborieux, également économes réunissent dans une entreprise commune les capitaux dont ils peuvent disposer et les talents qu'ils possèdent, ils font du socialisme pratique, le seul qui soit capable et mérite de réussir ; de même le patron, lorsqu'il associe ses ouvriers à l'industrie qu'il exploite et leur accorde une part proportionnelle au produit net de leur travail. Mais il n'est pas besoin pour cela de réglementer le salaire ou la tâche. Ces lois libératrices ne sont qu'une gêne et un danger. C'est seulement par la pratique de la liberté, par l'économie, par l'entente plus nette et plus sûre des intérêts de l'ouvrier, par l'épuration graduelle de ses idées jusqu'ici perverties par tous les sophismes révolutionnaires que se réalisera l'harmonie sociale et que le socialisme atteindra ses fins légitimes. En dehors de cette évolution lente, méthodique et volontaire, il faut se méfier aussi bien des réformateurs du Palais-Bourbon que des agitateurs de la rue. Les uns et les autres nous mènent, par des chemins différents, à la guerre civile.

19 mai 1891.

9.

PHILOSOPHIE DES GRÈVES

L'expérience que nous avons faite des grèves, en ces dernières années, a révélé une grosse lacune dans la loi de 1864 sur les coalitions : elle a omis d'interdire l'immixtion de tout élément étranger dans les conflits qui s'élèvent entre ouvriers et patrons. L'omission, à vrai dire, était excusable : car rien ne faisait prévoir alors les étranges spectacles auxquels nous assistons aujourd'hui. En ce temps-là, le gendarme avait encore tout son prestige et la peur du gendarme toute son efficacité. Si quelque socialiste en mal d'apostolat s'était avisé d'aller prêcher la guerre sociale aux grévistes, on l'eût mis tout de suite à l'ombre. On le savait, et cette con-

viction suffisait seule à la garde de l'ordre. On sait
le contraire aujourd'hui : de là le sentiment de protestation qui s'élève un peu partout contre une
industrie que le législateur de 1864 n'avait pas
prévue.

La grève est de droit naturel, et s'il est vrai que
les ouvriers en abusent un peu, on ne peut contester
qu'ils exercent une liberté légitime et qui est bien à
eux. Il serait trop facile au patron d'écraser le travailleur, si le travailleur n'avait recours à l'entente
commune, à la coalition et à la grève pour débattre
avec lui les conditions de son travail. Il importe
seulement que la grève soit contenue dans ses limites
naturelles, et ces limites sont déterminées par la
liberté respective des parties. Une grève est un phénomène d'ordre essentiellement privé. Des ouvriers
mécontents, à tort ou à raison, du patron ou de la
Compagnie qui les emploie, déclarent qu'ils vont
cesser leur travail si on ne leur accorde pas certaines
satisfactions. Le patron ou la Compagnie refuse et
la grève éclate. Elle durera plus ou moins longtemps,
jusqu'à ce que l'une des deux parties se fatigue ou
cède. Il n'y a rien en tout cela qui regarde l'État. Ce
sont des intérêts privés qui sont en cause : la que-
relle se produit, se développe et se résout en dehors
de lui. Le rôle de l'État commence lorsque la grève,

au lieu de rester pacifique et libre, tourne au désordre ou à l'oppression. Si des rixes ou des manifestations tumultueuses surviennent, l'Etat a le devoir de les réprimer et de rétablir l'ordre. Si des menées illicites se produisent, soit d'un côté, soit de l'autre, contre la grève ou contre le travail, l'État doit encore intervenir pour faire respecter la liberté de tout le monde.

Or, cette liberté peut être violée de différentes façons. Elle peut l'être par le patron ou par la Compagnie, s'ils usent de menaces, de violences ou de manœuvres dolosives pour vaincre la résistance des ouvriers ; elle peut l'être aussi par les grévistes, s'ils prétendent interdire le travail à ceux de leurs camarades qui voudraient retourner à la mine ou à l'atelier ; elle peut l'être enfin par l'intervention d'agitateurs politiques qui viennent prêter à la grève le contingent de leurs excitations, et c'est là toute l'histoire de Carmaux. On a vu les grévistes organiser des patrouilles pour intimider les travailleurs et bafouer l'armée, et cette dérision publique de l'autorité gouvernementale est restée sans châtiment. On a vu des meneurs politiques, totalement étrangers au conflit, se mêler à la grève, en prendre la tête et bientôt l'accaparer, substituer aux revendications propres des ouvriers l'agitation révolutionnaire, encourager leur résistance et tromper leur crédulité par des excitations et des promesses qui étaient une provocation directe à la guerre sociale. Le gouvernement a laissé tout dire et tout faire, et le plus clair résultat de son inertie a été de condamner trois mille familles à la plus atroce misère. Les fatalités de parti qui pèsent sur la république l'ont toujours empêchée et l'empêcheront toujours de gouverner : de là vient que l'État est livré depuis quinze ans à des pouvoirs généralement imbéciles, qui n'ont ni conscience, ni courage, ni volonté. On supposait pourtant qu'il y avait des bornes à leur infirmité, et personne n'eût osé prévoir qu'elle pût descendre à ce degré où le ramollissement cérébral cesse d'être une pitié pour devenir une honte.

La grève de Carmaux n'est, d'ailleurs, qu'un épisode dans la campagne que le socialisme mène aujourd'hui partout ; pour peu qu'il rencontre dans les pouvoirs publics la même complaisance, on peut d'ores et déjà marquer les étapes et le terme de sa conquête. Le métier d'agitateur en grèves est l'un des plus attrayants qui soient au monde. Il n'exige de celui qui s'y adonne aucune préparation particulière, ni études, ni talent, ni services. Il n'exige même pas cette éloquence populaire, triviale, mais imagée, virulente, incendiaire, qui sonne la charge

aux oreilles des foules, et les a précipitées tant de
fois aux barricades. C'est un fait digne de remarque
que parmi les députés socialistes qui sont les fruits
directs de cette industrie — elle n'en produit pas
d'autres ! — il n'y ait pas même la monnaie d'un
tribun. De l'intrigue, du bagout, de l'effronterie et
des mensonges, c'est tout ce qu'il faut. Avec cette
mise de pauvre, on devient député ; on prend d'assaut la gloire ; on occupe les journaux ; on fait trembler les ministres, et tel politicien de pacotille qui
n'était bon à rien, la veille, pas même à faire un
manœuvre, se trouve être le lendemain un personnage de mine formidable, qui tient la puissance
publique en échec et fait reculer les lois !

Une carrière aussi fructueuse n'est faite pour
décourager personne, et ceux qui la parcourent
dans leur fortune et dans leur gloire ne peuvent
manquer d'émules. Nous avons donc autant de
grèves en perspective que ces heureux exemples susci-
teront de courtiers. Car l'ouvrier est une proie d'élection pour tous les charlatanismes. C'est un mineur
éternel, qui paraît arrêté dans sa croissance morale
et qui ne parviendra jamais à l'âge de raison. On
l'excite aussi facilement qu'on le trompe : il joint
à des violences d'ivrogne une crédulité d'enfant.
Son ingénuité confiante est sans défense contre le

racolage des meneurs. On le plaint, on le flatte, on
l'admire, on l'exalte, on l'affole, et la tête du
malheureux, qui n'avait jamais vu plus loin que le
bout de sa pioche ou de sa pelle, chavire sous la
pression des appétits formidables qu'on éveille en
lui. Il avait fait jusque-là son métier de machine
humaine, muette, passive et résignée, sans autre
idée que de gagner son salaire, sans autre curiosité
que d'assister sa vieillesse avec ses économies. O misère
de l'ignorance ! Il faisait de l'or, et c'est un autre qui
empochait le fruit de son travail ! On le traitait en
serf, et c'était un maître ! Mais il ne savait pas !
Maintenant qu'il a pris conscience de ses droits de
citoyen et qu'il a les yeux ouverts, c'est fini de cette
exploitation inique. Il attendra, pour travailler, que
la société soit retournée de fond en comble et que
toutes choses soient remises à leur place : — La
terre au paysan ! L'usine à l'ouvrier ! La mine au
mineur ! — Il travaillera quand il sera propriétaire,
et, pour le devenir, il commence par se mettre en
grève. Il boit, dans ces longs jours de paresse, le
sophisme et l'alcool avec le même délice, et de
cette double intoxication sort un réfractaire du travail
qui crève de faim sur son outil, quand il ne tombe
pas sous les balles. Le meneur qui lui a préparé
cette destinée ramasse dans l'aventure un mandat

de député. C'est à cela que servent les grèves !
C'est à cela qu'elles servent ; mais ce n'est pas
à cela qu'elles s'arrêtent. Elles ont des lendemains
qui devraient inquiéter les apôtres du prolétariat,
s'ils avaient un réel souci de leur peuple. La mul-
tiplicité des grèves a pour conséquence immédiate
la raréfaction du travail et pour fin le chômage
forcé. Lorsqu'une grève se résout par une hausse du
salaire, elle oblige le patron à vendre ses produits
plus cher, afin de rétablir l'équilibre, ce qui
revient à dire qu'elle favorise la concurrence étrangère aux dépens de notre propre industrie ; car, à
produit égal, le client achètera toujours à celui qui
vend le meilleur marché. C'est ainsi que l'Allemagne,
par exemple, où la main-d'œuvre est moins élevée
que chez nous, nous évince peu à peu de tous les
marchés du monde, et la répercussion fatale de
cette éviction toujours croissante sera pour l'ouvrier
français de travailler à prix réduit ou de ne plus
travailler du tout. Lorsque la grève n'aboutit à rien,
comme à Carmaux, elle n'en a pas moins, sur la
condition du travail en France, un retentissement
du plus fâcheux effet : elle effraie les capitaux et
frappe l'industrie d'un mal qui est mortel : c'est le
sentiment de l'insécurité. Or, le phénomène le plus
inquiétant de cette époque est la tendance de

l'épargne à s'écarter des entreprises industrielles et commerciales pour s'accumuler dans les caisses de l'État. La scandaleuse impunité publiquement acquise aux grandes escroqueries a largement contribué à cette sécession : les grèves ont fait le reste. On ne prête pas volontiers son argent, lorsqu'on le sait exposé à de pareils accidents. Cependant le capital est l'aliment nécessaire de l'activité sociale, et la production du travail se mesure à l'abondance de l'argent. Lorsqu'il manque ou se refuse, il faut que le travail s'arrête et que l'ouvrier chôme.

Ces vérités élémentaires dicteraient sa règle de conduite à un gouvernement conscient de son devoir et soucieux de le remplir. Il interdirait à tout étranger de se mêler à la grève ; il casserait les délibérations des Conseils municipaux qui emploient l'argent des contribuables en subventions aux grévistes ; il dissoudrait les Conseils eux-mêmes pour cause de détournement et de rébellion. Et si, d'aventure, quelque agitateur-député s'avisait de franchir la zone où doivent se débattre librement et pacifiquement les intérêts aux prises, il confierait aux gendarmes le soin de le recevoir et de l'héberger. Il y aurait à la Chambre des interpellations furibondes et de terribles grincements de dents. C'est là, précisément, la pierre de touche des ministres :

ceux-là seuls qui les bravent sont aptes à gouverner.
Le pire compliment que puisse mériter l'homme
qui a charge de peuple, c'est de laisser croire et
dire qu'il est « une bonne bête ». En pareil cas, la
bonté est une duperie et la bêtise un fléau.

Il serait chimérique, d'ailleurs, de supposer qu'un
gouvernement de républicains soit capable de cet
effort. Le nom seul qu'ils portent implique une
solidarité de parti contre laquelle aucun principe de
gouvernement ne saurait prévaloir. Républicains, ils
ne résisteront jamais à des républicains. Il faut que
les partis monarchiques aient disparu, qu'un clas-
sement nouveau s'opère, que le nom même de
républicain n'ait plus ni sens ni portée, pour que
ce compagnonnage disparaisse à son tour, et que
les modérés, n'ayant plus à craindre de trahir la
république, osent rompre avec les violents. Jusque-
là, l'agitation révolutionnaire aura ses franches
coudées, et radicaux d'un côté, socialistes de l'autre,
continueront librement leur commerce. Qui l'em-
portera de ces deux factions rivales ? Danton, qui
s'y connaissait, disait que dans les temps de révolution la victoire reste toujours au plus scélérat. Il
trouva plus scélérat que lui et paya de sa tête cette
infériorité. De même, dans cette course à la popularité, le prix sera pour ceux qui feront au peuple

abusé les promesses les plus effrontées, allumeront dans les âmes les plus brutales convoitises. Mais cette surenchère porte avec elle son châtiment.

On peut tout oser contre les principes : ils ne se défendent pas. On peut marcher avec des bottes d'égoutier sur les choses les plus augustes et les plus chères, sur la religion, sur le droit, sur la justice, sur la liberté, sur la morale, sans que le peuple se lève pour les venger. On ne peut rien contre les intérêts. La conscience dort, mais l'argent veille, et c'est parce qu'il veille qu'il commence à s'émouvoir. Il sent à merveille qu'une société ne peut résister longtemps à de pareils ébranlements : il faut qu'elle se défende ou qu'elle périsse. Or, les intérêts ne se résignent jamais. Puisque le parlement les trahit au lieu de les défendre, puisque le pouvoir les livre à la révolution sociale au lieu de les sauver, ils en appelleront au pouvoir fort, et le pouvoir fort vient toujours quand on l'appelle. Si nos démagogues avaient une psychologie électorale un peu plus affinée, ils s'épouvanteraient d'apprendre combien de gens en France adressent, sans le dire, leurs invocations au dieu inconnu, à la Poigne libératrice !

4 novembre 1892.

LA FIN D'UNE CHAMBRE

Il est rare qu'une Chambre qui meurt emporte avec elle les regrets ou l'admiration du peuple. Pendant les quelques années qu'elle a vécu, elle a fatalement épuisé la popularité d'où elle était sortie, égrené sur sa route la plupart des espérances ou des illusions qui l'accompagnaient à sa naissance, trompé ou trahi la confiance de ceux qui l'avaient nommée, failli à ses promesses, manqué à ses programmes, menti à ses serments. Le mouvement de l'opinion publique s'est retourné contre elle : la faveur a progressivement fait place à la défiance, à la désaffection, à la malveillance, aux revendications irritées, à la colère, au mépris ; et lorsqu'elle arrive à l'expiration de son mandat, vieillie, édentée, détestée et flétrie, la joie est dans le cœur de tous : on l'enterre généralement au milieu des huées. Le temps seul répare ce qu'il peut entrer d'injustice dans le jugement populaire, et telle assemblée, qui finit misérablement sous l'injure, apparaît, par comparaison, grande et belle, aux yeux de ceux-là mêmes qui ne lui avaient épargné aucun opprobre.

Il n'est pas probable que l'avenir réserve à la Chambre qui vient de mourir de semblables réparations. Bien que je lui appartienne, je suis assez franc pour reconnaître qu'elle a peu de titres aux regrets, et qu'on perdrait sa peine à vouloir célébrer ses bienfaits ou ses vertus. Elle fut, à proprement parler, beaucoup moins une assemblée politique qu'un club. On y pérorait, on y clabaudait, on y trépignait, on y délirait, on y tenait boutique d'incongruités démocratiques et sociales; on n'y travaillait pas. Les qualités élémentaires qui président ou devraient présider aux délibérations du Parlement, c'est-à-dire l'éducation professionnelle, l'étude, l'expérience, l'autorité, la méthode, la modération, la mesure, la décence, la tenue lui faisaient totalement défaut. Autant dire qu'il lui manquait tout, hormis le talent.

Ah ! le talent foisonne aujourd'hui dans les assem-

blées politiques, et c'est là le grand vice des démocraties exploitées par le régime parlementaire. On
ne compte pas le nombre des députés qui savaient
parler dans la Chambre ; mais on en pourrait citer
cinquante dont le talent de parole eût mis son
homme en lumière, sous les régimes précédents. Les
grands orateurs étaient rares assurément pour la
même raison sans doute qu'on ne voit plus de
grande peinture au Salon, depuis que tous les peintres savent peindre. Le métier fait tort à l'originalité.
De même la politique de pacotille à laquelle la
république asservit son monde interdit tout essor à
ceux qui la défendent. Ces gens-là n'ont pas plus
d'horizon qu'un tenancier de bazar. Ce qui mesure
l'orateur, ce n'est pas seulement le jeu complet des
grandes facultés oratoires, c'est aussi la qualité
morale de l'homme et la splendeur des causes qui
parlent par sa bouche. Berryer, réduit à défendre le
budget de M. Peytral, n'eût guère été plus éloquent
qu'un orgue de Barbarie.

César a résumé d'un trait le génie traditionnel de
notre race, en disant de nos aïeux qu'ils n'aimaient
que deux choses au monde : *Fortiter pugnare et
argutè loqui.* Nous n'avons guère changé depuis
deux mille ans ; nous sommes toujours comme les
Gaulois de César un peuple de batailleurs intrépides

et d'enragés discoureurs. Nous désapprendrons peut-
être à aimer la guerre, maintenant que les engins
nouveaux l'ont réduite à l'état d'industrie, et que la
victoire est devenue le lot, non du plus brave, mais
du plus savant. Nous conserverons sûrement le
culte de la parole, encore que nous sachions qu'elle
est l'instrument le plus certain de notre perte. Car
la royauté de la parole est la négation même du
gouvernement. Elle est, par essence, destructrice de
l'autorité, et tout état où elle règne en maîtresse est
voué à l'anarchie. Ésope disait de la langue que
c'est, à la fois, ce qu'il y a de pire et de meilleur au
monde. En politique, il n'y a pas compensation, et
la part du bien et du mal est loin d'être égale.
Imaginez un cabinet idéal dans lequel entreraient
les hommes d'État et les spécialistes les plus éminents qui aient illustré la politique de notre pays:
ce cabinet, avec une Chambre comme la nôtre, ne
fera rien qui vaille, et c'est tout juste s'il pourra,
dans la pratique, se distinguer des gouvernements
affalés et loqueteux qui déshonorent, depuis tant
d'années, les bancs ministériels.

Par contre, rhéteurs, sophistes, intrigants, démagogues, ardélions de tout poil et de toute catégorie, tous gens qui ne servent que des ambitions
individuelles et ne supportent aucune responsabilité

particulière, s'ébattent à qui mieux mieux dans la
halle parlementaire, et toute occasion leur est
bonne pour jouer leur pièce, au détriment du pouvoir. La parole est la servante née de cette industrie;
elle a des complaisances infinies pour tous les charlatanismes, et tel se fait une renommée avec un
bon discours, qui serait incapable de la conquérir au
prix d'un service public ou d'une bonne action. Le
gouvernement, battu en brèche par ces assauts ré-
pétés, n'a ni fixité ni durée. Les ministères sont
devenus des hôtelleries où l'on passe, et le ministre
lui-même n'a guère plus de prestige qu'un marchand
de marrons.

Cet avilissement du pouvoir a pour cause immédiate l'avilissement du mandat parlementaire et
l'infériorité toujours croissante de ceux qui le re-
cherchent. Je viens d'achever ma quatrième législature, et j'ai pu constater, à chaque renouvellement
de la Chambre, que le niveau de la représentation
nationale avait baissé d'un degré. C'est aussi le sentiment de M. Henry Maret, qui s'écriait récemment;
— « Vous savez que, par la force des choses, le
niveau des assemblées baissera de plus en plus; les
sous-vétérinaires de Gambetta semblent des gloires,
à côté de ce que nous avons déjà; et ce ne sont pas
seulement les villages, pardonnables, au demeurant,

qui nous envoient cette élite; les villes s'y mettent aussi, et vous voyez ce que devient, peu à peu, la représentation de Paris, la cité-lumière. Tout doucement les intelligences s'écartent ou sont écartées. A quoi bon faire partie d'assemblées qui bientôt ne seront plus qu'une cohue de nullités? »

C'est une joie vraiment savoureuse que d'entendre un républicain apprécier avec cette franchise de pensée et d'expression les mœurs et le personnel de son parti. J'ai cru comprendre que M. Henry Maret est menacé dans la possession de son siège par quelque champignon de village qui s'est mis en tête d'être député, et il s'indigne de cette incongruité. Il n'a pas réfléchi que son indignation est une antinomie démocratique. L'humanité est une pyramide qui porte une élite d'esprits supérieurs à son sommet, et à sa base l'innombrable troupeau des déshérités. Déshérités du sort ou déshérités de l'esprit, ils constituent ensemble cette puissance aveugle et formidable qu'on appelle le nombre. Tout irait à merveille dans le gouvernement de ce monde, si les institutions politiques respectaient la loi naturelle qui ne connaît pas d'égaux. Mais nous avons voulu réformer la nature en décrétant que tous les citoyens se valaient; nous avons substitué la loi du nombre à la sélection, et mis en haut ce qui était

10

en bas. C'est ce dont Gambetta s'éjouissait, lorsqu'il célébrait l'avènement des « nouvelles couches de la démocratie », à la vie politique; mais il déchanta, lorsqu'il eut pris contact avec ces scories vivantes qu'il appelait dédaigneusement des sous-vétérinaires. Ce qui est en haut aujourd'hui, c'est l'ignorance, l'aveuglement, l'impertinence, la grossièreté, l'avidité chimérique ou bestiale, l'ostentation brutale de tout ce qu'on cachait ou que l'on muselait autrefois; bref, l'épanouissement à peu près complet de l'animalité pure. Des bandes de mercantis s'ébattent et farfouillent à travers ces vices et ces misères; les plus habiles ou les plus cyniques, ceux qui flagornent le mieux ces appétits en chasse ou vont le plus loin dans la surenchère, y pêchent un mandat de député, et c'est ainsi que la représentation nationale s'achemine tout doucement à siéger dans une étable !

Observez ce qui se passe en ce moment autour de nous. La discipline républicaine, jadis si forte et si respectée, lorsque la république avait le cauchemar d'une restauration, est maintenant rompue, et sur le siège à conquérir on voit déjà grouiller une demi-douzaine de candidatures. Toute la gamme des gauches s'y épanouit : ralliés, libéraux, opportunistes, radicaux, socialistes, il y en a de toute origine et pour tous les goûts. Que sont ces candidats? et quelle place occupent-ils dans la société qui justifie leur ambition de la représenter? Sauf d'honorables exceptions, ce ne sont que des politiciens, c'est-à-dire des gens qui n'étaient rien la veille et qui rêvent d'exploiter la politique pour devenir quelque chose.

On me dira que, s'ils sont honnêtes gens et s'ils ont du talent, leur ambition est légitime, et qu'en définitive la Révolution française n'a été faite que pour cela. Je n'y contredis pas. Il n'en est pas moins vrai que cette poussée d'ambitions politiques qui soulève et confond toutes les couches sociales refoule en même temps toutes les supériorités, et que cette apogée de la démocratie a pour effet immédiat de déclasser un peuple.

Les éléments constitutifs de sa puissance, de sa richesse et de sa grandeur ont, en quelque sorte, perdu droit de cité. Ni l'art, ni les lettres, ni la sciences, ni les services rendus dans les carrières militaires ou civiles, ni le haut commerce, ni la grande industrie ne seront désormais représentés dans nos assemblées politiques : il n'y a plus place que pour les avocats, les médecins et les journalistes.

Ils peuvent être et ils sont, pour la plupart, individuellement, plus intelligents que les représentants traditionnels dont ils occuperont la place. Mais ils n'en seront pas moins, dans leur collectivité, ingouvernables, et le gouvernement sera voué par eux à l'anarchie chronique, parce qu'ils ne représentent et ne détiennent aucune parcelle des traditions et des intérêts qui sont le ciment des nations.

Et lorsque la France sera lasse et dégoûtée des politiciens proprement dits, elle tombera de chute en chute aux mains des bas courtiers du socialisme, non point des honnêtes rêveurs qui promettent aux malheureux la rédemption terrestre, comme disait Corbon, mais de ces charlatans effrontés qui trempent leur évangile dans l'alcool et se font une clientèle avec le cabaret. La conquête du mandat parlementaire leur sera d'autant plus aisée qu'on ne trouvera plus d'honnêtes gens pour le leur disputer. C'est à ces fins fatales et peut-être prochaines que s'achemine une démocratie sans règle, sans discipline, sans respect, sans idéal et sans foi.

La Chambre qui va venir sera donc pire que celle qui s'en va, et pires encore seront celles qui lui succéderont. Une seule chance de salut nous reste : l'avènement d'un chef d'État doué d'une volonté haute et forte qui remonte le courant, au lieu de le descendre.

Mais ce libérateur, l'élection directe nous le donnerait peut-être ; on ne peut guère l'attendre du Parlement.

Juillet 1893.

FATALITÉS DÉMOCRATIQUES

Rochefort, qui a le génie de l'irrévérence, disait de la Chambre précédente : — L'Angleterre a eu son Parlement-Croupion; nous avons, nous, une Chambre au-dessous du croupion! — C'est à peu près le genre de bienvenue qu'on a souhaité, de toutes parts, à la représentation nouvelle dont vient de nous doter le suffrage universel, et j'ai peur, en effet, que cette Chambre, décapitée par la disparition de ceux qui en étaient l'élite, ne mérite le discrédit dont elle est frappée, avant même d'avoir commencé d'exister.

Cependant on s'amuse à tirer son horoscope, et tandis que les reporters, en quête de sensations neuves, interrogent ses premières curiosités, le coiffeur Chauvin, le chapelier Faberot et l'Homme-Canon, voici que M. de Vogüé, la plus brillante recrue qu'ait faite le Parlement, nous raconte les espérances que lui ont fait concevoir les dernières manifestations du suffrage universel. Il commence par protester, avec autant de vérité que d'éclat, contre les nomenclatures et les catégories où se complaît l'esprit de parti. M. de Vogüé n'a vu, dans sa circonscription, que d'honnêtes citoyens, conservateurs sans préjugés et républicains sans fanatisme, qui ne demandent, en somme, qu'à vivre unis, et se tiendront pour satisfaits si on leur accorde justice et liberté. J'ai fait, pour mon compte, la même expérience, et bien que je sois catalogué comme réactionnaire, alors que M. de Vogüé se réclame du titre de républicain indépendant, je suis bien persuadé que ses électeurs et les miens sont, en matière de gouvernement, étroitement d'accord. Il en est de même dans toutes les régions qui ont su garder à peu près intact leur équilibre intellectuel et moral. Il n'existe aucun conflit essentiel entre les électeurs de M. de Cazenove de Pradines et ceux de M. Aynard; il y a seulement conflit d'étiquette entre ceux qui les représentent. Pour eux, ce sont gens dont la politique est réglée par certaines vérités élémentaires qui ne sont l'apanage d'aucun régime et d'aucun parti, et constituent, à leurs yeux, l'assise traditionnelle et le cadre obligé d'un gouvernement.

M. de Vogüé est donc fondé à dire qu'entre citoyens de cette catégorie l'entente est facile, et, comme la république a sur les régimes concurrents le privilège d'occuper la place, il a raison de vouloir que l'expérience se fasse sous ses auspices et à son profit. Elle n'est, sans doute, pas plus à ses yeux qu'aux nôtres, le meilleur des gouvernements; c'est seulement une nécessité de fait à laquelle on ne peut utilement opposer l'échéance incertaine et nuageuse d'une restauration. La république, tempérée par un césarisme intermittent, est, suivant toute apparence, la fin naturelle des démocraties. S'il est inévitable que les sociétés subissent cette fatalité, mieux vaut, en somme, en tirer parti que de protester indéfiniment et stérilement contre elle.

Il est infiniment probable qu'avant un demi-siècle il n'y aura plus un trône debout en Europe, si ce n'est peut-être celui de Russie, protégé contre la propagande démocratique par une couche de préjugés ou d'affections plus épaisse à traverser. C'est, à coup sûr, une déchéance, parce que la puissance publique perd en hauteur ce qu'elle gagne en étendue, et que l'État idéal trouverait plutôt sa formule dans le gouvernement aristocratique et les sociétés hiérarchisées. Quoi qu'en disent les novateurs qui se flattent d'être à l'avant-garde de la civilisation, tout pas en avant que fait l'humanité ne peut passer pour un progrès. Nous piétinons, en marchant nombre de préjugés ou de principes, de superstitions ou de croyances qui firent la France d'hier sensiblement plus grande, plus prospère et plus fière que ne le sera jamais la France de demain. Malheureusement, il ne dépend de personne de les retenir et de les sauver.

Je comprends qu'on s'en désole, mais comme on se désole des fatalités naturelles auxquelles on ne peut rien. Il est dans la destinée de toutes les institutions humaines de vieillir et de tomber sous la poussée des nouveautés qui les remplacent : c'est pour cela que les démocraties surgissent et que les rois s'en vont. Aussi bien l'évolution politique qui s'est accomplie en France depuis vingt ans n'est pas le phénomène le plus inquiétant du temps présent : c'est bien plutôt le mouvement social qui l'accompagne. — Il n'y a pas de question sociale, disait Gambetta, qui fut un empirique génial, mais n'eut le temps de méditer sur rien. S'il entendait dire qu'il n'y a pas de solution législative aux différents problèmes qu'agite le socialisme, il avait raison. Mais cela n'empêche pas qu'on les pose, et tout le péril vient de là. Cinquante socialistes avérés viennent de forcer les portes du Parlement. Ils y sont entrés en passant sur le corps d'opportunistes et de radicaux renommés, c'est-à-dire de politiciens professionnels qui pensaient avoir converti la république en fief, et ne prévoyaient guère qu'on leur retirerait le bénéfice de cette exploitation. Mais ils n'avaient travaillé qu'à l'édification de leur fortune politique et à l'établissement de leur parti. Le peuple n'en recueillait aucun avantage, et l'on fouillerait l'histoire de ces quinze années de tyrannie jacobine sans y trouver une œuvre qui puisse passer pour un bienfait. C'est de cette duperie qu'ils sont morts et que doit fatalement mourir aussi le régime auquel ils s'étaient attachés.

C'est pourquoi l'école qui les remplace n'offre plus des réformes politiques à ses clients; elle fait appel aux appétits. Les républicains d'autrefois se battaient pour des idées : cela les a conduits à remplacer Louis-Philippe par M. Thiers, et Napoléon III par M. Carnot. Les républicains qui leur succèdent se sont aperçus que ce n'était vraiment pas la peine, et, devenus plus pratiques, ils songent aujourd'hui à remplacer le patron par l'ouvrier. Il n'est pas certain que ce programme réalise mieux que l'autre

ce qu'il paraît promettre ; mais il promet beaucoup
et cela suffit à ses adeptes. Il n'est pas besoin d'être
grand clerc, d'ailleurs, pour prêcher le nouvel
Évangile : à part une demi-douzaine de socialistes
doctrinaires, qui se piquent de comprendre ce qu'ils
disent et de savoir ce qu'ils veulent, le parti ne
compte guère que des innocents. Quelle est la doctrine de Chauvin, qui s'appelle socialiste révolutionnaire ? Quel est le programme de Faberot, qui est
l'élu du parti ouvrier ? Ils n'en savent rien ! Ils
savent seulement qu'il y a dans le monde des gens
qui peinent et des gens qui jouissent, que cette inégalité dans les conditions choque horriblement l'idée
rudimentaire qu'ils se font de la justice, et ils ont
juré de retourner la société et l'État au profit des
plus mal lotis.

On s'est beaucoup égayé de ces choix saugrenus,
et l'on se croit quitte envers eux en les traitant de
fantoches. Lorsque Thivrier parut avec sa blouse
symbolique sur les bancs de la Chambre, on le
contempla avec la curiosité dédaigneuse qu'on met
à regarder passer les masques, un jour de carnaval.
On voit bien, aujourd'hui, que ce n'était pas un
masque, mais plutôt le fourrier d'une armée en
marche et destinée, si on ne l'arrête, à tout écraser
sous le pied brutal des multitudes qui vont la suivre.

La qualité de l'élu n'y fait rien : que ce soit une brute ou un histrion, peu importe si le but est atteint. Ce qui importe, c'est le sentiment de ceux qui l'élisent. Or, il est dans la fatalité des démocraties démuselées comme l'est aujourd'hui la nôtre, sans main qui les dirige et sans frein qui les contienne, de descendre toujours la pente révolutionnaire et de tout rabaisser au niveau des appétits les plus grossiers et des plus basses passions. Le nom, l'éducation, la tenue, la décence, l'intelligence, le talent, la vertu, l'honneur même sont une aristocratie ; on s'en passera. Aux candidats qui peuvent se parer de titre pareils, on préférera quelque braillard de réunion publique, sans études, sans talent, sans domicile et sans chemise, qui n'a que la haine au cœur et l'injure aux lèvres. S'il est taré, il n'en représentera que mieux ce qu'on veut qu'il représente, c'est-à-dire la protestation injurieuse et sauvage contre un état social dont on ne veut plus !

Ce ne sont là, Dieu merci ! que des exceptions, et les électeurs qui se prêtent à ces jeux sinistres ne sont encore qu'une minorité. C'est assez pour la sauvegarde du présent ; mais qui nous sauvera du danger de demain? Mesurez le chemin parcouru depuis quatre ans, chiffrez les suffrages conquis et dites-nous où sont les remparts qui nous défendent contre l'invasion prochaine? Ceci s'adresse aux politiques qui nous ont préparé ces destinées, qui ont démeublé l'âme populaire de toutes les vertus spiritualistes, et substitué chez elle, par l'enseignement et par l'exemple, les revendications matérialistes à l'ancienne discipline de l'esprit. Déjà la population des centres industriels appartient presque tout entière au socialisme ; la campagne est sérieusement entamée ; trois députés socialistes ont été nommés par des électeurs ruraux, et l'on voit, dans les départements du centre, des syndicats agricoles qui font ouvertement la guerre à la propriété. Le cerveau du paysan est, d'instinct, réfractaire aux idées nouvelles, mais dès qu'elles l'ont pénétré, elles s'y incrustent à jamais. Pourquoi résisterait-il à la propagande de ceux qui lui promettent la propriété de la terre qu'il cultive, comme ils ont promis la mine au mineur et l'usine à l'ouvrier ? Laissez semer cette graine à travers les campagnes déjà déshabituées de leurs vieilles traditions et de leurs vieilles croyances et vous verrez, aux élections prochaines, la moisson qu'elle portera !

C'est la conséquence forcée des mœurs et des lois qu'on nous a faites. Il n'y a pas deux manières de gouverner les peuples : dès qu'on a quitté l'or-

nière conservatrice, on verse dans la révolution
indéfinie. Les *leaders* qui seront demain nos maîtres nous promettent l'avènement d'une société
idéale, purifiée de tous les abus qui déshonorent le
vieux monde, et fondée uniquement sur la justice.
Je veux bien croire à leur sincérité, mais je me méfie de leur cuisine et n'attends des éléments qu'ils
mettent en œuvre que beaucoup de malheurs et
beaucoup de honte. Si la politique d'entente et de
fusion patriotique que préconise M. de Vogüe doit
avoir pour effet de prévenir ou de retarder seulement la catastrophe, j'y souscris d'avance. Ce fut,
comme il le rappelle, celle de Henri IV et de Bonaparte, mais sans Henri IV et sans Bonaparte, hélas !
Si l'accident, qui mène le monde, ne fait surgir
l'homme providentiel sans lequel les institutions et
les programmes ne servent à rien, je ne vois qu'une
fin naturelle et peut-être prochaine à ce détraque-
ment d'un peuple : c'est la Jacquerie !

2 octobre 1893.

LA MORALITÉ ÉLECTORALE

La Chambre a invalidé, l'autre jour, l'élection de
M. Wilson pour cause de corruption et d'indignité.
Cet accès de vertu lui ferait honneur, si M. Wilson
n'apparaissait dans cette affaire comme une sorte de
bouc émissaire chargé des péchés des autres. C'est
là une justice essentiellement pharisienne, dont le
moindre tort est de ne tromper personne. On ne se
lave pas à si bon marché des dénis de justice inscrits
dans l'histoire du Panama, comme l'a dit M. Mille-
rand ; et, d'autre part, on ne rachète pas le long
brigandage qu'ont pratiqué les majorités républicaines dans la vérification des pouvoirs, en sacrifiant
aussi allègrement l'ancien tenancier de l'Élysée. Il

y a sur les bancs de la Chambre deux ou trois cents
élections qui ne sont ni plus sincères ni plus pures
que celle de M. Wilson, deux ou trois cents élections qui sont le produit direct de la corruption, de
la contrainte et de la fraude, et dont les bénéficiaires
stigmatisent et châtient le péché d'autrui, afin de
paraître immaculés. La Fontaine a fait là-dessus
l'une de ses plus jolies fables, et c'est un spectacle
toujours amusant, s'il n'est plus nouveau, de voir
tous ces malades crier haro sur le baudet !

Dans une démocratie où l'élection est le principe
du droit public et la source de tous les pouvoirs,
les opérations électorales devraient être un acte auguste et sacré entre tous, entouré de précautions
minutieuses et sévères qui puissent le garder de
toute supercherie et de toute profanation. Les
mœurs républicaines, qui prévalent depuis tantôt
vingt ans chez nous, ont fait des élections la plus
cynique des comédies, comme la vérification des
pouvoirs qui leur fait suite est le plus effronté des
brigandages. La candidature officielle met au service
des candidats du gouvernement toutes ses malhon-
nêtetés, l'argent, les places, les promesses, les menaces, l'oppression, la contrainte, les escroqueries
toujours impunies du scrutin et les complaisances
ténébreuses des commissions de recensement. Si

malgré tant d'obstacles le candidat de l'opposition
triomphe, ce n'est pas pour longtemps. Il lui faut
subir, à son entrée dans la Chambre, un ballottage
autrement redoutable : c'est la vérification des pouvoirs. Il en est de cette cérémonie comme du jeu
de massacre à la foire de Neuilly. Les brutaux
tapent dans le tas; les raffinés choisissent quelque
tête qui les agace. Pan! Invalidé!... Pourquoi?
Displicuit nasus. C'est la justice républicaine.

Au regard de notre droit public, l'invalidation
est un des plus graves attentats que l'on puisse
commettre. Elle équivaut au crime d'insurrection.
Si l'on a eu raison de dire que le bulletin de vote
remplaçait désormais le fusil de l'insurgé, c'est à
cette condition sous-entendue que l'expression de la
souveraineté populaire ferait loi pour tout le monde
et que tout le monde s'inclinerait respectueusement
devant elle. Car si jamais l'insurrection a été un
droit et un devoir, c'est précisément contre ceux qui
font métier de braver le souverain dont ils se recommandent et de briser ses volontés. Les électeurs
dont on invalide les décisions seraient en droit de
prendre le fusil, puisque leurs bulletins de vote ne
comptent pas.

A parler franc, ils n'en ont cure, et c'est bien
parce qu'ils les savaient insensibles, que les répu-

blicains de la Chambre ont cassé tant d'élections importunes avec le même sans-façon que leurs ancêtres de la Convention envoyaient tant d'innocents à l'échafaud. Si la Chambre actuelle a renoncé à ces hécatombes, c'est uniquement parce qu'elle a cessé de craindre la réaction monarchique, et non parce que le génie de la république s'est fait en sa personne plus juste et plus doux. On a vu par l'invalidation de M. d'Hugues que le Parlement d'aujourd'hui n'a rien à envier au cynisme et à la férocité des autres. Il n'y avait absolument rien à dire contre cette élection, pas même un prétexte. Les invalideurs, pour la combattre, furent obligés d'invoquer des faits qui remontaient à l'élection précédente, en 1889, alors que M. d'Hugues n'était même pas candidat, et un article de journal publié trois mois après le scrutin! Il fut invalidé tout de même! Depuis dix-sept ans déjà que j'assiste aux horreurs du parlementarisme, je n'avais rien vu de pareil. Mais on voulait son siège pour un opportuniste de marque, qui a eu, d'ailleurs, le bon goût de le refuser. Cela se disait couramment sur les bancs du centre, au moment du vote. Ils invalidaient, parce que c'était la consigne; ils eussent guillotiné de même.

Si nos politiciens parlementaires étaient capables de s'élever jusqu'à la conception de certaines vérités générales, au lieu de barboter dans l'occasion, ils s'apercevraient qu'ils se disqualifient eux-mêmes, en invalidant les autres. Ils expliquent les invalidations qu'ils prononcent, en disant qu'il faut assurer la moralité du suffrage universel par la condamnation des pratiques corruptrices qui le déshonorent, et son indépendance, en frappant les influences illégitimes qui l'oppriment ou l'aveuglent. Ils s'exposent à ce qu'on leur réponde qu'ils n'ont ni droit ni qualité pour rendre à la souveraineté nationale ces bons offices. Car, si le suffrage universel est souverain, sa souveraineté exclut toute tutelle pendant qu'il fonctionne, et tout redressement après qu'il a fonctionné. Il est le seul juge, comme il est le seul maître, et nul pouvoir n'a qualité pour réformer ses décisions. Il peut être mobile, fantasque, absurde, ignorant, avide ou lâche autant qu'on voudra; il se laisse intimider, duper ou corrompre, c'est bien possible; mais ces *desiderata* sont les conditions mêmes de sa souveraineté, et nul n'a le droit de casser, pour cause de surprise, d'entraînement, de passion ou d'erreur, une seule de ses décisions, sans le frapper lui-même de déchéance.

De quel droit, vous qui êtes ses créatures, vous faites-vous ses juges? A quel titre, élus de la même origine, investis par lui du même caractère, vous octroyez-vous le mandat de vous proscrire les uns les autres? Si le suffrage universel est souverain, c'est qu'il est majeur, et sa qualité de majeur lui assure la liberté de voter comme il l'entend, quelles que soient les manœuvres dont il puisse être assailli. S'il n'est, au contraire, qu'un mineur éternel, imbécile et vicieux tout ensemble, incapable de savoir ce qu'il fait et ce qu'il veut, et si le parti honoré de ses faveurs inconscientes se constitue son conseil judiciaire, à quel titre le recommandez-vous comme souverain?

Comment! vous faites dériver toute puissance et tout droit des volontés souveraines du suffrage universel, et vous proclamez que ce suffrage est un instrument à ce point mobile, inconsistant, faillible, corruptible et peureux que la voix d'un prêtre, le geste d'un patron, la promesse ou le don d'une faveur, un mot, un regard, un bruit, une ombre suffisent pour modifier ses inspirations et lui font parcourir en une heure toute la rose des vents! Mais alors pourquoi voulez-vous qu'il nous gouverne, s'il ne sait pas se gouverner lui-même? Et qui vous donne le droit de nous gouverner, à vous qui êtes sortis de lui?

Il n'existe, en réalité, qu'une cause légitime d'invalidation : c'est la fraude ou l'erreur matérielle dans le recensement des votes. Dans l'un et l'autre cas, l'annulation des opérations électorales s'impose, parce qu'il n'y a pas eu réellement d'élection. Mais je prétends que ni l'intimidation, ni la contrainte, ni la corruption ne constituent de raisons suffisantes d'invalider, parce que la souveraineté individuelle de l'électeur est absolue, comme la souveraineté collective du suffrage universel, et que nul n'a ni droit ni titre à descendre dans sa conscience pour rechercher à quels mobiles il a obéi.

Est-ce à dire que ces manœuvres soient innocentes et doivent rester impunies? Pas le moins du monde. Mais c'est un autre côté de la question. En principe, l'électeur vote comme il l'entend, et son vote, quel qu'il soit, de quelques mobiles qu'il s'inspire, doit être scrupuleusement respecté. Le droit de contrôle que s'arroge le Parlement est la négation brutale de la souveraineté populaire. Car si le citoyen n'est plus libre de faire ce qu'il veut de son vote, il cesse d'être souverain, et s'il n'est pas souverain dans l'exercice de sa capacité électorale, personne ne l'est plus que lui. C'est la déchéance du suffrage universel, et l'écroulement de notre droit public qui n'a d'autre assise que cette souveraineté même.

Mais il n'en va pas de même de ceux qui recourent à des procédés illégitimes pour capter, extorquer ou

11.

corrompre son vote. Ceux-là, quels qu'ils soient, commettent des délits caractérisés, et ils en doivent compte à la justice. S'il n'existait aucun moyen de punir les manœuvres dolosives ou corruptrices, il faudrait demander aux Chambres de voter des dispositions pénales à cet effet. Car, plus le suffrage universel est auguste, plus on le doit défendre contre les manœuvres qui peuvent en vicier l'expression. Mais ces pénalités existent, et il suffira toujours, pour que le vote reste libre et pur, d'en exiger la rigoureuse application.

Vous voulez protéger la liberté du vote contre la pression abusive exercée sous des formes diverses ? Appliquez à tous ceux qui s'en sont rendus coupables l'article 39 du décret-loi de 1852, qui n'est pas encore abrogé, malgré son origine :

« Ceux qui par voies de fait, menaces ou violences contre un électeur, soit en lui faisant craindre de perdre son emploi ou d'exposer à un dommage sa personne, sa famille ou sa fortune, l'auront déterminé à s'abstenir de voter ou auront influencé son vote, seront punis d'un emprisonnement d'un mois à un an, et d'une amende de 100 à 1.000 francs.

La peine sera du double si le coupable est un fonctionnaire public. »

Vous voulez sévir contre la corruption et préserver
la France de ce brocantage ignoble qui tend à
s'acclimater parmi nous ? Appliquez l'article 3 du
même décret :

« Quiconque aura donné, promis ou reçu des
deniers, effets ou valeurs quelconques, sous la condition de donner ou de procurer un suffrage, soit
de s'abstenir de voter, sera puni d'un emprisonnement de trois mois à deux ans et d'une amende de
cinq cents à cinq mille francs.

Si le coupable est un fonctionnaire public, la
peine sera du double. »

Ajoutez à ces pénalités l'inéligibilité temporaire
ou perpétuelle, la sauvegarde sera parfaite, et, au
lieu de prêter à rire, en invalidant M. Wilson, pour
corruption, vous laisserez à la justice le soin de
prononcer sa déchéance.

Seulement, pour appliquer cette justice, il faudrait
retirer au Parlement la vérification des pouvoirs, et
la remettre à un tribunal spécial investi de toutes
les garanties d'indépendance et d'impartialité qu'une
pareille magistrature exige. C'est une réforme que
ni le gouvernement ni la Chambre ne consentiront
jamais : la Chambre, parce qu'elle entend se réserver

le bénéfice de la candidature officielle et des pres-
sions diverses qui l'accompagnent; le gouvernement,
parce qu'il serait forcé d'envoyer les trois quarts de
ses fonctionnaires en prison.

Entre temps, ils jouent à la vertu. Bonnes pièces!

Mars 1894.

LE MAL PARLEMENTAIRE

C'est principalement au *Journal officiel* qu'on pourrait appliquer le dicton italien : *traduttore, traditore*. Il traduit en lettres les discours qui s'échangent à la tribune, comme il traduit en chiffres les résultats des scrutins. Cependant le lecteur de bonne foi se tromperait gravement qui le prendrait au mot. Si vous avez lu le compte rendu de ces dernières séances où le cabinet a posé la question de confiance et joué son existence sur un scrutin, sans regarder plus loin que les colonnes du journal, vous avez dû garder de cette passe d'armes une impression réconfortante. D'une part, un gouvernement qui parle de haut, avec l'autorité et l'énergie qui conviennent à sa fonction, et promet, en termes d'une belle assurance, de faire tout ce qu'il faut pour empêcher le retour de ces horreurs : d'autre part, une Chambre confiante et dévouée, saintement groupée autour de lui, et ne demandant qu'à le suivre dans sa croisade contre l'anarchie. C'est le tableau qu'on croit voir, et il serait à souhaiter qu'il fût vrai, car il est la représentation exacte de ce qui devrait être. Malheureusement le tableau n'est qu'un mirage : approchez-vous et tout s'évanouit.

En réalité, ceux qui savent démêler la véritable physionomie de ces séances où se jouent nos destinées assistent au plus douloureux spectacle que puisse offrir une Chambre : la prostration des représentants de la nation devant l'effroyable péril qu'ils voient venir et qu'ils n'ont plus ni l'esprit ni la force de conjurer. Je ne dis pas cela parce que la Chambre a regimbé contre l'ordre du jour par lequel j'invitais le gouvernement à céder la place à des ministres plus capables de gouverner. Je confesse que la formule était un peu vive, et qu'il n'est pas dans les habitudes parlementaires de donner congé aux ministres avec aussi peu de cérémonie. Ce sont des choses qu'on écrit dans la fermentation des sentiments et des idées qui s'échangent d'un banc à l'autre et ne trouvent plus d'écho dès qu'on les porte au grand air de la tribune. Une formule de blâme plus discrète eût été plus conforme aux traditions de l'endroit; mais elle n'eût pas été mieux reçue, et c'est le point intéressant de la question.

Il n'est pas un député, de droite ou de gauche, qui ne juge le ministère actuel absolument incapable de répondre aux nécessités de la défense sociale. A ne considérer même que l'intérêt spécial de la république, visiblement ébranlée par les assauts du socialisme, il était urgent de remiser cette ruine et de donner à son gouvernement une enseigne toute neuve. Cependant les députés républicains, qui ne s'entendent généralement sur rien, se sont, cette fois, entendus pour donner à M. Loubet l'éclatant témoignage de leur confiance. Et si l'on veut savoir ce que cette confiance vaut au juste, il suffira de dire qu'elle est partagée par les républicains les plus hétérogènes, M. Deschanel et M. Clémenceau, par exemple, pour n'en citer que deux.

Ce sont deux augures qui doivent se regarder sans rire; car pendant que M. Loubet flétrissait honnêtement le crime du matin, ils échangeaient des propos acerbes. On peut en inférer que s'ils croient tous deux en M. Loubet, leur confiance ne procède pas des mêmes principes et ne vise pas les mêmes fins. Au fond, ils n'ont confiance ni l'un ni l'autre :

M. Clémenceau, parce que la prud'homie encrassée
et routinière de M. Loubet est aux antipodes de son
esprit et de ses idées; M. Deschanel, parce qu'il
pense, comme tout le monde, que le ministre de
l'intérieur ne possède aucune des qualités d'esprit
et de main qu'il faudrait pour faire face à l'anarchie
qui vient. En les poussant un peu l'un et l'autre, on
obtiendrait assez aisément l'aveu qu'ils voient dans
la politique ministérielle beaucoup plus un péril
pour la paix sociale qu'une sauvegarde. Car la vérité
a des aspects multiples, et tout dépend de la façon
sous laquelle on la contemple. Il peut être aussi
vrai de dire que la demi-résistance et les demi-
mesures opposées par le gouvernement à l'action
révolutionnaire exaspèrent jusqu'au crime les enfants
perdus du parti, que d'imputer à sa faiblesse l'audace croissante de leurs méfaits. Mais cela n'empêche pas qu'ils aient, à tout hasard, proclamé tous
deux leur confiance en lui!

La droite l'a refusée; mais cela n'en vaut guère
mieux. La droite, en qui réside encore la tradition
de l'ordre, est, par sa faute, en assez mauvaise posture, dans le Parlement. Toute diminuée qu'elle
est, elle compte encore cent quarante membres.
S'ils faisaient bloc en toutes circonstances, et n'a-
vaient qu'une voix sur toutes les questions, la

droite serait l'arbitre toujours respectée, souvent obéie, de tous les conflits parlementaires, et nul cabinet ne pourrait vivre et gouverner sans elle. Mais la droite a perdu l'usage de sa puissance : elle n'a plus ni direction, ni volonté. Une centaine de ses membres ont voté contre le gouvernement; le reste s'est abstenu. Pourquoi? La question posée sur les cadavres encore chauds des assassinés n'était pas de celles qui se prêtent à la neutralité. Nous avons le devoir commun de rechercher ensemble, par des voies différentes peut-être, mais avec une ardeur égale, quelle est la plus solide défense qu'on puisse opposer à l'anarchie. S'il vous paraît que M. Loubet suffit à la tâche, il faut le dire : car votre confiance ajoute à son autorité. Et s'il vous paraît au-dessous d'elle, il faut le dire encore, afin de hâter la venue d'un gouvernement plus fort et plus intelligent que le sien. Malheureusement la droite, en beaucoup de ses membres, est atteinte de pessimisme. Schopenhauer n'est pour rien dans cette affection; il s'agit d'une sorte d'empoisonnement moral dont la vie parlementaire a toute la faute.

On sait ce qu'est la pourriture d'hôpital. Des microbes infectieux pénètrent dans la plaie du patient, gangrènent sa chair, corrompent son sang, et le malheureux, au bout de quelques heures, meurt empoisonné. C'est un mal analogue, plus lent, mais aussi redoutable, qui sévit au Palais Bourbon. L'atmosphère parlementaire a aussi son microbe qui s'infiltre peu à peu dans l'organisme du député, obscurcit son esprit, fausse sa conscience, paralyse sa volonté, et tel qui vint de sa province, fort, confiant et hardi, le cœur débordant de foi et d'espérance et tout prêt à se vouer corps et âme aux plus nobles entreprises, se décrépit et s'éteint, avant d'avoir un seul instant vécu, sans même s'apercevoir que sa vertu s'en va bribe à bribe, comme un arbre perd ses feuilles. C'est bientôt une ruine toute sèche sur laquelle aucune activité ne germera plus. J'en sais à qui l'on montre cette nouvelle invasion de barbares tout près de déborder la société et qui vous répondent avec une résignation de lépreux : — Vous pensez à vous défendre ? A quoi bon ? Le mouvement est trop puissant pour qu'on lui résiste. — Il y avait de cette désespérance dans le monde de 1789 et l'on sait ce qu'il en advint.

On interrogerait les républicains qui peuplent les bancs du centre qu'on trouverait chez eux moins de résignation peut-être qu'à droite, mais pas plus de résistance. Ce sont des gens qui déblatèrent, dans les couloirs, avec des colères étourdissantes, contre la mollesse et l'ineptie de leurs ministres. Dès qu'ils

sont en séance, ils les accablent du témoignage de
leur attachement. C'est le vice traditionnel, familial,
incurable du centre gauche de n'avoir de résolution pour rien. Il y a dans ce groupe une élite d'esprits distingués, honorables et légitimement ambi-
tieux qui paraîtraient faits tout exprès pour le pouvoir,
s'ils joignaient un peu de caractère à leurs talents.
Mais de caractère ils n'ont pas même une ombre.
Beaucoup de doctrine et peu d'action. Ils vivent et
meurent à l'état d'héritiers présomptifs de tous les
cabinets qui passent, espérant toujours, n'héritant
jamais. — On n'hérite pas de ceux qu'on assassine,
dit le brocard. — C'est pourquoi les gens du centre
gauche passent leur temps à beaucoup médire de
tout le monde, en se gardant de jamais faire de mal
à personne. Baudin lui-même, Baudin de Carmaux
serait ministre qu'il n'aurait pas leur estime, mais
leur confiance, toujours!

En poussant plus à gauche, on trouve des jaco-
bins, des radicaux, des socialistes et même quelques
maltôtiers démagogues qui s'ébattent dans la lie démocratique et se font une fortune en polissonnant
avec les passions délirantes et les plus bas instincts
de l'ouvrier. Quelques théoriciens de talent émergent
de ces chapelles rivales, et professent pour tout
programme quelques abstractions généralement ab-

surdes auxquelles ils donnent un air de doctrine.
On ne trouverait dans aucun de ces groupes, l'assise
d'un gouvernement. Les plus avancés sont des vi-
sionnaires ou des frénétiques, avec lesquels il n'est
pas même besoin de raisonner. Ceux qui se piquent
d'esprit pratique ne sont, au fond, que des sophistes
ou des sectaires dont toute la politique se résume
dans l'oppression la plus bornée et la plus basse
qui ait jamais pesé sur l'esprit humain.

Quel conseil, quel concours voulez-vous qu'un
gouvernement tire d'une Chambre ainsi faite,
composée d'éléments inconsistants ou disparates qui
ne sont d'accord sur rien, et n'ont qu'une idée
commune, qui est de s'évincer ou de se proscrire ?
Le mieux qu'il pût faire serait de tirer sa politique
de son propre fonds ; mais c'est un cas mortel. S'il
ne se réclame d'aucun groupe, il est sûr de déplaire
à tout le monde et succombera fatalement à la première épreuve. Voulez-vous qu'il remonte plus haut
et cherche son appui dans l'autorité directrice du
chef de l'État ? Qu'est-ce à dire ? Est-on bien certain
que M. Carnot existe ? Je sais bien qu'on le montre
et que des gens de province affirment l'avoir vu.
Mais il serait tout aussi raisonnable de penser que
c'est un mythe. Le chef de l'État, dans une république parlementaire, est une fiction qu'on a placée,

pour décor, au sommet de la Constitution, comme
une girouette sur un toit. La loi constitutionnelle
lui refuse ce qu'elle accorde au dernier des citoyens,
le droit de penser, de parler et d'agir, c'est-à-dire
de conformer sa conduite aux conseils de son esprit.
Elle a voulu qu'il fût pareil aux statues d'Égypte,
sans yeux pour voir, sans oreilles pour entendre, avec
un cerveau réfractaire et une conscience amorphe,
signant tout et ne s'avisant de rien. Il faut être
né avec des aptitudes particulières pour remplir un
pareil rôle avec une correction parfaite ; on a trouvé
l'idéal en la personne de M. Carnot.

Si ce régime n'était qu'absurde, on se contenterait
d'en rire ; mais il est mortel aux sociétés qui le subissent. Il y a une incompatibilité visible entre le régime
parlementaire et la démocratie. Les servitudes électorales dominent le député ; les servitudes parlementaires dominent le ministre, et de ce double et bas
assujettissement aux seuls conseils de l'égoïsme
dérive une politique sans principes et sans devoirs,
toute faite d'intrigue et de maquignonnage, qui pille
la société au lieu de la défendre et livre l'État en
pâture aux ambitions ou aux appétits des individus.
Le peuple voit d'instinct plus juste et plus loin que
les politiques de profession, lui qui ne conçoit et
n'aime que les gouvernements forts, armés par lui

d'une autorité souveraine, d'autant plus féconde qu'elle s'inspire uniquement de ses besoins et met directement en œuvre ses volontés.

C'est l'opinion qu'on a d'un gouvernement qui fait sa force ou sa faiblesse. Si on le sait puissant et résolu, il sera respecté, et les démagogues de profession sauront assez ce qu'ils peuvent attendre de lui pour rester tranquilles. S'il n'est, comme le cabinet actuel, qu'un ramassis de volontés incertaines et délabrées, s'il faut qu'il compte, pour agir, avec le Parlement, qui doit compter lui-même avec les coteries électorales dont il est l'émanation, il ne fera jamais rien qui vaille pour la défense de l'ordre. Il n'y a pas de lois répressives, quelques sévérités qu'on y ajoute, qui suppléent à l'autorité. Donnez à nos ministres toutes les pénalités qu'ils réclament, et que M. Loubet, revêtu de cette armure toute neuve, sonne sa fanfare la plus guerrière contre l'anarchie, il y a fort à parier que la bande ne fera qu'en rire. Ce n'est pas avec cette musique-là qu'on fait entrer dans l'âme des sociétés la foi qui « rassure les bons et fait trembler les méchants ».

15 novembre 1893.

LE MAL D'ARGENT

— Vous sentez-vous corrompus? disait M. Gui-
zot à ses électeurs. C'était sa façon de répondre à
ceux qui l'accusaient de gouverner par la corruption.
Mais cette ironie hautaine ne sied pas à tout le
monde. Il faut être sûr de soi, et sûr aussi des
autres pour oser se permettre de pareilles répliques.
Monter à la tribune après M. Delahaye et crier à
la Chambre, pour toute réponse aux accusations
infamantes qui sifflaient autour de lui : « Vous
sentez-vous corrompus ? » puis étouffer le scandale
de Panama sous une immense acclamation, c'eût
été assurément très beau, et surtout très commode.
Mais vraiment, M. Loubet n'eût pas osé...

Pourquoi ? Parce que l'air qu'on respire au Palais-Bourbon n'est pas propice à de pareils défis. Il
y a, certes, dans la Chambre actuelle, comme dans
toutes les Chambres, une forte majorité d'honnêtes
gens. La corruption n'est jamais qu'une exception,
mais l'exception suffit pour empoisonner l'atmosphère ambiante, et tel est malheureusement le cas
du régime actuel. Il sent odieusement la vénalité.
Il est certain qu'il y a là un certain nombre de
malheureux qui ont vendu leur vote, leur parole
ou leur influence pour autre chose qu'un plat de
lentilles. Qui sont-ils ? et combien sont-ils ? On ne
sait. — Les noms !... les noms !... disait-on l'autre
jour avec fureur à M. Delahaye, et cette fureur
était assez légitime : car il n'est point de situation
plus cruelle pour un honnête homme que de vivre
dans un milieu déshonoré. Les noms, on ne les cite
pas encore : il faut attendre le grand jour de l'enquête pour les connaître, si l'enquête doit aboutir
à ses fins. Mais il n'est pas besoin qu'on les con-
naisse pour savoir que la corruption est là. Lorsqu'on traverse un endroit chargé de miasmes pu-
trides, on ne voit pas les atomes qui l'empoisonnent;
on les sent, et cela suffit.

Il n'est pas de gouvernement qui ait échappé au
reproche de corruption. C'est le péché mignon de

toutes les oppositions que d'exploiter contre le pouvoir le crime de népotisme et de vénalité, et il est rare qu'elles n'en recueillent pas le bénéfice. Car le peuple de France croit aisément au mal qu'on dit des gens en place. Il a chez nous l'irrespect inné de l'autorité. Dès l'âge de trois ans on nous enseigne que Polichinelle a raison de rosser le commissaire. A quinze, nous conspuons nos maîtres; à vingt, nous sommes des insurgés.

Le parti républicain, qui se réclame de principes superbement austères, a su très habilement exploiter à son profit ces indigestions d'idéalisme qui sont le mal commun de la jeunesse française. C'est avec le procès Despans-Cubières qu'il prépara la Révolution de 1848. Quant à la corruption de l'Empire, ce fut une mine incomparable. La république, on peut le dire, s'est fondée sur cette diffamation. Si les républicains, qui n'ont par eux-mêmes aucun crédit, ont fini par conquérir le suffrage universel, c'est en faisant croire aux multitudes ignorantes et crédules que le régime impérial n'avait été que la floraison de tous les vices, la mise en œuvre de toutes les corruptions.

Le plus étonnant est que ceux qui ont entretenu cette légende l'ont pu faire sans jamais mettre un nom sur leurs accusations. Aussi bien la preuve

12

eût-elle été difficile. En fait, l'administration de
l'Empire fut admirablement intègre, et dans l'histoire
de ce règne fouillé depuis vingt ans par tous les regards ennemis, on ne saurait citer un seul exemple
de concussion ou de vénalité. Si la plupart de
ceux qui l'ont servi sont morts, leur mémoire
est encore vivante : appelez-les les uns après les
autres et vous ne trouverez nulle part, ni dans la
magistrature, ni dans l'administration, ni dans le
gouvernement, un homme qui ait employé sa fonction à s'enrichir. Il y a deux ans, Paris a vu mourir l'homme qui fut le principal ouvrier de sa splendeur, celui qui démolit et rebâtit la Ville en quinze
ans, et pouvait trouver une fortune dans chacune
des trouées qu'il y ouvrait. Le baron Haussmann est
mort pauvre, n'ayant littéralement pour vivre que
la dot de sa femme et sa pension.

Regardez du côté de la république, et vous vous
apercevrez que le parti qui l'exploite n'a fait avec
elle qu'un mariage d'argent. Il y eut autrefois, il y
a bien longtemps, une race de républicains idéalistes,
saintement épris de liberté, de justice et d'amour,
adorant la république comme l'autel même du culte
auquel ils sacrifiaient. Ces gens-là vivaient et mou-
raient pour leur rêve, et leur rêve était beau comme
la vertu. C'est ce que Gambetta, qui fut le père du

réalisme républicain, appelait les temps héroïques,
par opposition à l'ère empirique qu'il inaugurait. Il
nous est né de ces héros une postérité d'industriels
qui ont converti la république en halle et l'autel en
comptoir. La justice a perdu ses deux attributs
principaux : elle n'a plus ni bandeau ni balances ;
il lui reste le glaive, comme symbole des tribunaux
d'exception. L'administration, jadis irréprochable,
porte maintenant une ceinture dorée. Des scandales
éclatent de temps en temps qui dénoncent des marchés malpropres et des mœurs trop accessibles aux
suggestions intéressées. Quant aux pouvoirs purement politiques, c'est l'hallali du veau d'or !

D'où vient cela ? De causes multiples, de valeur
inégale, mais toutes efficaces et concourant ensemble
à donner au régime actuel le caractère et la physionomie d'une aventure. Tout, dans la république,
est une improvisation. On n'y fait pas de stage, et
nul n'a souci d'y prendre ses degrés. Comme la
démocratie tend sans cesse à se niveler par en bas,
elle produit à la vie publique des gens qui se bais-
sent pour lui plaire, et de là vient que l'étiage moral
de la Chambre tombe un peu plus bas à chaque
législature. Un coup de gueule donné à propos envoie
son homme d'une table de brasserie à la tribune
du Palais-Bourbon. S'il a le jarret trop faible pour

un pareil bond, il retombera dans les fonctions
publiques. Car il n'y a plus là ni avancement ni
hiérarchie. Les meilleures places sont réservés aux
favoris de la politique. Le Conseil d'État, la Cour des
Comptes, les Finances, dont on ne gravissait les
degrés autrefois qu'au prix de mérites éprouvés et
de services éclatants, sont devenus les Invalides
des fonctionnaires fourbus et des politiciens faillis.
Ajoutez à ce népotisme courant l'influence effroyable
du régime parlementaire qui n'est qu'un perpétuel
marché entre députés et ministres. Le Parlement
est ainsi le théâtre des combinaisons les plus effrontées et des mascarades les plus inattendues. Tel qui
n'était la veille bon à rien dans sa petite ville devient
le lendemain propre à tout : ministre de la marine
ou ministre de l'agriculture, gouverneur de la Banque,
ambassadeur, archevêque, amiral, il sera tout ce
qu'on voudra. N'ayant de vocation particulière pour
rien, il doit avoir d'égales aptitudes à tous les
emplois.

On devine quelle frénésie d'ambition, quelle
impatience de jouir déchaîne l'exemple de ces fortunes improvisées. Et quand la place est conquise,
il n'y a rien de fait encore pour celui qui l'occupe :
il faut qu'il en ait les bénéfices. Que valent les
honneurs tout crus, sans assise sociale pour les sou-

tenir ? Il y avait naguère, dit-on, un descendant
des sires de Coucy parmi les balayeurs de Paris ; le
brave homme ne portait pas son titre et faisait bien.
Par contre, un député est, politiquement, un personnage considérable : mais s'il n'a qu'une malle pour
mobilier et ses vingt-cinq francs pour viatique, il ne
laisse pas de trouver cuisante la disproportion entre
son personnage extérieur et sa médiocrité privée. Il
y a, certes, des caractères simples et forts qui se
logent dans une mansarde et se font une parure de
leur pauvreté fièrement supportée. Mais il en est
d'autres aussi qui n'aspirent qu'à descendre. Ceux-là
sont de la chair à tentation. S'ils sont fraîchement
débarqués de leur trou de province, ils coudoient
partout des séductions contre lesquelles ils sont sans
expérience et sans force. S'ils sont mariés, la tentation sera double. La femme a l'appétit instinctif de
tout ce qui brille, et pour peu que la vanité s'en mêle,
la chenille voudra passer papillon. Et puis, sait-on
si tout cela durera ? Les fortunes trop hâtives, et par
conséquent imméritées, ont conscience de leur fragilité. Il y a dans le régime actuel comme un vague
instinct que cela n'est pas vrai et que tout dispa-
raîtra quelque jour, comme un décor de comédie :
sauvons du moins quelques bribes du présent pour
meubler l'avenir ! Passe sur ces entrefaites le ten-

tateur avec un carnet de chèques à la main. Le malheureux mord à l'hameçon et le voilà pris ! C'est là, pour beaucoup sans doute, l'histoire du Panama.

La faute s'explique, mais elle ne s'excuse pas ; c'est pour cela qu'il faut que justice se fasse. Ce qui est en cause dans cette terrible affaire, ce n'est pas seulement la moralité de la représentation nationale, c'est aussi et surtout la sûreté de l'État, le salut même de la patrie ; car la patrie est vraiment compromise le jour où la suspicion frappe et disqualifie ceux qui avaient mandat de veiller sur elle.

Un gouvernement intelligent et fort eût certainement épargné à la république ce monstrueux scandale, et peut-être le devait-il, quoique la morale en dût souffrir. Mais nos pauvres ministres écroulés n'ont jamais su ce que c'est qu'un gouvernement. Après avoir décidé les poursuites, ils ont essayé, avec des maladresses d'enfants, d'entraver l'enquête, et ils sont morts de cette gaucherie. Il n'y a plus maintenant rien à cacher, rien à taire, et si quelque chose encore peut laver la république, ce ne peut être qu'une lessive complète. La Chambre a paru le comprendre au premier jour. Elle a voté l'enquête à l'unanimité : pourquoi ? Ce n'est pas assurément parce que M. Delahaye la lui avait demandée. Non, elle a voté l'enquête parce qu'elle entait que l'opinion publique réclamait justice et lumière avec une puissance irrésistible ; parce que les accusations infamantes qui venaient pour la première fois de se produire à la tribune traînaient depuis longtemps partout ; que le public les avait accueillies avec une sorte d'avidité furieuse, qu'une atmosphère de vénalité enveloppait la Chambre et qu'il fallait, à tout prix, la dissiper.

Je ne sais ce que produira l'enquête ; j'ignore officiellement, jusqu'à ce que la preuve soit faite, s'il y a des coupables, et s'il doit s'en trouver, je ne cherche pas à savoir d'avance s'ils appartiennent à la droite ou à la gauche. L'autre jour, M. Boissy-d'Anglas disait que si l'on remuait cette boue de Panama, la droite recevrait sa bonne part des éclaboussures. C'est mal parler, à mon avis, que de faire, en pareille matière, des distinctions de parti. Ce qu'il faut dire, c'est que s'il y a quelque part un député qui ait vendu sa conscience pour de l'argent, celui-là, quel qu'il soit, d'où qu'il vienne, sur quelque banc qu'il siège, n'est plus ni conservateur ni républicain : ce n'est qu'un prévaricateur à jamais disqualifié et promis à la justice qui punit la prévarication.

Seulement, pour la punir, il faut qu'on la prouve,
d'où cette conséquence qu'il. faut armer la Commission d'enquête de tous les pouvoirs dont elle a besoin
pour rechercher et saisir la vérité. Le Palais qui
s'insurge a, paraît-il, des ressources infinies pour
faire obstacle à ces investigations. Il faut briser ces
résistances et pousser jusqu'au bout. Car il ne s'agit
plus seulement d'un appétit de scandale à satisfaire : il y a la France à sauver. La vénalité est le
plus redoutable des vices d'État. Le pis n'est pas
que ce vice, jadis réservé à l'étranger, se soit im-
planté chez nous ; c'est que tout le monde y croie.
On sait avec quelle facilité terrible l'opinion publique
accueille l'intervention du pot-de-vin. Cet horrible
mot, on le rencontre maintenant partout, et partout on le traite en monnaie d'État. C'est à croire
que tout se vend et s'achète, que tout est vénal dans
les pouvoirs publics, du haut jusques en bas. Cette
suspicion est toute nouvelle : elle date de quelques
années seulement ; mais elle a tout envahi.

Eh bien, il faut qu'elle disparaisse, non seulement
pour l'honneur de la Chambre, qui est le moindre
intérêt de l'affaire, mais pour la sécurité même de
la nation. Il y a péril de mort à laisser vivre cette
opinion dissolvante. Quand le peuple français s'ac-
coutume à dire de ceux qui sont à sa tête que ce

sont des vendus, tout est perdu d'avance, et au
jour de l'épreuve suprême, on ne trouve plus personne. Car on ne peut demander aucun sacrifice à
ceux qui n'ont plus la foi.

3 décembre 1892.

APRÈS ?...

On rit volontiers, chez nous, des honnêtes gens
qui commencent un discours ou un article par ces
mots sacramentels : — La situation est grave et
l'heure est solennelle ; — pourtant il n'y eut jamais
façon de parler plus conforme à notre état. C'est peu
de dire que la situation est grave : la vérité, c'est que
la France est en péril de mort. Elles s'éteint sur le
lit malpropre où la Révolution l'a couchée. Il n'est
plus un organe en elle qui ne soit entamé. Elle n'a
plus ni cœur ni cerveau, ni volonté, ni conscience;
elle a l'hébétement morbide des brutes qui vont
mourir. Et c'est là le phénomène le plus attristant de
l'heure présente. Qu'un peuple soit volé, pillé, ba-

foué, sali par ceux qui ont mandat de le représenter ou de le conduire, cela s'est vu dans tous les
pays et dans tous les temps, encore qu'il n'y ait
rien de comparable dans l'histoire du monde à ce
que nous voyons aujourd'hui ; mais qu'il ne se
révolte pas, voilà ce qui ne s'est jamais vu, et voilà
vraiment aussi le dernier mot de la misère humaine.

Ce peuple de France, jadis si prompt aux indignations généreuses et aux saintes colères, regarde stu-
pidement passer les scandales du jour, comme un
bœuf regarde passer un train. Il a l'œil atone et la
conscience inerte. Rien ne frémit et ne gronde en
lui. Il achète un journal pour y chercher les noms
de ceux qui ont pillé le Panama. Il en cause avec
son voisin, et tous deux concluent par quelque violente injure à l'adresse du Parlement. C'est tout.
Après cet anathème, sa justice est close. Dans six
mois, il nommera les mêmes représentants ou des
politiciens qui leur ressemblent, et le parlementarisme continuera de l'abêtir ou de le déshonorer.

C'est pour cela que certains républicains vous disent avec orgueil : — Voyez quelle est la puissance
de la république ! Avec le dixième des scandales
qui l'éclaboussent en ce moment, le peuple eût déjà
renversé dix trônes. La république supporte la crise

sans en être seulement ébranlée!... — Les républicains qui raisonnent ainsi sont strictement
dans le vrai. Ni la Royauté ni l'Empire n'eussent
résisté une heure au scandale du Panama et, à ce
point de vue, la république témoigne d'une insensi-
bilité qui confine à l'anesthésie. Mais c'est une con-
clusion dont il ne faut pas se presser de lui faire
honneur. S'il est vrai que la république est moins
sensible au scandale que la monarchie, et que son
gouvernement peut être déshonoré sans qu'elle en
pâtisse elle-même, la seule conséquence légitime
qu'en devraient tirer les bons citoyens, c'est qu'elle
est irresponsable, et qu'il n'y a aucune garantie là
où il n'y a aucune responsabilité.

Sous la monarchie, le souverain est le bouc émissaire des péchés de tous. S'il pleut à contre-temps,
c'est à lui qu'on s'en prend; à plus forte raison, si
l'on peut relever contre les pouvoirs publics le crime
de prévarication. Le régime s'incarne en sa personne et cette personne est la cible éternelle de
toutes les oppositions. C'est le plus souvent une injustice; mais cette injustice n'est pas sans fruit. Ce
sentiment de la responsabilité personnelle et permanente, que ne masque aucune fiction constitutionnelle, a pour effet d'obliger le souverain à con-
trôler de près la gestion des affaires et à surveiller

la main de ses fondés de pouvoir qui sont les fonctionnaires et les ministres.

La république est impersonnelle ; aucun scandale ne la touche ; mais elle ne fait rien non plus pour l'empêcher. M. Carnot, qui est un prix de vertu et fut promu comme tel à la première magistrature de l'État, connaissait comme tout le monde les « immondices et les verrues » du Parlement ; il savait de quelles tares nombre d'hommes politiques étaient marqués. Il ne tenait qu'à lui de les réduire à la démission forcée et de faire ainsi justice, sans provoquer le scandale. Il a trouvé plus commode de s'enfermer dans sa tour d'ivoire comme si cela ne le regardait pas. Cependant, M. Carnot est un homme honorable et la république est toujours immaculée !...

Quelle sera la fin de tout cela ? L'âcre curiosité qui nous entraîne à fouiller ces ordures n'est que la satisfaction d'un jour ; elle ne garantit pas l'avenir. Certes, c'est une jouissance permise aux partis politiques en quête de revanche que d'exploiter contre les proscripteurs ou les tyrans d'hier le scandale qui les submerge : la domination opportuniste ou radicale nous fut si inique et si dure qu'on peut légitimement témoigner quelque satisfaction de cet ignomineux effondrement. Mais le scandale a

son revers, et aussi son péril. Le revers, c'est la
déconsidération qui nous frappe à l'étranger. Au
delà de la frontière, les distinctions de parti s'effa-
cent ; on ne voit plus qu'un peuple, et ce peuple, on
le juge d'après les mœurs qu'il étale. Nos mœurs
portent aujourd'hui la marque de Panama ! Nous
nous étions relevés des humiliations de la défaite
par les splendeurs de l'Exposition, et de notre isolement international par la démonstration de Cron-
stadt. Peut-être y avait-il en tout cela plus d'apparence que de réalité. C'était un décor de théâtre qui
cachait aux yeux des simples beaucoup de misères
et beaucoup de hontes. Mais c'était là le secret de
quelques-uns : le reste du monde nous voyait tels
que nous lui apparaissions. Le décor s'est effondré
dans une mare de boue. Nos adversaires nous traitent avec la plus insultante pitié et nos amis se couvrent les yeux !

Le péril, c'est la suspicion qui plane sur les pouvoirs publics et les désarme, en même temps qu'elle
les avilit. Je ne sais si Cornélius Herz fut, comme
on l'a dit, un agent de la Triple Alliance ; mais je
sais bien que le pire agent de destruction, soudoyé
par nos pires ennemis, n'eût pu faire rien de plus
funeste et de plus redoutable à la sécurité de la
nation. Cet homme a tué chez nous le pouvoir. Sans

doute, il y a toujours des hommes qui font figure
de ministres, et, au-dessous d'eux, des fonctionnaires dans tous les cadres des services publics.
Ils possèdent le titre et ne possèdent pas l'autorité.
Le peuple ne les connaît pas, et c'est en vain qu'à
l'heure des suprêmes épreuves, si elle venait à son-
ner subitement, ils prétendraient le conduire ; il ne
les suivrait pas. S'est-on demandé ce qu'il advien-
drait de nous si le scandale n'était qu'une préface à
la guerre, et de quel prix il faudrait payer cette
liquéfaction de ce qui pouvait nous rester de vertu
et de foi ? On ne mène pas allègrement à la bataille
des multitudes dont l'esprit est hanté par le soupçon
et qui portent confusément en elles le mot avant-
coureur des grandes paniques et des grandes dérou-
tes : — Nous sommes vendus! — Avant de faire
face à l'ennemi il faudrait restaurer la confiance
dans les cœurs ébranlés ; il n'est d'autre moyen
pour cela que d'évincer du pouvoir tout ce qui
vient du Parlement, et de remettre nos destinées à
la garde d'un soldat.

Que cette épreuve nous soit épargnée, j'en ai la
ferme espérance ; mais nous pourrons conserver la
paix sans que le devoir en soit changé. La vie
nationale souffrira longtemps du discrédit que l'affaire de Panama projette un peu partout. L'argent

intimidé ne voudra plus subventionner l'esprit d'entreprise, et les affaires les plus honnêtes, les mieux conçues ne trouveront plus de preneurs. Nous nous habituerons à vivre en rentiers, fenêtres et portes closes, les pieds sur les chenets, sacrifiant toute initiative un peu hasardeuse à l'intérêt étroit de notre sécurité. Mais la sécurité conquise à pareil prix ne va pas sans de graves dommages extérieurs. L'industrie française verra de jour en jour sa production décroître, faute de clients, et le commerce perdra ses débouchés. Il n'est que trop manifeste que notre situation économique empire tous les jours, que notre activité routinière et fatiguée recule devant l'activité conquérante des peuples en plein essor, que des concurrents plus entreprenants et plus hardis nous évincent peu à peu de tous les marchés du monde, et que les temps sont proches peut-être où nous n'aurons plus que nous-mêmes pour clients.

Les causes de cette décadence physique et morale viennent assurément de plus loin que le scandale de Panama, et peut-être y faut-il voir les symptômes ordinaires de la vieillesse. Car les peuples vieillissent ainsi que les individus, et ce n'est pas apparemment pour rien que nous sommes, après la Chine, le peuple le plus vieux de la terre. Nous

ne touchons pas encore, Dieu merci ! à ce degré
de sénilité qui vide le cerveau et glace le cœur, et
qui figea le peuple chinois en pleine civilisation,
pour une durée de plusieurs siècles. Il y a certainement en nous des réserves inemployées de passion et d'énergie qui nous vaudraient peut-être un
regain de jeunesse comme ceux que nous avons
déjà vus se produire, à plusieurs reprises, dans
notre histoire. Mais encore faut-il que cette activité morte soit galvanisée, et elle ne peut l'être
que par un régime qui nous donne la sensation
féconde de la force et nous inspire la foi.

Lorsque le rédacteur en chef de ce journal émit,
il y a quelque temps, l'idée de remplacer l'inutile
M. Carnot par un chef d'État militaire, toute la
volaille parlementaire jura qu'il fallait sauver le
Capitole, et peu s'en fallut que M. Magnard ne fût
traité en conspirateur. Mais ce sont là des protes-
tations intéressées qui n'ont pas d'écho. On consul-
terait la France que neuf citoyens sur dix répon-
draient que le salut n'est que là. L'armée est la
seule de nos institutions qui soit encore intacte ;
l'honneur militaire est la seule religion qui n'ait
pas, chez nous, de blasphémateurs. Les temps
sont proches peut-être où le socialisme triomphant
en fera une ruine de plus ajoutée à tant de ruines.

Mais jusqu'ici c'est la seule chance de renaissance
et de vie qui nous reste. La France se meurt du
parlementarisme : si l'on veut qu'elle vive, il n'est
que temps de la mettre au régime du fer.

23 janvier 1893.

LA DÉFENSE DE L'ORDRE

Il est communément admis, au moins dans la doctrine courante des partis, que la « Loi de sûreté générale » édictée par l'Empire, au lendemain de l'attentat d'Orsini, fut un crime contre la conscience humaine. Cette loi permettait au gouvernement de cueillir au pied levé tout personnage suspect et de l'expédier à Lambessa ou à Cayenne, sans autre forme de procès. Cette procédure est certainement atroce, et les moralistes républicains sont bien venus à la flétrir. On ne saurait imaginer rien de plus contraire à la morale politique et sociale que nous avons tirée de la Déclaration des droits de l'homme. Cependant, si l'Empire revenait demain

et qu'il octroyât à notre société si misérablement
effarée, comme don de joyeux avènement, la déportation en bloc de tous les anarchistes et des socio-
logues variés qui s'en rapprochent, j'imagine qu'un
certain nombre de libéraux qui font profession de
stigmatiser sa pratique gouvernementale se senti-
raient notablement soulagés par elle. C'est que la
politique change d'aspect à chaque angle de la
route, et telle mesure qui fut la veille un crime
nous apparaît le lendemain une condition de
salut.

Au demeurant, nous vivons sur un fonds commun de préjugés que nous décorons du nom de
principes, tant qu'il n'en coûte rien de les honorer,
et dont nous faisons gaillardement litière, dès qu'il
devient utile de marcher dessus. On n'imagine pas
les vœux forcenés qui se sont fait jour depuis que
Ravachol a introduit la dynamite dans l'argumenta-
tion des partis. L'état de siège avec ses exécutions
sans phrase, tel est aujourd'hui l'idéal d'un tas
d'honnêtes gens qui se réclamaient superbement
hier des principes de 89 et même de ceux de 92,
et ne croient plus, sauf à ne pas l'avouer tout haut,
qu'à la sainteté du sabre.

Leur tort n'est pas de renier leurs vieilles et chimériques croyances, mais de n'avoir pas démêlé

tout d'abord les vraies et nécessaires conditions du gouvernement. Il n'y a pas deux manières de gouverner, disait hier un de mes collègues. L'ordre a des lois inflexibles dont on ne peut s'écarter une heure sans verser dans la révolution. Il existe, en politique comme en morale, des principes, des règles, des traditions, des croyances, des intérêts même qui sont l'assise séculaire des gouvernements et des sociétés. Il y a, d'autre part, des sophismes, des préjugés, des passions, des chimères, des appétits qui sont le ferment vivace des révolutions. C'est la lutte éternelle entre le jour et la nuit, le bien et le mal, l'ordre et l'anarchie. Ces deux causes ennemies, qui se disputent le présent et l'avenir, ne comportent que deux politiques, sans nuance intermédiaire : la politique de résistance et la politique d'abandon, autrement dit la politique conservatrice et la politique révolutionnaire.

L'attentat de Vaillant contre la Chambre a déterminé les pouvoirs publics à présenter une série de mesures protectrices ou répressives que le Parlement votera sans y regarder. Je les voterai comme les autres, parce que je ne pourrais, ce me semble, y contredire sans assumer une sorte de complicité morale dans les attentats ultérieurs qu'elles ont pour objet de prévenir ou de châtier. Mais je les voterai

13.

sans croire à leur efficacité. On peut empêcher les
anarchistes de se réunir, d'écrire et de parler : on
ne peut les empêcher d'agir. Il est même possible
que cet état de compression violente dans lequel on
veut les enserrer n'ait d'autre effet que d'exaspérer
leur révolte et de provoquer ainsi des attentats
nouveaux. Il y a dans cette bande de fauves insurgés contre la société bon nombre de simples gre-
dins qui déguisent sous le nom d'anarchisme les
multiples variétés du vol auquel ils s'adonnent.
Mais il s'y rencontre aussi des centaines de malheureux réfractaires au travail comme ils sont réfractaires aux lois, aigris par la misère physique,
affolés par la misère morale, ennemis de tout le
monde parce qu'ils se croient victimes de l'ordre
social, et qui, préférant la guillotine au suicide,
compensent le sacrifice de leur vie par l'assassinat
de quelques bourgeois. Il n'est point de précaution
législative qui nous défende contre ce genre de folie.

Que faire alors ? Ceci est proprement une question
de gouvernement. La valeur de la défense dépend
de la qualité des mains qui tiennent le pouvoir.
Chaque régime a ses traditions et son tempérament,
et l'on ne peut raisonnablement demander à la république parlementaire de recourir aux procédés som-
maires qu'employait l'Empire.

La méthode impériale, c'est l'expulsion en masse, et sans jugement, de tous les éléments nuisibles ou dangereux pour la sécurité commune. Or, il n'est pas un républicain, même parmi ceux qui se piquent d'être de fervents amis de l'ordre, qui consente à sanctionner de son approbation publique de pareils moyens. Je parle de leur vote public, et non de leur sentiment intime. J'en ai vu quelques-uns, l'autre jour, qui réclamaient, à titre confidentiel, une loi de sûreté générale, et qui l'auraient outrageusement honnie, si quelque incident de tribune les eût obligés à la juger tout haut. De même, on rencontre nombre de ces honnêtes gens qui réprouvent de toute la force de leur patriotisme et de leur conscience l'enseignement matérialiste institué par les lois scolaires, et qui proclament, en séance publique, que le plus beau titre d'honneur de la république est précisément de l'avoir inauguré! C'est cette insincérité dans la conduite, ce respect humain, cette hypocrisie, cette lâche et perpétuelle contradiction entre les opinions de commande et les opinions réelles, qui font de la république un régime inégal à sa fonction et livrent nos destinées à cette troupe de masques que Proudhon, il y a quarante ans, traitait déjà de « blagueurs ».

Si la république avait tout ensemble le sentiment

de ses devoirs et le courage de les remplir, elle
commencerait, comme le Sicambre de la légende,
par brûler ce qu'elle a trop longtemps adoré et par
adorer ce qu'elle a brûlé. Il y avait, dans la Rome
antique, une fête annuelle où toutes choses étaient
renversées, où les valets prenaient la place des
maîtres, où l'on mettait en haut ce qui était en bas et
à la place d'honneur ce qui était au dernier rang :
c'étaient les Saturnales. Mais cette mascarade, qui
avait sa philosophie, ne durait que trois jours. Il y
a vingt ans qu'elle dure chez nous, et ce renverse-
ment des choses est devenu notre régime habituel.
Ce n'est pas miracle, en vérité, si truands et mar-
miteux se précipitent vers la table du banquet, et
si les plus mal embouchés d'entre eux se vengent
en cassant les vitres contre les jouisseurs nantis qui
leur refusent la liberté de s'y asseoir.

En réalité, l'anarchisme est une filiation directe
de la république, et la bombe par laquelle il s'annonce est, en quelque sorte, le point final du nihilisme
abject et désespérant qui est le fond de la politique
officielle. La république, avant l'épreuve, apparaissait
à ses fidèles comme un idéal de désintéressement, de
justice et d'honneur, et l'immatérielle splendeur de
leur rêve justifiait assez le culte farouche qu'ils lui
avaient voué. Les malheureux, après avoir attendu

vingt ans la réalisation de leur rêve, ont cru s'apercevoir que ce n'était qu'une caverne : le népotisme, la vénalité, la corruption, l'effronterie des programmes, le mépris des promesses, le cynisme des apostasies, voilà les spectacles qu'on leur a servis ! Il s'est bâti là-dessus des fortunes insolentes, et ceux qui les ont faites ont eu la témérité plus insolente encore d'enseigner aux déshérités que la vraie fin de l'homme était de jouir et de s'amuser comme eux !

Puis, sont venus les socialistes, qui ont versé dans ces pauvres âmes déjà vidées de tout culte, de toute espérance et de toute foi, l'alcool des revendications matérialistes et surexcité jusqu'à la frénésie leurs appétits de brutes. Et ce ne fut qu'une mystification de plus ! Il s'est trouvé que le socialisme était aussi creux que l'opportunisme était sec ! Qui mesurera le levain d'amertume, de haine et d'horreur que tant d'espérances déçues, de promesses trahies, d'envies rebutées, de chimères crevées ont déposé dans le cœur de ces misérables ? Et qui s'étonnera que cette accumulation de misères physiques et morales fermente, s'exaspère et s'exalte jusqu'à l'assassinat ? Il y a quelques centaines d'anarchistes publics et militants qui font montre de leurs desseins homicides et s'adonnent à cette monstrueuse horreur

qu'ils appellent la propagande par le fait. Il y en
a cent mille qui le sont en esprit et qui, lorsque
l'attentat s'exerce contre les pouvoirs publics, répondent à nos indignations : « C'est bien fait ! »

Eh bien ! ce n'est pas avec des lois de circons-
tance qu'on remédie à des situations aussi terribles,
et le malheur est que la république ne veuille pas
et ne puisse pas recourir aux seules mesures de
salut qui seraient efficaces. Elle ne décrétera pas la
déportation en masse, parce qu'elle croirait se dis-
qualifier en imitanr l'Empire; elle ne réformera
pas l'éducation populaire, qui nous vaut ces générations de pessimistes, d'insurgés et d'assassins,
parce qu'il lui faudrait pour cela renier et démolir
l'œuvre entier de ses vingt ans. Le mal social continuera donc fatalement son œuvre de dissolution.
Si les lois nouvelles réussissent à prévenir les attentats anarchistes, c'est le socialisme qui se char-
gera de le mener à terme. Un anarchiste n'est, au
fond, qu'un socialiste impatient. Leurs pratiques
diffèrent, leur fin est la même. Or, le socialisme,
avant la fin de cette législature, aura conquis la
moitié des suffrages ruraux et liquéfié l'armée, ce qui
revient à dire que tous les éléments de résistance et
toutes les chances de salut seront passés à l'ennemi.

S'il ne surgit, avant longtemps, de notre misère

une dictature, l'ordre social est inévitablement
perdu. Ce que sera le monde nouveau, je ne le sais
pas au juste, et j'imagine que ceux qui le préparent
ne le savent pas mieux que moi. Mais je sais bien
que tout craque et s'émiette autour de nous ; qu'une
révolution formidable s'organise et se fortifie dans
l'ombre, que les pouvoirs publics, dupes ou victimes de l'action révolutionnaire, sont incapables
de se défendre ou de nous défendre, et que tout cela
doit finir comme le cinquième acte du *Prophète*,
par l'explosion expiatoire qui fera tout sauter en
semble, la république, la société et les partis. —
« Tous coupables et tous punis ! »

15 décembre 1893.

L'ÉCHAFAUD

Personne, j'imagine, même parmi ceux qui avaient
entrepris d'arracher à M. Carnot la grâce de Vaillant,
ne se faisait la moindre illusion sur le sort inexo-
rable qui l'attendait. On pouvait douter de la fermeté du jury ; mais la sentence capitale une fois
prononcée, l'exécution était inévitable. Une fatalité
plus lourde que la loi même qui le condamnait à
l'échafaud pesait sur le misérable, et il devait être
écrasé par elle.

Il a payé sa dette : n'en parlons plus! C'est déjà
trop que les journaux aient, pendant deux mois, fait
une place aussi large à ce cabotinage effréné dont
les politiciens de son espèce se montrent si terrible-

ment friands. Il reste cependant encore un procès à
faire : c'est celui des arguments au nom desquels
certains publicistes, radicaux ou socialistes, ont ex-
pliqué, pour ne pas dire excusé, son crime. Il y a
l'argument personnel qui rejette l'aberration crimi-
nelle dont il est victime sur la mauvaise éducation
qu'il a reçue; puis, l'argument social, qui consiste à
dire qu'il avait, après tout, des reprises à exercer
contre la société, puisque la société n'avait rien fait
pour lui.

Il est certain que notre conduite dans la vie
dépend, pour une large part, de causes premières
dont nous n'avons ni tout le mérite ni toute la faute.
C'est affaire d'éducation, de milieu, de circonstances,
de hasard, de conditions fortuites ou fatales dont
nous ne sommes pas les maîtres. Si Vaillant avait
été élevé comme vous ou moi, c'est-à-dire suivant
les règles traditionnelles de cette discipline morale
qui est le code commun des honnêtes gens, il est
infiniment probable qu'il n'eût pas versé dans
l'anarchie et payé cette aberration de sa tête. Privé
de famille dès l'enfance, fils bâtard d'un père qui
l'abandonne, sans plus s'occuper de lui que s'il
n'existait pas, sans foyer, sans caresses, sans leçons
et sans pain, il n'a connu tout jeune que les méchants instincts qu'une condition aussi misérable

devait nécessairement développer en lui. Il a souf-
fert, il a haï, il a volé; il a puisé dans les amertumes de sa vie une rancune implacable contre les
autres; il n'a cherché dans ses fréquentations et dans
ses lectures que des aliments nouveaux à la passion
homicide qui fermentait en lui; il s'est fait, à travers des livres qu'il ne comprenait pas, une provision d'abominables sophismes qui se traduisent
naturellement en crimes, et la fin fatale de cet
indigeste amas de misères aigries, de passions incendiaires, de visions affolantes, a été la bombe anarchiste d'abord, l'échafaud après.

Grande, assurément, est la part de la fatalité
dans cette destinée, et la fatalité atténue la responsabilité du criminel, si elle n'excuse pas le crime
même. Ce pourrait être un cas d'étude intéressant
pour un psychologue ou un moraliste de profession.
Mais la justice sociale n'a pas le droit de s'arrêter
devant de semblables considérations. La société ne
punit pas pour se venger; elle punit pour se défendre, et les pénalités dont elle frappe les attentats
commis contre elles se mesurent aux effets qu'elle
en attend.

Il lui importe peu qu'un criminel vive ou meure,
s'il est mis hors d'état de lui nuire désormais. Mais
il lui importe beaucoup que ce criminel ne fasse

pas école et n'ait point d'imitateurs. La peine capitale dont elle frappe les assassins se changerait souvent en peine légère, si elle pouvait faire la part du déterminisme dans la perpétration de leur crime. Mais elle les frappe uniformément, sans regarder aux causes multiples qui ont pu fausser leur conscience ou opprimer leur liberté, parce qu'elle estime que la peine de mort est l'argument le plus puissant qui puisse retenir un criminel sur la pente de l'assassinat. Elle les frappe pour se garantir contre les attentats futurs, comme on emprisonne les fous dangereux, bien qu'ils soient innocents, comme on tue d'instinct les animaux malfaisants avant qu'ils ne vous aient mordus. La grâce serait plus qu'une défaillance, si elle est une semence de crimes nouveaux, elle serait une duperie : l'exécution est juste et bonne, si elle a vraiment pour effet de les prévenir.

La justice a des adversaires plus nombreux et plus hardis que ceux qui se contentent de lui opposer la pitié : ce sont les apôtres variés des revendications sociales. Ils raisonnent ainsi : — Sans doute, l'attentat de Vaillant est exécrable, mais la société, de son côté, ne lui devait-elle rien ? Et qu'a-t-elle fait pour lui ? — Cette demande reconventionnelle de l'anarchisme ou de ceux qui l'exploitent contre une société marâtre est le thème de tous les journaux qui se piquent de sociologie. Ils ont brodé là-dessus des variations extraordinaires qui les induisent en d'étranges rapprochements. Quelques-uns, en effet, et non des moindres, sont allés jusqu'à nous représenter Vaillant comme le prophète d'une religion nouvelle et à le comparer au Christ ! — Le Christ ne fut-il point le rédempteur des misérables ? Et ne sait-on plus qu'il fut mis à mort par les bourgeois de son temps ? — Sans doute. Il y a pourtant une différence qui a son prix : toute la morale évangélique tient dans le sermon de la Montagne qui n'est qu'un sublime appel au renoncement et à la charité. — Heureux les doux ! Heureux les miséricordieux ! Heureux les pauvres en esprit ! — L'anarchisme, au contraire, n'est qu'une rage d'effraction, un rugissement de haine et une œuvre de sang.

Il y a vraiment quelque chose de plus inquiétant pour l'avenir de la société française que l'anarchie politique et sociale qui nous submerge : c'est l'anarchie intellectuelle et morale dont ces aberrations courantes trahissent l'étendue et la profondeur. Caton, dans son discours contre un anarchiste illustre, Catilina, reprochait aux Romains de son temps de ne plus entendre leur propre langue : *Jàm vera rerum vocabula amisimus.* De même, nous avons perdu la notion exacte des choses ; nous prêtons un sens adultère à des mots qui, dans l'esprit juste et sain de nos pères, ne comportaient ni équivoque ni déviation. L'honneur, la vertu, le devoir, la responsabilité, la justice n'ont plus dans la langue politique qu'une signification émoussée, et le mal gagne ainsi en audace et en force tout ce que le bien perd en précision et en vigueur. C'est grâce à cette obnubilation croissante de la conscience que le vol, le cambriolage et l'assassinat ont pu prendre couleur d'aspirations sociales et libératrices. Lorsqu'un rôdeur de barrière éventre un bourgeois au coin d'une borne, ce n'est pas sans restriction que nous consentons à lui donner tort. — Le rôdeur est un homme, après tout, comme tout le monde. Il a des besoins à satisfaire : qu'est-ce que ce bourgeois avait fait pour lui ?

Eh bien ! il faut oser dire que ce bourgeois ne lui devait rien du tout. L'état de société résulte d'un contrat tacite entre citoyens d'un même pays, et ce contrat consiste dans la rigoureuse observance des lois et conventions sur lesquelles cette société repose. En droit strict, je ne dois rien à mon voisin, et mon voisin ne me doit rien, que le respect de notre liberté réciproque. Par voie de conséquence, la

collectivité, c'est-à-dire la société, n'a d'autres obligations envers l'individu que celles qu'il supporte lui-
même envers l'ensemble des citoyens. C'est ce qu'on
appelait autrefois le Pacte social. Le mot est démodé,
mais la chose est toujours vraie. Nous ne vivons
en société qu'en vertu d'un pacte à la fois imposé
et consenti par tout le monde. Quiconque trouve ce
pacte incommode a la liberté d'aller chercher ailleurs des conditions d'existence qui lui agréent.
Mais quiconque aussi prétend le briser par la violence ne peut s'étonner qu'on lui réponde par la
violence, et c'est ainsi que la bombe anarchiste
conduit à l'échafaud.

Ceci est la théorie du droit strict. Elle suffit à
faire justice des revendications impératives de la
démocratie révolutionnaire ; elle ne suffirait pas à
faire vivre une société. L'égoïsme inhumain qui
en émane ne saurait convenir qu'à des âmes pétri-
fiées. Il y a donc, à côté du droit qu'a chacun de
vivre chez lui et pour lui, des obligations morales
qui sont l'honneur et le propre de l'humanité.
L'homme ne peut vivre parmi les hommes qu'à la
condition de les aimer, de les aider, de corriger,
dans la mesure des réparations possibles, les injustices du monde ou du sort à leur endroit. Un
grimaud de lettres qui demandait l'aumône à Vol-

taire pensait s'excuser en disant : — Il faut bien que
tout le monde vive. — A quoi Voltaire répondit :
— Je n'en vois pas la nécessité. — Pour féroce qu'il
fût, le mot pouvait se comprendre, s'adressant à un
grimaud. Il est certain qu'il pouvait mourir sans
que le lustre des lettres en parût obscurci. Mais un
riche ne pourrait le dire à un pauvre sans provoquer
les plus terribles et les plus justes colères. C'est que
nous avons le sentiment instinctif que les riches se
doivent aux pauvres, que les forts se doivent aux
faibles, que la société se doit aux individus, et que
tous nous avons des obligations communes envers
tous. De là sont nées les institutions et les lois qui
ont pour objet le soulagement de la misère humaine ; et de là aussi l'effort incessant que font les
sociétés et les États pour améliorer la condition de
ceux qui sont forcés de peiner pour vivre.

C'est là le premier des devoirs sociaux ; mais c'est
aussi le pire des sophismes que d'enseigner à ces
malheureux qu'il appartient à la société de corriger,
jusqu'au nivellement absolu, les inégalités ou les
injustices qui ne sont que l'œuvre de la fatalité.
Car ce n'est pas la faute des hommes s'il y a tant
d'iniquités en ce monde ; c'est la faute de la nature
qui ne crée pas d'égaux. Elle ne fait, il est vrai,
ni des pauvres ni des riches ; mais elle donne aux

uns et refuse aux autres ce qui fait la richesse ou la
pauvreté. Elle fait des forts et des faibles, des travailleurs et des paresseux, des avisés et des imbéciles, des économes et des prodigues, et les plus
mal partagés porteront en eux et dans leurs enfants
la peine de ces inégalités originelles contre lesquelles
la société ne peut rien.

Pourquoi en est-il ainsi? C'est, sous une autre
forme, le poignant problème que se posent les philosophes, sans le résoudre : — Pourquoi le mal
existe-t-il? Le croyant répond victorieusement à la
question et se résigne. Celui dont l'horizon terrestre
limite les aspirations et les espérances se révolte, et
lorsque sa révolte s'exaspère par la souffrance, il tue.
C'est pour garantir la société contre ces fureurs homicides de la bête humaine en quête de proie que les
hommes ont inventé le Code pénal. Mieux vaudrait
qu'il fussent asservis par une éducation spiritualiste et vraiment chrétienne aux obligations de la
loi morale. Mais où la loi morale ne commande plus,
il n'y a plus place que pour le châtiment, et les
pouvoirs publics qui l'administrent confirment le
mot à la fois atroce et profond de Joseph de Maistre,
que la clef de voûte de la société, c'est le bourreau!

6 février 1894.

LA GUERRE

Ce n'est plus un secret pour personne aujourd'hui
que nous avons été, il y a deux mois, à deux doigts
de la guerre, par le fait de l'Italie. Ce malheureux
pays expie par une misère noire la mégalomanie
dont il est possédé. La seule politique qui convînt
à l'Italie, après la conquête de son unité, était de
licencier son armée et de la remplacer par des gendarmes. Comme elle n'est menacée par personne et
qu'aucun de ses voisins ne songe à lui reprendre ce
qu'ils lui ont conquis ou cédé, elle n'a pas besoin
de soldats. En faisant comme les États-Unis après la
guerre de Sécession, elle eût éteint sa dette, supprimé
ses impôts les plus lourds et réalisé l'idéal des gou-

14

vernements qui est, selon Bossuet, de rendre la vie commode et les peuples heureux. Elle a préféré jouer à la grande puissance militaire et maritime et s'est équipée comme les capitaines Fracasse de son théâtre, sans prévoir que ce harnais de bataille la ruinerait tout net. C'est pourquoi nous la voyons présentement acculée à la banqueroute, et comme elle n'a d'autre porte de sortie que l'aventure, elle est toujours prête à s'y jeter.

La tentation a été violente et tout près d'aboutir ; car l'Allemagne s'y laissait gagner. Heureusement, l'empereur François-Joseph, qui est honnête homme et peu curieux d'aventures, a refusé nettement de les suivre, et, grâce à son *veto*, la paix a été encore une fois sauvée. Mais la tentation, pour un moment conjurée, peut renaître au printemps prochain et nul ne peut prévoir ce qu'il en sortira. Eh bien, regardons la guerre en face ! Supposons qu'elle éclate, à l'improviste, comme un coup de tonnerre, et demandons-nous si nous sommes préparés, comme il le faut, pour y répondre.

M. Rambaud nous a renseignés, dans une étude du plus haut intérêt, sur les préparations militaires de la Russie. Nous savons que le soldat russe est un instrument d'une docilité et d'une solidité admirables, et que le Tsar, en massant sur ses frontières une armée toujours prête à l'action, sait ce qu'il fait et fait ce qu'il doit. Mais il ne faudrait pas nous faire illusion sur l'efficacité de ce concours. Les armées russes peuvent neutraliser l'Autriche et immobiliser plusieurs corps de l'armée allemande ; si la guerre devait être longue, elles ont assez d'endurance pour lasser l'ennemi et le réduire à demander merci. Seulement, ce n'est pas de ce côté que se frapperont les coups décisifs. Si la guerre doit éclater, elle fondra sur notre frontière des Vosges avec la soudaineté et la violence d'un ouragan, et c'est le premier choc qui décidera de nos destinées.

Ce choc, il semble bien que nous soyons en bonne posture pour le supporter. Il n'est pas de puissance mieux outillée pour la guerre que ne l'est en ce moment la France. Malheureusement, toute notre organisation militaire repose sur un dangereux sophisme, et ce sophisme, c'est la prépondérance du nombre. Lorsque nous avons refait l'armée, nous sommes partis de ce principe que la France fut vaincue par la supériorité numérique des Allemands, alors que la cause réelle de notre défaite était dans l'impéritie du commandement. Si les divisions du troisième corps étaient venues au secours du général Frossard, à Forbach, comme elles le pouvaient et le devaient, la journée se terminait par une victoire. Si Mac-

Mahon, avant de livrer bataille à Reichshofen, eût attendu d'avoir été rallié, à droite et à gauche, par les corps de Douay et de Failly, il opposait quatre-vingt mille hommes au lieu de quarante mille à l'armée du prince royal et remportait une victoire certaine. Si Bazaine avait su profiter de ses avantages dans les journées du 16 et du 18 août, il rejetait l'ennemi dans la Moselle. Si Mac-Mahon, enfin, s'était retiré sur Paris au lieu d'aller à Sedan, son armée nous était conservée pour devenir le noyau d'une résistance invincible, et c'est l'Allemand qui nous demandait la paix. Ce sont là des fatalités manifestement indépendantes de la valeur propre de l'armée elle-même, et l'on n'en peut raisonnablement conclure que c'est le nombre qui nous a vaincus.

Cependant nous nous sommes laissé prendre à la magie du nombre, et pour avoir le nombre, nous avons réduit le service à une moyenne de vingt mois. Or, le service court fait des milices; il ne fait pas de soldats. Le type idéal du soldat, c'est le mercenaire ou le prétorien, c'est-à-dire un homme qui ne connaît ni les affections de la famille, ni les soucis du citoyen, qui vit pour se battre et se bat pour l'acquit du métier, pour le plaisir de la bataille, pour l'honneur, pour la gloire, pour toutes sortes de raisons étrangères aux préoccupations et aux intérêts du commun des hommes. Le culte que nous professons pour les héros n'a de raison que parce que ces héros sont des êtres d'exception. Il n'y a plus d'armée, quand tout le monde est soldat ; il n'y a plus d'esprit militaire, quand le service est une corvée commune ; il n'y a plus de héros, lorsqu'on est mobilisé tout exprès pour le devenir.

Prenez dans la hiérarchie militaire de l'Empire les hommes qui nous représentent, à des degrés divers, depuis le chef d'armée jusqu'au grenadier de la garde, le type le plus accompli du soldat, Lannes, Lassalle, Marbot, Parquin, Coignet. Ils sont de valeur inégale ; mais leur âme est la même : ce sont des prétoriens ! Ils n'ont qu'un métier, qu'une passion, qu'un culte, qu'une fin, la guerre ! Leur horizon moral est constamment obscurci par la fumée des champs de bataille. Ils n'ont aucune idée de la solidarité humaine ni du progrès social, et l'on ne trouverait absolument rien sous leur crâne qui mérite la considération d'un philosophe, d'un économiste ou d'un bonnetier. Ils sont malfaisants et terribles ; mais ils sont aussi prestigieux, attirants et superbes, de la même façon et pour la même cause qu'un lion est plus grand et plus beau qu'un bœuf ou qu'un mouton.

14.

Pour forger des soldats de cette trempe, il faudrait
un retour d'épopée qui jure autant avec nos mœurs
qu'avec les conditions nouvelles de la guerre. Mais
il n'en reste pas moins vrai que le métier militaire est un métier comme un autre, où l'on n'excelle que par l'apprentissage et l'application ; que la
force des armées est proportionnelle à l'éducation
du soldat et que le nombre n'est rien, s'il n'est mis
en valeur par l'entraînement ; que la réduction du
service peut devenir un péril pour la sécurité de la
patrie ; que les économies réalisées par voie de
congés et de libérations anticipées équivalent à une
diminution de nos chances de victoire ; que l'idée
de « démocratiser » l'armée est une absurdité toute
pure, par l'excellente raison que tout dans l'armée,
du haut en bas de l'échelle militaire, est servitude,
hiérarchie, inégalité.

Si je n'avais qu'une opinion personnelle en cette
matière, je me ferais scrupule de la produire. Mais
je n'ai jamais laissé passer l'occasion d'interroger les
militaires que j'ai pu rencontrer sur ce terrible problème qui porte en lui les destinées de notre pays,
et c'est leur témoignage que j'invoque ici. La loi
militaire qui nous régit nous donne près de quatre
millions d'hommes, et nous nous habituons à croire,
sur la foi des flagorneurs, qu'une pareille armée nous

a rendus à jamais invincibles. Mais il est à remarquer que cette organisation n'est célébrée que par des hommes politiques ou par des militaires ayant versé dans la politique. Tout soldat de profession, uniquement voué à son métier, vous dira que mieux vaudrait pour notre défense une armée de douze cent mille hommes, ayant tous servi cinq ans, sans un jour de congé, entraînés du matin jusqu'au soir, marcheurs infatigables et tireurs exercés, vêtus d'un uniforme éclatant, et assez orgueilleux de lui pour penser qu'un soldat de leur trempe vaut plusieurs douzaines de citoyens.

C'est une monstrueuse folie d'imaginer qu'on fera jamais se choquer quatre millions d'hommes contre quatre millions d'hommes et que ces masses innombrables feront réellement la guerre. Il n'y a pas d'intelligence humaine, réunît-elle le génie d'Alexandre et d'Annibal, de César et de Napoléon, qui soit capable de les approvisionner, de les concentrer et de les conduire. Le plus grand danger qui nous menace est celui qui peut résulter de leur confusion. Heureusement les autres, voués comme nous à la manie des contingents démesurés, courent les mêmes risques et cela nous rassure. Mais on pourrait croire à des coups foudroyants, si nous avions moins de troupes et plus de soldats. Nous recommençons

l'histoire de Darius, et Alexandre aura toujours
raison.

Malheureusement la démocratie républicaine ne
goûte pas plus Alexandre que César, et, sans par-
tager ses aversions, on ne saurait prétendre qu'elle
ait tout à fait tort. Il sort du bruit des armes une
ivresse particulière qui devient promptement fatale
aux institutions.

Vienne une guerre heureuse, et personne n'em-
pêchera les populations enthousiastes de hisser le
général victorieux sur le pavois et d'en faire un
chef, peut être même un dieu. La gloire est si belle
et paraîtra si bonne à nos âmes humiliées qu'on
sacrifiera de bon cœur ses opinions et sa doctrine
à cette apothéose.

De là vient la méfiance instinctive qu'éprouve
une certaine classe de républicains pour l'armée
d'autrefois, et l'organisation démocratique qui la
remplace.

L'Allemagne, ayant commis la même erreur que
nous en grossissant démesurément ses armées, est
exposée aux mêmes mécomptes et aux mêmes périls.
Mais elle paraît avoir mieux compris que nous
l'importance décisive du premier choc. Elle a
concentré sur notre frontière une armée de première
ligne composée de ses meilleures troupes, com-

mandée par ses meilleurs officiers, toujours entretenue sur le pied de guerre et pouvant engager les hostilités sans perdre une heure entre l'ordre de marche et l'action. On assure que cette concentration, déjà réalisée dans le rayon des opérations immédiates, lui donne une supériorité numérique considérable. Or, si c'est une chimère de rechercher la supériorité numérique sur les états de mobilisation, il est d'une importance essentielle de l'avoir sur le champ de bataille. C'est des premiers coups que dépendra l'issue de la guerre : victoire ou défaite, le premier résultat sera d'un effet moral irrésistible et portera des conséquences désormais impossibles à changer.

Avec le service de cinq ans, une double supériorité pouvait nous être acquise à la frontière : celle de la qualité et celle du nombre, et si nous avions su la conserver, nous pouvions mathématiquement répondre de la victoire. Il n'est pas probable pourtant qu'on y revienne, au moins, avec les idées démocratiques et, par conséquent, antimilitaires qui prévalent dans les pouvoirs publics. Il appartient seulement à l'autorité militaire de suppléer dans la mesure des attributions qui lui sont laissées, aux arberrations de la politique.

Le salut de la France en dépend. Si nous

devons avoir la guerre, il faut qu'elle soit heureuse.

Car si le malheur voulait que nous fussions vaincus, la rançon de la défaite serait tellement épouvantable qu'il ne resterait rien de nous!

17 novembre 1893.

ÉMILE OLLIVIER

S'il m'était permis de donner un conseil à mes lecteurs ordinaires en guise d'étrennes, je leur recommanderais de lire le livre que M. Émile Ollivier vient de publier sous ce titre : « 1789 et 1889 ». C'est une lecture éminemment suggestive, comme on dit aujourd'hui ; elle fait penser. Ce n'est pas seulement toute l'histoire politique d'un siècle qui tient entre ces deux dates ; c'est aussi la somme des problèmes, des questions, des controverses, des thèses et des contradictions qui ont pris naissance à la Révolution et que le cours tumultueux des événements n'a cessé d'agiter jusqu'à nous. Les accidents sans nombre et sans mesure qui ont dévasté ce

siècle ont incliné de fort bons esprits à croire que
la Révolution française, aveuglément célébrée par
l'école révolutionnaire, n'a guère été qu'une immense banqueroute. Au commencement de cette
année, Mgr Freppel publiait une brochure d'une
haute inspiration et d'une rare puissance de déduc-
tion qui concluait à cet avortement. C'est une
thèse contraire que soutient M. Émile Ollivier. Il
croit que la Révolution a été bienfaisante et féconde,
toute mêlée qu'elle apparaisse de sophismes, de
ruines et de catastrophes. Mais il n'a pas l'admiration hypnotique des pontifes révolutionnaires, et
c'est précisément la liberté de sa critique qui fait le
puissant intérêt de son livre.

L'ouvrage se divise en trois parties. — Le
drame ; l'œuvre ; la Révolution depuis 1815. —
Le drame, ce sont les phases de ce prodigieux mouvement d'idées et d'hommes qui commence à la
convocation des États-Généraux et se continue dans
un amoncellement d'horreurs ou de merveilles, par
l'Assemblée constituante, le Comité de salut public,
le 9 Thermidor, le Directoire, le Consulat, l'Empire,
les Cent jours et le cataclysme final de 1815. L'œuvre,
ce sont les institutions et les lois qui, dans l'ordre
religieux, politique et social, ont pris la place de
l'ancien régime et préparé l'avènement du monde

nouveau où nous vivons aujourd'hui. Il faut une grande hauteur de vues et une rare sûreté de main pour faire, en raccourci, le tableau de pareils événements, mettre hommes et choses à leur place, et donner à chaque détail la valeur et la touche qui lui conviennent. Bossuet, dans son *Discours sur l'Histoire universelle*, Montesquieu, dans sa *Grandeur et décadence des Romains*, y ont mis un art qui touche au génie. Sans comparer M. Émile Ollivier à ces illustres modèles, on lui rendra simplement justice en disant que cette critique à grands traits est aussi brillante que solide, et que c'est aussi l'œuvre d'un maître.

Il est de mode d'accompagner le nom de M. Émile Ollivier, chaque fois qu'on l'évoque, des qualifications les plus désobligeantes. On le lapide par habitude, comme cette statue de Perrinet-Leclerc à qui les écoliers du xve siècle jetaient une pierre en passant. Pour les républicains, c'est le renégat qui a trahi la République ; pour les bonapartistes, le novateur présomptueux et néfaste qui a perdu l'Empire ; pour le reste, « l'homme au cœur léger » qui attira sur sa patrie les suprêmes désastres. Il n'y a ni critique ni justice dans ces appréciations, mais c'est le moindre souci du monde. Il accepte les opinions toutes faites et ne se met guère en peine de les réformer.

15

Les grandes impopularités sont faites, d'ordinaire, d'iniquités, de calomnies, de sottises et de mensonges : celle qui poursuit M. Émile Ollivier est la plus riche en ce genre qu'on ait jamais connue.

Il m'a plu, dans ce temps où règnent tant de grimauds, de remettre en lumière cette physionomie dont le moindre mérite est d'être hautement supérieure à ceux qui l'injurient. C'est une étrange et cruelle destinée que celle de cet homme enseveli vivant sous les ruines de l'Empire, à l'heure même où il touchait le faîte de ses ambitions. La répugnance instinctive qu'ont les peuples à s'accuser eux-mêmes les conduit à chercher une victime expiatoire des fautes de tous. Qu'il se soit trompé, je suis de ceux qui le croient, bien qu'il n'en convienne pas. Mais son erreur fut aussi la nôtre, et il est stupide autant qu'inique de vouloir qu'il en porte seul la peine aujourd'hui.

L'Empire libéral et parlementaire fut sans doute une chimère. Les gouvernements ne vivent qu'en restant fidèles à leur principe, et le principe vital de l'Empire, c'était l'autorité. Mais il faut bien convenir que cette transfiguration, dont M. Émile Ollivier fut le principal ouvrier, répondait alors au vœu universel. La France, ingrate et mobile, était lasse de silence et excédée de cette forte tutelle. Elle était

devenue frondeuse et avait pris goût aux exercices de l'opposition. A ce moment, l'Empire était
toujours puissant ; il n'était plus heureux. Il avait
à se faire pardonner les incohérences de sa politique
en Italie, les témérités de sa politique en Allemagne,
sa fatale équipée du Mexique, les cuisants déboires
de sa diplomatie et les froissements de l'orgueil
national irrité. On n'invoquait pas la révolution ;
mais on appelait autre chose, et l'on ne peut nier
que la transformation qui s'accomplit alors ne répon-
dît à ces aspirations. Si l'Empire eût vécu, l'expérience nous eût promptement révélé les dangers et
les vices du parlementarisme, qui pèse aujourd'hui
si lourdement sur nous, et peut-être, de tâtonnements en tâtonnements, eût-on fini par trouver
l'équilibre entre l'autorité et la liberté. Mais, de
quelque façon que l'on juge cette tentative, on ne
peut, sans injustice, en faire un crime à l'homme
qui l'essaya. Ce fut l'œuvre d'un noble esprit et
d'un bon citoyen.

La guerre ? Il est communément admis que
M. Émile Ollivier nous a jetés de gaieté de cœur
dans cette effroyable aventure. C'est la légende, et
comme elle est acclimatée partout, on peut être
certain que l'histoire ne prévaudra jamais contre
elle. La vérité pourtant est que personne ne s'op-

posa plus énergiquement à la guerre ; c'est la pression de l'opinion publique, principalement à Paris,
qui la déchaîna. M. Émile Ollivier avait accepté la
renonciation du prince Antoine de Hohenzollern et
tenait l'incident pour clos. Mais on hurla de colère,
d'indignation et de honte, lorsqu'on apprit ce modeste dénouement. Les journaux du temps en portent témoignage. J'en ai cité, l'an passé, des extraits
singulièrement édifiants. Mais à quoi bon ? Il est
plus commode de frapper les autres que de s'accuser soi-même, et l'on frappe à tour de bras sur
M. Émile Ollivier. La seule accusation légitime qu'on
puisse diriger contre lui n'est pas d'avoir déclaré la
guerre, mais de n'avoir pas résisté à ceux qui la
voulaient, s'il jugeait la guerre inopportune.

Et puis, l'eût-il voulue d'un dessein ferme et
prémédité, qu'il ne serait pas responsable de la
façon dont elle a été conduite. La guerre n'impliquait d'avance aucune des fatalités inouïes qui l'ont
traversée, ni la surprise de Douay à Wissembourg,
ni celle de Frossard à Forbach, ni la bataille incon-
sidérée de Frœschwiller, ni la trahison de Bazaine,
ni la marche sur Sedan, ni la capitulation de Metz.
Ce sont là des accidents, non seulement impossibles
à prévoir, mais impossibles à admettre, qu'une
stratégie seulement ordinaire aurait évités. Et si le

commandement les eût évités, la guerre devait avoir
une tout autre issue. Notre infériorité numérique
était beaucoup moindre qu'on ne le dit, parce que
l'Allemagne, obligée de se garder contre une intervention possible et même probable alors de l'Autriche, ne pouvait disposer que de la moitié de ses
troupes. Il suffisait d'un engagement heureux pour
renverser les chances, et si cet événement s'était
produit, c'est M. Émile Ollivier qui supplanterait
aujourd'hui M. de Bismarck dans l'admiration du
monde. La justice des hommes n'est que la glorifi-
cation du succès.

M. Émile Ollivier a raconté ces choses dans des
Mémoires qui verront le jour lorsqu'il lui paraîtra
que l'opinion publique est capable de les entendre.
Cela peut le mener loin. En attendant, il use de
la brochure ou du livre pour dire son mot sur les
affaires publiques, puisqu'on lui a fermé la bouche.
Ses belles études sur les rapports de l'Église et de
l'État sont le dernier mot de la science et du droit
en ces matières. Le dernier ouvrage, qui m'a fourni
l'occasion de parler de lui, est l'acte de foi d'un
prosélyte de la Révolution française Mais ce n'est
pas le livre d'un révolutionnaire. Il est particulièrement sévère aux sanglants barbouilleurs de la
première république, et aux turlupins de la nôtre.

Il n'a, d'ailleurs, ni haine de personnes ni passion
de parti. Il est doué d'une sérénité naturelle qui lui
rend l'impartialité facile envers tous.

Il dit du gouvernement de la Restauration : —
« Il s'est rarement rencontré une suite d'hommes
d'État aussi désintéressés, aussi sérieux, aussi éloquents, d'une telle aptitude à la gestion des affaires
publiques. » — Il a peu de goût pour la politique
étroite et bornée du centre gauche qu'il personnifie dans le génie égoïste et brouillon de M. Thiers;
mais il rend hommage au roi Louis-Philippe : —
« Il est certainement le premier homme d'État de
son règne. Il possédait les qualités les plus pré-
cieuses et les plus diverses. Son gouvernement intelligent, éclairé, libéral, a produit des fruits excel-
lents. » L'expérience qu'il a prise en vieillisant l'a
complètement brouillé avec ses rêves de jeunesse.
Voici le joli crayon qu'il trace des républicains de
notre temps : — « Le radical est un opportuniste
qui n'a pas encore de place. Son moyen d'action
pour l'obtenir, c'est le *programme*, toujours le
même, celui de 1869 : la séparation de l'Église et
de l'État, pas de présidence, pas de Sénat, les
juges élus, l'impôt progressif sur le revenu, surtout
l'épuration des fonctionnaires. Il n'est pas un opportuniste, tant qu'il n'a pas eu sa place, qui n'ait

signé ce programme toujours vierge, et qui n'ait
biffé sa signature, dès qu'il a obtenu sa place ou
conçu l'espérance prochaine de la décrocher. Aussi
le jacobin en paix avec le centre gauche n'a-t-il pas
grand souci du radical. De temps en temps, il
détache le plus hargneux en le casant quelque part,
et il laisse les autres hurler le programme auquel
ils ne croient pas plus que lui. »

Sur la république elle-même, il n'est pas moins
net : « République et suffrage universel sont si
peu synonymes qu'en général les peuples ne sont
pas républicains... L'homme est naturellement monarchique, comme il est naturellement religieux.
Les meneurs démocratiques, le sachant, sont sans
cesse préoccupés d'écarter du pouvoir les hommes
d'élite, de peur qu'ils ne deviennent populaires et
qu'on en fasse des monarques... L'ostracisme est
l'institution fondamentale d'une république... Toute
république qui ne s'arrange pas pour être régie par
des chefs d'une médiocrité éprouvée est en péril. »

Au fond, son idéal de gouvernement serait la
monarchie ou la présidence viagère, conférée par
le suffrage universel et entourée d'institutions démocratiques, avec l'appel au peuple pour principe
et pour régulateur. — « Le plébiscite, dit-il, n'est
ni une inutilité, ni une comédie, ni une atteinte à

la liberté ; il serait une justice, voilà pourquoi ils
en ont peur. Leurs scrutins d'arrondissement, ce
sont les petits cours d'eau que les préfets et les politiciens endiguent; le plébiscite, c'est l'océan que
nul ne maîtrise. Ils ne se risquent pas au plébiscite, parce qu'il fracasserait leur petite barque et
la jetterait au rivage comme une épave. » L'Empire
tel qu'il l'avait conçu, réalisait à ses yeux cette
association idéale de l'ordre, de la démocratie et de
la liberté. Son livre porte, à chaque page, l'éclatant
témoignage de sa fidélité et de ses prédilections.

Ces thèses sont agrémentées de citations toujours
curieuses et parfois inattendues; car M. Émile Olli-
vier est l'homme de France qui a le plus de lecture.
Il y eut un mouvement de stupeur un peu comique,
en 1870, lorsqu'il s'avisa d'invoquer l'autorité de
Paruta et de Fra Paolo Sarpi en faveur du plébiscite.
Il cite aujourd'hui Platon et Saint-Thomas-d'Aquin,
Machiavel et Guicciardini, Suarez et Bellarmin,
Siéyès et Mirabeau, Tocqueville et le duc Victor de
Broglie. Toute cette science, dont il est plus pénétré
qu'aucun homme au monde, n'a pu réussir à faire
de lui ni un homme habile ni un politique heureux.
C'est que le commerce des hommes est plus profitable
aux politiques que le commerce des livres, et M. Émile
Ollivier a trop sacrifié peut-être à sa bibliothèque.

On pourra contester, à ce titre, ses théories et le système de gouvernement qu'il préconise, bien qu'il soit aisé de les défendre. Mais il y a quelque chose que personne ne lui contestera jamais : c'est la hauteur morale de son âme, sa dignité, son courage, sa probité publique et privée, son désintéressement, et comme disaient les républicains de l'autre siècle, sa vertu. Encore moins lui contesterait-on le don prestigieux de l'éloquence. M. Émile Ollivier est peut-être le premier orateur de notre temps, et je ne sais personne ni au barreau, ni dans la chaire, ni dans les Chambres, qui puisse lui être préféré. Il suffit de causer cinq minutes avec lui pour voir l'éloquence lui monter du cœur aux lèvres et jaillir en gerbes. Une parole ample, imagée, vibrante et sillonnée d'éclairs, comme la tribune française, depuis Berryer et Gambetta, n'en connaît plus. En d'autre temps, il n'eût point fallu d'autre raison pour rouvrir triomphalement les portes du Parlement à un orateur de cette envergure : le dilettantisme y eût suffi. Et c'est pitié de penser que Paris, la ville-lumière, comme l'appelait Victor Hugo, qui poursuit de ses huées M. Émile Ollivier, se fera représenter demain par Basly !

31 décembre 1889.

15.

UN JOURNALISTE

J.-J. WEISS

On peut dire de la presse ce qu'Ésope disait de la langue : c'est, à la fois, ce qu'il y a de pire et de meilleur au monde. Elle est l'organe des plus nobles causes et l'instrument d'ignominieuses industries. Cette promiscuité constante du bien et du mal, dans laquelle s'exerce son action, lui a fait une assez méchante renommée. Le monde l'estime peu et l'aime moins encore. Il est, en général, plus sensible à ses vilenies qu'à ses bienfaits. Plus il lit de journaux, moins il a goût pour ceux qui les font. Il fut un temps où la qualité de journaliste était un titre d'honneur. La profession peu répandue et gardée par sa rareté même des promiscuités compro-

mettantes, était aux mains de gens qui avaient des
lettres et savaient faire respecter en leur personne
ce qu'ils avaient pris la peine d'apprendre. C'étaient
de braves cœurs aussi, qui se piquaient de croire à
quelque chose et n'écrivaient que pour leur foi. Le
journal de nos jours s'est compliqué d'industries
accessoires qui ont un peu ébréché l'honneur professionnel. En même temps, la qualité de journaliste s'est sensiblement élargie. Elle est encore portée,
Dieu merci, par de vrais écrivains, entre les mains
de qui la profession ne saurait déchoir. Malheureusement, ils la partagent, bon gré mal gré, avec un
tas de barbouilleurs et de grimauds qui projettent sur
la carrière une ombre fâcheuse, et font hésiter la
considération des honnêtes gens.

Il est, du moins, des noms devant lesquels l'hommage n'hésite pas ; et c'est, à la fois, la revanche et
l'orgueil du journalisme, que de pouvoir citer des
maîtres qui surent élever l'article de journal au niveau des plus hautes investigations de l'esprit humain. J.-J. Weiss, que nous avons enterré la
semaine dernière, était de ceux-là. M. Ranc, qui est
bon juge en la matière, a dit que Weiss fut le premier des journalistes de son temps. Je ne sais guère,
en effet, qu'un homme d'une autre génération qui eût
pu lui disputer cette place : c'est Louis Veuillot, qui

serait, sans contredit, l'écrivain le plus rare et le plus puissant du siècle, s'il eût pu mettre en lingots les trésors qu'il dut dépenser en monnaie. Weiss n'avait ni son tempérament de sanglier, ni sa fougue, ni sa force, ni sa verve assassine, ni sa grandiose éloquence, ni sa terrible âpreté. Il était d'une autre école et d'une autre humeur. Ce fut surtout un dilettante exquis, apte à tout comprendre et à tout dire, promenant à travers le monde une sorte de curiosité fleurie, et répandant sur les sujets qui le retenaient une heure, les grâces unies du style le plus pur et de la plus originale fantaisie.

Il venait de l'ancienne Université, l'*alma parens* des lettres, aujourd'hui sacrifiées, comme tous les vieux cultes, à l'utilitarisme contemporain. La forte éducation littéraire qu'il y reçut avait discipliné son goût, sans altérer la trempe de son originalité native. Cette marque d'origine le suivit dans toute sa carrière. Elle avait fait de lui un classique, dans toute la force du mot ; classique en enseignement, en littérature, en politique, et classique il resta jusqu'au dernier jour.

Le dix-huitième siècle, entre tous, avait ses prédilections. Il en goûtait les grâces aimables et légères, et sa plus grande joie était d'aller à la décou

verte des charmes ignorés de cette race de poètes à
la fois exquis et dédaignés qui va de Favart à
Parny. Ce culte d'une époque littéraire n'est pas
sans péril pour l'écrivain qui s'y adonne : il risque
d'y perdre sa propre originalité. L'imitation trop
constante des maîtres du dix-septième siècle a légère-
ment vieilli Prévost-Paradol, et, pour avoir trop
fréquenté Voltaire, About s'est fait accuser de sé-
cheresse. J.-J. Weiss avait une sève trop personnelle pour risquer de la perdre dans l'imitation
d'autrui. De plus, son éducation d'enfant de troupe
et son enfance errante avaient meublé son imagination d'idées, d'impressions, de souvenirs, de visions
indélébiles qui devaient se réfléter plus tard sous la
plume de l'écrivain et prêter à toutes ses pages une
saveur incomparable. Il possédait ce don génial qui
est le trait distinctif des écrivains de race, la personnalité du style. Il était de ceux qui n'ont pas
besoin de signer leurs œuvres, tant il est aisé de
reconnaître leur main.

Le style, cependant, serait le plus stérile et le
plus vain des talents, si l'artiste qui le possède ne
possédait aussi le fonds qu'il faut à son emploi, et
personne ne fut plus riche de ce fonds-là que J.-J.
Weiss. Sur les fortes assises universitaires, qu'on
appelait autrefois du beau nom d'humanités, il avait

établi, pour son propre compte, une sorte de mu-
sée vivant dans lequel se rencontraient tous les
trésors de l'esprit humain. Il avait tout appris : les
lettres, les arts, l'histoire, la philosophie, la morale,
les religions, et il avait tout aimé. Lorsque tant de
richesse dans la variété s'allie à un génie primesau-
tier, curieux, chercheur et hardi, plus enclin à
découvrir les aspects inaperçus des choses qu'à les
regarder avec les yeux d'autrui, il en résulte une
âme d'artiste d'une divine fantaisie, et telle fut, en
effet, la qualité maîtresse de J.-J. Weiss. Il savait
parler de tout ; mais à propos de tout aussi sa plume
vagabonde s'échappait en détours imprévus, faisait
jaillir du choc inattendu des mots les rapprochements pittoresques et les suggestions paradoxales et
promenait ainsi le lecteur étourdi et charmé dans
les sentiers aimés des poètes et des écoliers. Un de
ses anciens collègues au conseil d'État me racontait
hier qu'un jour, à propos du décret de 1808, sur la
condition des mines, il leur avait parlé pendant une
heure de la Réforme au seizième siècle, sans que
le président subjugué songeât à l'interrompre. J.-J.
Weiss était tout entier dans ces hors-d'œuvre dont
sa fantaisie faisait des merveilles.

S'il aima les lettres d'un amour heureux, il
n'aima pas moins la politique, qui ne le lui rendit

pas. Non point qu'il n'eût pas l'esprit politique; personne, au contraire, n'a mieux parlé que lui des hommes qui la font et des questions qu'elle agite. Ses campagnes contre l'Empire autoritaire, et plus tard contre le gouvernement de M. Thiers, sont restées les chefs-d'œuvre du genre. Mais il eut le malheur de se tromper d'heure, lorsque lui vint l'ambition légitime d'en recueillir le prix. J.-J. Weiss avait l'esprit trop libre, trop ouvert, trop ailé, pour être un dogmatique ou un sectaire. Comme il était fort galant homme, il tenait à ses principes; mais ses principes étaient ceux qui constituent le bréviaire commun des honnêtes gens. Il aima le droit, la justice, la liberté, l'honneur d'un pur et indéfectible amour. Mais il ne considéra jamais que le dévouement à ses principes fût lié à la cause d'un parti. Il professait l'éclectisme en matière de gouvernement. En y regardant d'un peu près, on eût pu démêler chez ce libéral un secret penchant pour la force, de même que l'artiste en lui fut toujours hanté par la vision de l'uniforme. Ces inclinations paradoxales lui venaient de sa première enfance. C'est l'enfant de troupe qui revivait en elles. La vie éclatante et sévère du régiment l'avait marqué de son empreinte, et il en garda la trace jusqu'au dernier jour.

Qu'il ait eu le goût des fonctions publiques et qu'il
nourrît l'ambition plus généreuse de s'élever par les
fonctions publiques aux plus hautes charges de
l'État, rien n'était plus légitime, et personne n'a
songé à l'en blâmer. L'opposition serait le dernier
des métiers, si elle n'avait pour fin la conquête du
pouvoir. Weiss servit l'Empire, et fit bien. Son
adhésion aux réformes pour lesquelles il avait combattu, fut, de sa part, un acte de politique sincère
et de bon citoyen. Malheureusement, sa fortune
administrative sombra dans la tempête qui engloutit
l'Empire, et l'essai qu'il fit plus tard de la république ne lui fut pas plus propice. Lui, qui n'avait
point de parti, il fut victime de l'esprit de parti.
Devenu conseiller d'État, il fut révoqué par la coterie
haineuse et bête qui veut une république à son
image et frappe d'anathème tous ceux qui ne lui
ressemblent pas. Lorsque Gambetta, qui avait l'âme
plus haute que son peuple, entreprit de le nommer
directeur politique aux affaires étrangères, on sait de
quels aboiements cette bande de chacals salua sa
tentative. C'est tout juste si elle a supporté dans la
suite qu'on le confinât dans une retraite qui ressem-
blait à un exil, et qu'il prît ses Invalides à la bibliothèque de Fontainebleau.

En même temps, l'Académie, plus cruelle encore

que la politique, lui refusait sa porte, et cette
inconcevable exclusion fut, en vérité, le dernier mot
de la mauvaise fortune. Si l'Académie n'est pas
exactement le Conservatoire des lettres, qui ont besoin
d'un champ plus large pour évoluer à l'aise, elle
exerce encore un prestige assez puissant pour diriger
le goût et discipliner l'inspiration des écrivains de
talent qui aspirent à ce couronnement de leur carrière, à cette consécration de leur renommée. Il en
résulte un devoir étroit : c'est de faire des choix
qui soient, à la fois, un honneur pour elle et un
exemple pour ceux qui sont encore dehors. Ce
devoir est impérieux surtout aux époques de débâcle
universelle, comme la nôtre, où les études s'en
vont, où le goût se déprave, où les maladies de
l'esprit se multiplient, où le dévergondage s'érige en
système et prétend faire de la névrose un culte nouveau. C'est à tous ces titres qu'il fallait ouvrir toutes
grandes les portes de l'Académie à ce lettré modèle,
qui n'était pas seulement l'un des premiers écrivains
de notre temps, mais qui fut, en même temps, un
maître. Car il eut l'inappréciable mérite d'être un
chef d'école et de montrer dans le milieu le plus
redoutable aux lettres, dans le journalisme, l'alliance
parfaite du talent et de l'honneur.

Dans l'admirable et géniale préface qu'il a mise en

tête de son livre sur le *Théâtre et les mœurs*, il
s'écrie, en faisant un retour sur sa jeunesse : « Éloquence, poésie, philosophie idéale, ivresse de la foi
et de l'amour, qu'êtes-vous devenues ? » Idoles
d'antan qu'on ne chôme plus, hélas ! Mais il restait
fidèle aux dieux tombés. Son meilleur titre au souvenir de ceux qui lui survivent est d'avoir eu le
cœur plus haut que ses déboires, d'avoir vieilli
dans l'abandon et vu venir la mort obscure sans
sacrifier les visions idéales du passé aux réalités
du présent.

26 mai 1891.

AMAGAT

C'est avec une douloureuse stupeur que nous
avons appris, samedi, par une dépêche affichée
dans les couloirs, la mort d'Amagat. Rien ne nous
avait fait pressentir un pareil événement. On le disait souffrant, sans que personne parmi nous sût
exactement de quelle maladie il était atteint. Il y
a quelques jours, le bruit avait couru sur les bancs
de la Droite qu'il était allé prendre les eaux en
Allemagne. Bien qu'Amagat fût aimé de nous tous,
il vivait à l'écart et n'avait avec personne de ces
rapports familiers que la vie commune entretient;
c'est ce qui explique qu'on n'eût rien su de son état.
Il semblait, d'ailleurs, bâti pour défier la maladie.

Sa structure solide et ramassée annonçait un tempérament aussi résistant que les montagnes de sa province. Jamais, en vérité, mort ne fut plus inattendue, et la soudaineté du coup ajoute encore à l'intensité du deuil qu'il cause parmi nous.

Quoique républicain, Amagat appartenait à la Droite. En dehors des revendications dynastiques qui sont beaucoup moins un programme d'opposition qu'une étiquette, il défendait les mêmes causes que nous, et votait avec nous dans toutes les occasions où la politique républicaine mettait sa conscience d'honnête homme en guerre avec son parti. Il n'y a pas, dans sa carrière parlementaire, un seul exemple qu'il ait sacrifié un principe, un droit, un intérêt général à l'esprit de coterie. On voit par là que c'était un républicain original; il fut même le seul de son espèce. J'en sais quelques-autres qui pensent comme lui, mais je ne crois pas qu'on en voie jamais qui mettent dans leur conduite cette droiture et cette résolution. Ce sont là les vertus que les républicains orthodoxes pardonnent le moins.

J'ai connu, dans la Chambre de 1877, l'un des plus purs lévites de l'idéalisme républicain, une âme d'élite servie par un talent tout à fait supérieur : c'était Étienne Lamy. Jusqu'aux fameux décrets qui ont ressuscité en France les guerres de religion, il n'avait pas pris conscience des incompatibilités morales qui devaient bientôt le séparer de son parti, et les républicains eux-mêmes ne soupçonnaient pas qu'il eût l'esprit autrement tourné qu'eux. On appréciait ses mérites autant qu'on admirait sa parole. On le nommait membre de la commission du budget, et ses rapports sur la marine sont restés justement célèbres. Il était en passe de devenir sous-secrétaire d'État et ministre, lorsque la république s'avisa d'expulser les congrégations. La conception républicaine de M. Étienne Lamy était idéaliste, et non point jacobine. Il concevait la république comme le régime même de la liberté, de la justice et du droit. Le démenti brutal donné par les républicains du gouvernement et de la Chambre à leur culte et à ses propres croyances le révolta. Il combattit les décrets et flétrit les expulsions dans des discours admirables, dont l'accent généreux retentit encore dans la conscience publique. Mais il a payé de sa carrière cet acte de courage et de foi. Aux élections suivantes, il fut combattu à outrance par toutes les factions républicaines, et, depuis lors, il sent si bien l'anathème qui pèse sur lui, qu'il n'a pas même essayé de reconquérir un siège.

Cet exemple a sans doute épouvanté les libéraux et les modérés qui sont venus après lui. Ceux-ci

professent bien les mêmes principes que M. Lamy,
plus volontiers pourtant en leur privé qu'à la tribune ; ils ne les servent pas. De là vient que leur
politique est toute en capitulations. Ils étaient bien
cent, l'autre jour, qui grognaient furieusement
sur leurs bancs contre l'affaire de Vicq ; ils se sont
trouvés quinze à oser la blâmer dans leur vote. Et
pourtant, toute la destinée de la république est là.
Pour mériter de vivre, il faut qu'elle soit en fait, et
non point en peinture, le gouvernement absolu du
droit, de la justice et de la liberté. Si elle ne doit
être que la tyrannie d'une secte et le monopole
d'une coterie, elle ne vaut pas mieux que les politiciens qui l'exploitent, et le peuple finira bien par
s'apercevoir que jamais régime plus humiliant
et plus délabré ne mérita mieux de finir sous ses
huées.

C'était le sentiment d'Amagat, comme il est le
nôtre. Il avait fait l'épreuve du libéralisme républicain
dès le lendemain de son élection. On l'invalida sans
justice et sans raison, simplement pour rendre sa
place au camarade qu'il avait dépossédé. Les invalidations, qui sont si bien entrées dans les mœurs
parlementaires, n'ont point d'autre cause. Mais il
n'était point homme à fléchir sous l'anathème jacobin. Il recommença la lutte avec l'âpre et tenace

énergie qu'il mettait en toutes choses, et il revint sacré par un nouveau triomphe. Mais il revint aussi conservateur. Il avait dès le premier jour jaugé le parti républicain, et son gouvernement, à partir de ce jour-là, n'eut pas d'accusateur plus implacable que lui.

Il s'était spécialement adonné à l'étude des questions financières, et cette étude ne fut pas chez lui une fantaisie, mais un prodigieux travail. Le surnom de « bœuf de l'école », qu'on donna jadis à Saint-Thomas-d'Aquin, eût pu s'appliquer aussi exactement à lui. Il traçait son sillon avec une vigueur régulière et tranquille, et ne dételait jamais. Le temps qu'il ne consacrait pas à la Chambre, il le passait à la bibliothèque. Il y venait le matin, et souvent, le soir, il s'enfermait dans un bureau, entre des piles de documents qu'il dépouillait inexorablement, jusqu'à ce que vînt l'heure du repos. C'était un terrible éplucheur des budgets républicains. Lorsqu'arrivait le jour de la discussion publique, il versait sur la tribune cette vaste accumulation de travail, et sa critique impitoyable, suivant le mot de M. Floquet, battait comme un bélier l'édifice des mensonges officiels et des piperies parlementaires ; chaque coup faisait brèche dans ce décor, et quand il avait fini, il ne restait rien debout.

Il parlait avec force et conviction, non point en spécialiste que les chiffres seulement intéressent, mais en politique, en moraliste, en réformateur qui sait voir dans les finances d'un gouvernement l'aliment de sa politique générale, et fait de la réforme budgétaire le principe de toutes les réparations. Chacun de ses discours, dans la discussion générale du budget, est un réquisitoire éloquent, généreux et hardi contre les abus, les iniquités, les dilapidations et les scandales de la politique républicaine. Personne n'a plus violemment censuré le gouvernement de la république que ce républicain révolté contre son parti. La Gauche l'en payait en cris de fureur et en trépignements épileptiques ; il ne s'émut jamais de ces manifestations enragées. Mais il ne semblait pas beaucoup plus sensible à nos applaudissements qui le vengeaient de ces injustices. C'était un homme droit, modeste et simple qui faisait rigidement son devoir, sans regarder aux conséquences. Mais dans les couloirs une bonne parole, un compliment affectueux lui allaient visiblement au cœur, et je l'ai vu plus touché des marques d'amitié de quelques-uns que des applaudissements de tous.

La Chambre s'appauvrit en le perdant. Je dis la Chambre et non pas seulement l'opposition. Tout gênant qu'il fût, comme adversaire, pour les financiers de la république, il tenait dans le contrôle des affaires publiques un rôle qui profite à tout le monde. Il n'est jamais indifférent à un gouvernement, quel qu'il soit, d'avoir dans les Chambres des adversaires de cette espèce, parce que la peur qu'ils inspirent prévient les abus ou l'oblige à les réformer. Ce résultat, à vrai dire, n'est qu'imparfaitement atteint dans la république actuelle, où les abus foisonnent toujours. Mais il n'en faudrait pas conclure que les critiques d'Amagat et de quelques autres aient été stériles. Elles ont eu ce double effet d'émouvoir l'opinion publique sur le pillage de nos finances, et de contraindre les pillards eux-mêmes à reconnaître leurs méfaits. On commence à ne plus mentir avec la même audace dans l'exposé de la situation financière; on avoue le déficit, on proclame inconsidérées les entreprises qui l'ont creusé jusqu'à le faire appeler un gouffre ; on limite les dépenses et l'on cherche éperdument des économies. On n'a pas encore trouvé l'équilibre. Mais nous en serions à la banqueroute, si la poigne implacable de ce censeur n'avait arrêté les prodigues et les fous sur la pente qu'ils descendaient à fond de train.

La perte est plus grande pourtant pour l'oppo-

16

sition conservatrice, dont il fut l'un des plus
rudes champions. Son talent, son courage, sa compétence, son autorité, son admirable faculté de
travail et jusqu'à sa qualité de républicain qui
nous permettait de l'opposer triomphalement aux
autres, sont des forces perdues qu'on ne remplacera
pas. La place qu'il occupait restera vide, et personne
ne relèvera la lourde cognée d'Auvergne échappée
de sa main. Qu'il soit loué, du moins, pour l'usage
qu'il en a fait ! Si l'œuvre de démolition qu'il avait
entreprise contre d'intolérables abus n'est pas
achevée, il laisse à ceux qui restent le fortifiant
exemple de ce que peuvent le labeur et la volonté
d'un homme solidement armé pour les détruire.

8 juillet 1890.

LA MORT DU PRINCE NAPOLÉON

En ce temps de chômage politique, la mort et le testament du prince Napoléon ont fourni un thème abondant et commode à la polémique des partis. Jamais on n'avait tant parlé de cet *outlaw* génial que depuis qu'il n'est plus, et la fortune ironique a voulu qu'il recueillît plus d'hommages sur son lit d'agonie qu'il n'avait subi de sarcasmes de son vivant. Ceux-là mêmes qui l'avaient le plus ignominieusement traité dans la vie ont été aussi les plus ardents à célébrer ses mérites expirants et à s'extasier sur les beautés de sa mort! C'est vraiment un divertissement de choix que la politique, quand on la traite de cette façon!

On peut indifféremment célébrer ou décrier le prince Napoléon sans cesser d'être juste envers lui. Tout ce qu'il a dit ou fait, depuis l'âge d'homme jusqu'à sa mort, n'a été qu'une perpétuelle contradiction; il s'ensuit que sa figure apparaît sous des aspects changeants et contraires qui justifient également le bien et le mal qu'on peut dire de lui. Au fond, ce fut une victime de sa naissance, et cette carrière désordonnée s'explique par ce seul fait qu'il a toujours vécu hors de son milieu. Comme il manqua d'éducation première, il fut surtout l'homme de ses instincts, et ses instincts le poussaient invinciblement à tourner le dos aux principes et aux conventions qui sont l'apanage ordinaire des princes. S'il était né dans les rangs obscurs du peuple et qu'il n'eût porté qu'un nom plébéien, sa carrière politique se fût développée suivant la logique révolutionnaire et l'eût placé, dans la hiérarchie républicaine, entre Gambetta et Clémenceau. Mais le malheur voulut qu'il fût né de sang impérial, et qu'il s'appelât Napoléon. Il ne subit pas seulement la fatalité de ce nom formidable : il en eut aussi l'orgueil, et cette double influence qu'il ne sut jamais ni discipliner, ni disjoindre, le conduisit à n'être qu'un vivant paradoxe, à la fois Bonaparte et jacobin.

Il ne parut jamais au prince Napoléon que ces

deux termes fussent inconciliables. Les royalistes de
sa jeunesse traitaient volontiers de jacobin le premier des Napoléon, et cette appellation n'était pas
pour lui déplaire. Il avait une antipathie furieuse
pour tout ce qui se rattachait à l'ancien régime, et
cette antipathie irraisonnée trouvait son compte à
confondre l'œuvre de Bonaparte avec l'œuvre de la
Révolution. Il voyait bien que le bonapartisme, par
son avènement au pouvoir et par son œuvre consu-
laire et impériale, avait donné une consécration
définitive aux principes et aux conquêtes de la
Révolution et consommé le divorce de la France
avec l'ancien régime. A ce titre, il était l'adversaire
naturel et logique de tous les partis monarchiques
qui se rattachaient à ce passé. On ne peut lui reprocher, de ce chef, qu'un peu d'exagération dans les
formes où se manifestait son hostilité. Mais il ne
voyait pas qu'à dater du 18 Brumaire et du prodigieux régime qui en sortit, le divorce était plus
éclatant encore et plus irrémédiable entre le jacobinisme et le bonapartisme; que Bonaparte et tous
ceux de sa race étaient devenus, bon gré mal gré,
non seulement les adversaires, mais les dompteurs
attitrés du mal révolutionnaire sous toutes ses
formes et à tous ses degrés, et que l'acclamation
populaire qui fondait et prolongeait l'Empire tenait

16.

moins peut-être aux victoires de Napoléon qu'à la souveraine autorité de ce régime qui apparaissait désormais un peuple subjugué comme l'expression la plus parfaite de l'ordre.

C'est ce sentiment qui fit, à lui seul, la restauration de l'Empire avec Napoléon III, et le prince Napoléon n'y comprit jamais rien. Il ne put se faire à l'idée que l'Empire était une dynastie, que cette dynastie avait une mission tracée par son origine, confirmée par le vœu populaire, et que cette mission consistait précisément à faire de l'ordre. Or, l'ordre a ses règles qui sont en contradiction formelle avec l'esprit révolutionnaire, et le prince, dont toutes les affinités étaient jacobines, s'exaspérait contre la dynastie dont il portait le nom. Il était avec les républicains au coup d'État de décembre ; il resta d'esprit et de cœur avec eux jusqu'au bout. Son passage à travers l'Empire ne fut qu'une longue bourrasque. Trop heureux s'il n'eût été qu'un frondeur incommode dont on parait les coups de tête en l'envoyant promener ! Mais comme il joignait beaucoup d'esprit à beaucoup de charme, qu'il était plein de vues neuves, originales et hardies, et savait les défendre avec une verve conquérante, il plaisait à l'empereur jusque dans ses boutades, et l'empereur ne se défendait pas assez de l'écouter.

C'est ainsi qu'il fut l'auteur principal des deux
grandes fautes de l'empire. Il l'engagea dans la guerre
d'Italie et détermina sa neutralité dans le conflit
de 1866 entre la Prusse et l'Autriche, ce qui revient
à dire qu'il fut le plus puissant promoteur de
l'unité italienne et de l'unité allemande. Il convient
d'ajouter, à sa décharge, qu'il poussait ses principes
à fond, et que, au lieu de demi-mesures et de
solutions bâtardes auxquelles s'était arrêtée la diplomatie incertaine et détraquée de l'Empire, il voulait
l'alliance à fond avec l'Allemagne et l'Italie unifiées.
Cette politique pouvait écarter les causes de la guerre
de 1870 et ses désastres ; elle n'en créait pas moins
le danger. Un peuple n'est grand et fort que par
comparaison. En fondant à ses côtés deux grandes
puissances militaires, la France s'affaiblissait de
toute la force qu'elle prêtait aux autres, et se trouvait
diminuée, avant même d'avoir combattu. En ces
deux circonstances qui ont pesé si lourdement sur
nos destinées, le prince Napoléon obéissait comme
toujours à l'esprit révolutionnaire dont il était
pénétré : haine du pouvoir temporel du pape, haine
des vieilles maisons princières qui régnaient en
Italie ; haine de la catholique et légitimiste Autriche ;
désir effréné d'introduire la révolution partout. Si
c'est une excuse que de se tromper en compagnie,

on doit reconnaître que le prince Napoléon, dans cette campagne antifrançaise, eut pour complices tous les démocrates et les libéraux du temps, tous ceux qui sont devenus, par la suite, chefs et prophètes du parti républicain.

Il poussait, d'ailleurs, la logique révolutionnaire jusqu'à se condamner lui-même, et lorsque ce fut son tour d'être chef de dynastie, il commença bravement par renverser le trône sur lequel il devait s'asseoir. Devenu, par la mort du prince impérial, héritier de l'Empire et des droits qui lui étaient nominativement conférés par les plébiscites, il répudia l'héritage et proclama que la république était la forme nécessaire et définitive de la démocratie. Il y avait cependant une fissure à son orthodoxie républicaine : il prétendait donner un Bonaparte pour président à la république et s'en réservait la fonction. Malheureusement, pour lui, la république ne connaissait que des citoyens, tous égaux devant elle, et n'avait pas besoin de prince pour la gouverner. Elle était même payée pour s'en méfier, et elle s'en méfiait si bien qu'elle répondit à ses avances en l'exilant. Cette déconvenue ne le convertit pas. Au fond, le système de gouvernement qu'il préconisait était la tyrannie élective et viagère, en d'autres termes, le césarisme. C'est un système

qui peut se défendre, bien qu'il soit sensiblement
inférieur au gouvernement héréditaire, et peut-être
est-ce le seul qui réponde aux goûts de la démocratie
contemporaine. Il a failli triompher avec le général
Boulanger. A plus forte raison, la république con-
sulaire pouvait-elle réussir avec un homme tel que
lui, qui joignait à des qualités vraiment supérieures
de caractère et d'esprit le nom toujours magique de
Napoléon.

Malheureusement, les erreurs de conduite et de
jugement dont il était coutumier, ruinèrent vite ses
conceptions. Pour conquérir la république, il fallait
tout d'abord évincer la coterie politique qui l'occupait;
il fallait résolument prendre parti contre elle,
dénoncer à la conscience publique ses vices, ses
misères, ses trahisons, son égoïsme et son incapacité, apparaître comme le vengeur de la démocratie sacrifiée à l'oligarchie républicaine. C'est ce
que fit le général Boulanger quelques années plus
tard, et Dieu sait ce que son prospectus trouva
d'échos !

Au lieu de cela, le prince Napoléon se fit le
sectateur du parti républicain, le panégyriste de
ses œuvres, le complice de ses premiers attentats
contre le droit, la justice et la liberté. Il se ravisa
plus tard, il est vrai, et flétrit avec une âpre

éloquence la politique à laquelle il s'était affilié. Mais
il n'avait plus ni qualité ni titre. L'heure des revendications opportunes avait passé et sa cause était
irrémédiablement perdue. Il s'était à jamais aliéné
les conservateurs, sans mériter la confiance d'un seul
républicain.

Depuis lors, il vieillit dans la solitude désolée
qu'il avait faite autour de lui, moins sensible à l'exil,
qu'il ne méritait pas, qu'au naufrage de ses ambitions. Il accusait volontiers les autres, et ne devait
accuser que lui-même. Il perdit de gaieté de cœur
toutes les parties qu'il avait engagées, alors qu'il eût
suffi, pour les gagner, de laisser faire le temps qui
travaillait pour lui. Mais il fit tout à contresens, et
cette incontinence dans la maladresse ne laisse pas
d'atténuer l'éloge qu'on a fait de son esprit. Ce fut,
à coup sûr, une intelligence admirable servie par les
plus rares talents, mais une intelligence sans équilibre et sans direction, à qui manquait ce don
vulgaire sans lequel on ne fait rien qui vaille, et
qui s'appelle le bon sens.

Avec cet appoint misérable, il eût gouverné la
république ou régné dans l'Empire. Faute de
cela, il a manqué sa vie, perdu sa cause, désolé
son parti, divisé sa famille, promené partout son
humeur opiniâtre et révoltée, sans jamais aboutir

à rien ; et voici que, par une suprême ironie de la destinée, l'abandon qui fut le supplice et peut-être le châtiment de sa vie, le poursuit par delà du tombeau !

14 avril 1891.

LE MARÉCHAL DE MOLTKE

Dans la galerie des gloires militaires, le maréchal de Moltke est et restera sans doute une figure à part. Ce ne fut, à proprement parler, ni un héros, ni un capitaine, ni un guerrier, ni même un soldat. Aucune de ces appellations typiques, que l'histoire distribue aux hommes de guerre, suivant le génie de chacun d'eux et le génie de l'époque où il combattit ne convient à sa physionomie. J'ai souvent entendu le maréchal Canrobert, qui est, lui, le type le plus brillant et le plus achevé du soldat français, parler avec autant de dépit que d'admiration de ce savant « ingénieur », qui fit la guerre sans avoir jamais combattu. Ingénieur est, en effet, le mot qui traduit le plus exactement le génie militaire de M. de Moltke. Il a, en quelque sorte, usiné la guerre. Il avait fait de l'armée allemande une machine automatique dont les opérations, minutieusement réglées, avaient la précision d'un mouvement d'horlogerie. Tout était combiné d'avance pour tous les cas et pour tous les besoins : il n'avait qu'à presser un bouton du fond de son cabinet pour la mettre en branle. Quand on lui apporta la déclaration de guerre, en 1870, il lisait le dernier roman de Disraëli, et comme on s'étonnait d'une occupation si frivole, en un pareil moment, il répondit, avec sa froideur accoutumée : « Eh bien, quoi ? je suis prêt, et il ne me reste rien à faire ! »

Il était prêt, en effet. Au signal donné, la machine se mit en marche ; les trains emportèrent, à l'heure dite, les troupes désignées, et les corps d'armée, convergeant ensemble vers la frontière, trouèrent de leur choc le faible rideau que leur opposait l'impéritie française. Il y a quelque chose de semblable dans notre histoire militaire, que le maréchal de Moltke avait minutieusement étudiée. Lorsque Napoléon fit passer du camp de Boulogne en Allemagne les cinq corps de la Grande-Armée, il en avait si bien réglé les étapes que chacun d'eux arriva tout entier, à jour fixe, dans les cantonnements

17

qui lui avaient été désignés, sans laisser un seul traînard derrière lui. Mais, ce qu'on ne trouve pas dans l'histoire du chef d'état-major prussien, c'est ce merveilleux ensemble de combinaisons savantes et d'improvisations géniales qui vont de l'investissement d'Ulm au coup de foudre d'Austerlitz.

Personne, d'ailleurs, même en Allemagne, n'a eu l'idée de comparer M. de Moltke à Napoléon. Ils n'étaient pas de la même famille. L'un fut proprement le génie de la guerre, tandis que l'autre ne fut guère qu'un merveilleux adaptateur. Le maréchal de Moltke avait appris de Napoléon tout ce qui peut être enseigné en tactique et en stratégie ; il y avait ajouté les règles nouvelles, que l'invention des armes à longue portée et à tir rapide pouvait inspirer à un esprit minutieux, prévoyant et sagace comme le sien, et c'est avec cette somme de connaissances acquises et d'observations personnelles qu'il nous combattit. Il n'en fallait pas davantage, hélas ! pour nous vaincre. Mais ce qu'il n'apprit pas, c'est l'illumination soudaine, fulgurante du champ de bataille, qui est le trait dominant du génie de Napoléon. N'eût-il dirigé que les grandes campagnes de 1805, 1806, 1807 et 1809, marquées de ces noms resplendissants, Austerlitz, Iéna, Friedland, Wagram, Napoléon passerait encore pour le plus grand des capitaines. Mais où il est surtout incomparable, c'est au début de sa carrière, dans sa première campagne d'Italie, alors qu'avec ses trois divisions à peine fortes de 35,000 hommes, il anéantit successivement par l'audacieuse originalité de ses manœuvres et la rapidité de ses coups, les quatre armées que l'Autriche lui oppose ; puis, à la fin, dans cette épique campagne de 1814, où, cerné par l'invasion ennemie et n'ayant plus sous la main qu'un tronçon d'armée, il fait face partout, livre bataille tous les jours et marque chaque coup par une victoire. Il n'y a rien dans la carrière du maréchal de Moltke qu'on puisse opposer à ces merveilles.

S'il y avait un intérêt quelconque à rechercher la part du hasard dans la gloire des grands hommes, on pourrait même trouver que la science professionnelle de M. de Moltke ne fut pas sans mécomptes, et qu'il fut encore plus heureux que savant. Dans la campagne de Bohême de 1866, la bataille de Sadowa fut perdue pendant les deux tiers de la journée et il s'en fallut de deux heures qu'elle ne se terminât par un désastre. Dans la campagne de France, ses longues préparations doublées d'une supériorité numérique écrasante, eurent assez facilement raison de la stratégie enfantine qui lui fut opposée.

Mais, même avec l'infériorité de nos forces, la
guerre eût tourné autrement, pour peu qu'elle eût
été autrement conduite. Si le maréchal de Mac-
Mahon, au lieu de livrer bataille isolément à
Reischoffen, eût attendu d'avoir été rejoint, à
droite et à gauche, par le 5e et 7e corps, la défaite
se changeait probablement en victoire. S'il était
allé tout droit de Châlons sur Metz, il débloquait
Bazaine et nous épargnait Sedan. Si Bazaine, à son
tour, eût été un chef d'armée intelligent et résolu,
comme il y en avait encore, Dieu merci! dans les
rangs qu'il commandait, il ne se fût pas laissé
bloquer, et nous gardions, pour continuer la campagne, les deux armées que nous avons perdues.
Ce sont là des chances que le vainqueur n'avait pu
prévoir, et ce sont elles pourtant qui, plus que ses
combinaisons, ont fait ses victoires et consacré sa
renommée. Tant il est vrai que le génie n'est souvent qu'un synonyme du bonheur!

Le plus grand mérite de M. de Moltke, — c'est
aussi notre plus gros grief contre lui, — est d'avoir
porté l'outillage de la guerre à son plus haut point
de perfection. Il a substitué l'engin au soldat. Pour
une race de tempérament lent et lourd, passive et
machinale comme le peuple allemand, c'est un
avantage inestimable que cette révolution. Elle n'a

plus à tenir compte des qualités individuelles ou nationales des combattants et les remplace par des unités. Mais, pour une race excitable et nerveuse comme la nôtre, prompte à l'offensive et dont la qualité maîtresse au combat était précisément l'emportement furieux de son élan, c'est un désastre. Ses qualités géniales, qui lui ont valu jadis tant de victoires, deviennent, avec la méthode nouvelle, un défaut et un danger. Il faut se contenir, se dérober, ne plus paraître, combattre de loin, en se cachant le mieux possible, répondre à des coups invisibles en tirant sur un ennemi qui ne vous voit pas. C'est le guet-apens substitué au combat. Il faut bien se plier à cette loi, puisqu'on s'exposerait à l'anéantissement immédiat et sterile en la voulant braver. Mais, en vérité, la guerre entendue et faite de cette façon ne vaut ni le pont d'Arcole, ni l'assaut de Malakoff, ni la brèche de la Zaatcha, ni la charge sur la Smala et l'on comprend trop bien que les soldats d'autrefois, les soldats de l'école héroïque, protestent avec aigreur contre une méthode qui les supprime.

Ce sera leur consolation de penser que si l'on réforme ainsi leur métier, on n'égalera jamais leur gloire. Ces innovations ne vont pas sans entraîner avec elles une dépréciation marquée du prestige militaire, et plus la guerre deviendra mécanique,

moins elle laissera de gloire à recueillir. On se prenait volontiers d'enthousiasme pour un héros ; impossible de s'échauffer pour une machine. Depuis
les sociétés primitives jusqu'à nous, le soldat tenait
la première place dans l'admiration des peuples, et
c'était justice. Il semblait naturel que celui dont
c'est le métier de jouer et de sacrifier sa vie pour
le repos ou l'honneur des autres occupât le premier
rang parmi eux. Le *cedant arma togœ!* est un
mot d'avocat contre lequel ont protesté, de tout
temps, les chants des poètes et la faveur des
femmes. Mais aujourd'hui que la guerre n'est plus
le lot d'une élite, la gloire qui l'environnait a beaucoup perdu de son prix. L'uniforme même a cessé
d'être un symbole depuis que tout le monde est soldat. On pourra changer la face du monde avec ces
cohues formidables qui ont remplacé les armées,
et peut-être les guerres d'autrefois paraîtront-elles
des jeux d'enfants à côté des carnages de peuples
que nous réserve l'avenir. Mais l'homme ne paraîtra
plus dans ces immenses tueries; la machine seule
accomplira son œuvre sinistre, et dans les statues
réservées au vainqueur, c'est l'ingénieur, le disciple
de M. de Moltke, qui remplacera le héros.

28 avril 1891.

MONSEIGNEUR FREPPEL

L'Église militante vient de perdre en monseigneur
Freppel l'un de ses partisans les plus intraitables et
son meilleur soldat : la Chambre voit disparaître
avec lui l'un des quatre ou cinq membres qui con-
tribuaient le plus à la remplir et à l'honorer. On ne
lui faisait pas, de son vivant, toute la part de respect à laquelle il avait droit ; on mesure mieux le
vide qu'il laisse après lui, en songeant qu'il n'y
reparaîtra plus. Son humeur envahissante lui avait
conquis de haute lutte l'une des premières places
dans le Parlement, et l'opinion publique la lui avait
reconnue. On ne conçoit guère une Chambre où ne
figureraient ni M. Clémenceau, ni M. Ribot, ni

M. de Mun, ni M. de Cassagnac, ni M. Piou. La
divergence des idées et la diversité des talents n'y
font rien. Il y a dans chaque législature deux ou
trois douzaines d'hommes, les uns éminents et les
autres simplement excentriques, qui sont toute la
Chambre, parce que le public ne connaît qu'eux.
L'évêque d'Angers était un de ces piliers parlementaires qui encadrent et soutiennent, en même temps,
l'édifice, et font croire, s'ils venaient à disparaître
ensemble, qu'il n'en resterait qu'un tas anonyme
de moellons.

Le trait caractéristique de la physionomie publique de monseigneur Freppel était cet instinct
batailleur que les phrénologues appellent la combativité. Il était de cette race de prélats militants qui,
en des temps moins policés que les nôtres, por-
taient plus volontiers la masse d'armes que la hou-
lette du pasteur. Simon de Montfort l'eût choisi
pour aumônier, et Jules II, le pape-soldat, ne l'eût
pas devancé sur la brèche des villes qu'il prenait
d'assaut. L'esprit du siècle, bien qu'il y fût rebelle,
lui avait imposé d'autres mœurs, sans modifier
sensiblement son caractère. Il aimait à se souvenir
que le Dieu de paix, dont il était le ministre, était
aussi le Dieu des armées, et plus d'une fois, dans
les conversations de couloirs, il a laissé deviner

qu'il avait manqué sa vocation. Il pensait avoir
de grands talents militaires et ne s'en cachait pas.
Il semblait bien, à l'entendre, qu'il ne fût un grand
évêque que faute d'avoir été plus grand soldat.

Soldat, il l'était pourtant, sous sa calotte conquérante, aussi complètement qu'il eût pu l'être sous
le casque. Sa carrière n'a été qu'un long combat.
Il aimait la lutte au point de vouloir l'accaparer
pour lui seul. Son érudition, son activité, sa merveilleuse puissance de travail, son autorité professionnelle lui semblaient pouvoir suffire à tous les
assauts, et il ne supportait pas volontiers qu'on le
doublât dans la défense des causes religieuses et
morales qu'il s'était réservées. Il était, disons le
mot, un peu jaloux de l'intervention des autres, et
refoulait plutôt qu'il n'encourageait ceux qui mani-
festaient l'intention de combattre à ses côtés. Il ne
lui déplaisait pas d'occuper la scène et de provoquer
l'applaudissement. Si ce fut une faiblesse, elle est
excusable chez un homme qui ne sacrifia jamais
rien au charlatanisme et ne chercha d'autre récompense à ses efforts que l'honneur qu'on recueille
à défendre les plus justes et les plus nobles causes
dans le camp des vaincus.

Monseigneur Freppel ne portait pas dans la politique proprement dite la même rigueur que dans

17.

les questions religieuses, et pendant les dix années
que j'ai vécu à côté de lui, je ne me suis jamais
aperçu qu'il eût fait choix d'un parti. Il était catholique et conservateur avec acharnement; mais il ne
mettait pas de cocarde à ses convictions. On put
croire un instant que ses origines et surtout son
humeur autoritaire le rattachaient à l'Empire; il
n'en laissa rien voir. Il y eut une heure dans sa
carrière parlementaire, où on le crut républicain,
C'était le temps où, seul dans la droite, il faisait
campagne avec M. Jules Ferry pour la conquête
du Tonkin et répondait à nos diatribes par des
apologies enthousiastes que la majorité ministérielle
saluait de bravos à faire crouler le plafond. Mais
dès qu'il touchait à la question religieuse, les applaudissements se changeaient en huées. Il y avait
incompatibilité de principes et d'humeur entre ces
alliés d'une heure; l'évêque revint à ses alliances
naturelles et laissa la gauche à ses fureurs.

Depuis lors, l'évêque d'Angers s'était immobi-
lisé dans une opposition chronique, opiniâtre,
irraisonnée, qui, par une contradiction singulière
chez un logicien tel que lui, visait bien plus la
république que son gouvernement. Il en voulait à
l'institution et s'accommodait des ministres. L'évolution d'une partie considérable de l'épiscopat vers la

république n'avait pas trouvé grâce devant lui.
Au toast de monseigneur Lavigerie qui prêchait la
conciliation, il répondit par des coups de trique;
on ne peut appeler autrement les effroyables articles qu'il publia dans son journal d'Angers
contre le cardinal. C'était un homme qui ne suivait
la mode en rien ; il était d'humeur contrariante et
trop personnel pour s'engager volontiers dans les
voies que d'autres avaient frayées. De guerre lasse,
il se fit inscrire au groupe royaliste. J'imagine que
ce fut, de sa part, plutôt une attitude qu'un acte
de foi.

Où donc est la certitude politique? Et quel parti
peut se flatter, à l'exclusion des autres, de posséder
la vérité? C'est l'empirisme qui mène le monde, et, en
matière de gouvernement, il n'y a que des vérités d'occasion. Au demeurant, monseigneur Freppel fut exclusivement un apôtre et un soldat de l'Église, comme
M. de Mun, qui n'est pas plus royaliste que lui,
bien que ses traditions de famille lui aient fait une
opinion extérieure à laquelle sa conscience intime
ne sacrifie pas. Liberté du culte, liberté de conscience,
liberté d'enseignement, ces trois articles du *Credo* conservateur résument la tâche grandiose à laquelle monseigneur Freppel s'était consacré. Il mettait à son service un talent et une volonté incomparables. M. Flo-

quet, qui excelle dans l'oraison funèbre, a célébré son éloquence, « prodigue d'elle-même, toujours prête à la lutte, armée depuis longtemps sur toutes les questions, également à l'aise dans la revendication des plus grands principes et dans le maniement de la tactique la plus souple ». Éloquent, il l'était, en effet, et personne ne le fut plus souvent que lui. Un esprit de cette envergure ne se mesure jamais à des causes aussi hautes, sans ouvrir un peu les ailes et monter vers les sommets. Mais l'éloquence proprement dite est toute de mouvement et d'inspiration. Elle jaillit, à l'aventure, du choc des mots et des idées, monte impétueusement du cœur aux lèvres et déborde en accents inattendus. C'est le privilège des grands inspirés dont Berryer semble avoir été, dans ce siècle, le type le plus accompli. Ce n'est pas ainsi que parlait monseigneur Freppel.

Il était plutôt dialecticien qu'orateur, mais dialecticien incomparable. Il avait gardé de son premier métier la science de l'ordonnance et de la préparation. Ses arguments disposés dans un ordre admirable étreignaient, en se resserrant, la contradiction comme un étau. L'orateur les poussait méthodiquement dans le débat, d'une voix puissante et martelée, que gâtait un peu l'habitude de la prédication. On l'écoutait cependant, et le silence que comman-

dait à un auditoire insolent et rebelle la puissance
de la démonstration était un hommage involontaire
rendu à la vérité. Des auditeurs de bonne foi se seraient rendus; les auditeurs républicains s'en tiraient
en lui criant : « As-tu fini?... »

Pendant dix ans, monseigneur Freppel a renouvelé
ce miracle de monter sur la brèche toutes les fois qu'il
y avait à combattre, et de parler sur tous les sujets
avec la même supériorité. Il a fait à lui seul la besogne de cent députés. Il y a dix jours encore, il
s'escrimait inutilement contre l'impatience de la
Chambre et ne descendait de la tribune que pour s'en
aller mourir. C'est qu'à son dévouement à l'Église, il
joignait, sans l'en distraire, un amour passionné de
la patrie et croyait, comme tous les grands spiritualistes, qu'il n'y a de rédemption pour les nations
tombées que dans la restauration des grandes vertus
morales. En combattant pour la religion, il avait
conscience de combattre pour le rachat de l'Alsace,
sa patrie perdue, dont le souvenir saignant le faisait
deux fois Français.

Sa mort est pour la Chambre une perte irréparable, et je doute qu'elle soit de longtemps comblée.
Cependant, si j'avais un vœu à exprimer, après cet
hommage que j'ai fait aussi complet et aussi sincère
que je l'ai pu, ce serait pour demander qu'aucun

ecclésiastique ne vienne le remplacer, fût-il assez
grand pour remplir toute sa place. Nous avons appris,
par l'exemple de monseigneur Freppel, ce qu'un
évêque peut perdre au brutal contact du Parlement;
nous n'avons pas vu ce que l'Église y peut gagner.
M. Floquet l'a loué de sa bonne humeur. Il était,
en effet, d'humeur familière, et cette familiarité
l'exposait parfois à des colloques saugrenus dont la
dignité épiscopale ne laissait pas de souffrir. Le suffrage universel égare parfois ses faveurs sur des
loustics épais qui se font un jeu de traiter un évêque
en turlupin. La mémoire de l'évêque d'Angers ne
souffrira pas de ces misères ignorées; mais l'Église
n'y gagnait rien, et le meilleur hommage qu'elle
puisse lui rendre, c'est de ne pas lui donner de successeur.

21 décembre 1891.

M. RIBOT

C'était hier encore un doctrinaire de grande allure, austère, rigide et sourcilleux. Il avait la mine
hautaine et le parler magistral : la politique, en passant par sa bouche, touchait au pontificat. Il n'était
pas de ceux, par exemple, dont il faut casser les
os pour en goûter la moelle. La moelle est ce qui
lui manque le plus. Une attitude, et rien de plus,
mais une attitude noblement drapée qui pouvait
donner aux myopes l'illusion d'un monument vivant de la doctrine, de la conscience et de la loi.
Ce personnage de décor s'est misérablement effondré, et M. Ribot n'est plus qu'un pauvre homme,
ce quelque chose, comme dit Bossuet, qui n'a plus

de nom dans aucune langue, ou qui pourrait indifféremment s'appeler Tirard ou Loubet.

A ses débuts dans le Parlement, M. Ribot avait donné les plus hautes espérances à ceux qui cherchent plutôt des hommes que des combinaisons de parti. La parole est chez lui de qualité supérieure. Il exprime dans une langue claire et forte, des idées qui sont le bréviaire commun des honnêtes gens. Il en fit l'essai, dans les commencements, pour le service de justes causes, et ses premières rencontres avec le jacobinisme, qui s'essayait lui-même aux brigandages futurs, lui firent honneur. Il fut, par exemple, l'adversaire le plus éloquent de cette loi de prostitution qui s'est appelée l'épuration de la magistrature, et qui nous a donné des magistrats marqués à l'épaule de l'estampille républicaine. Ce fut contre lui que M. Waldeck-Rousseau fit ses premières armes et mérita par un seul discours, d'ailleurs parfaitement cynique, la confiance de Gambetta. Il nous apparaissait alors comme un gentil sophiste, subtil, ingénieux et disert, léger de scrupule et gros d'ambition, et par là même promis à la plus brillante fortune. M. Waldeck-Rousseau a démenti ces pronostics désobligeants. Il a suffi qu'il tâtât du pouvoir pour en comprendre et pour en accepter les obligations. Entré sans doctrine dans la politique, il a été l'un des rares ministres que la république ait produits aux affaires, et il reste, dans sa retraite, une des espérances de l'avenir.

M. Ribot, qui avait de la doctrine, a manqué de conduite. Comme le caractère était chez lui de trempe inférieure, il s'est laissé gagner par la politique de parti, et elle l'a liquéfié. C'est là vraiment la pierre de touche des hommes de gouvernement. Ils valent en raison du degré de résistance qu'ils savent opposer aux passions de secte ou de coterie qui les assiègent. S'ils leur obéissent, ils sont perdus. Leur personnalité se déforme, s'avilit et se dissout dans cette plate servitude : au bout de quelque temps, l'homme-lige d'un parti n'est plus qu'une loque. C'est à peu près le cas présent de M. Ribot, et le pis est qu'il n'a conscience ni du misérable rôle qu'il joue, ni de l'opinion plus misérable qu'on a de lui !

Le malheureux, comme tous les doctrinaires, a l'infatuation de son génie. Mais il n'y joint aucune expérience des hommes et des choses, aucune pratique de la vie des autres. C'est un provincial muré dans Paris. Sa politique n'a jamais eu d'autre horizon que les murs de sa bibliothèque ou le plafond des salles de conférences où il s'exerçait tout jeune à parler. Avec une éducation pareille, on fait des orateurs de marque qui sont aussi des niais d'élite.

Observez-le pendant qu'il est à la tribune, et l'incohérence de certains détails physiques vous fera comprendre les défaillances de son personnage. Il est de stature haute et grêle, porte les cheveux longs, la barbe en broussailles, le vêtement lâche et flottant. L'ensemble est inharmonique et comme inachevé. Il est clair que l'homme doit manquer d'assiette, de précision, de vigueur et de netteté. C'est un sot proverbe que celui qui dit : « L'habit ne fait pas le moine. » Entre l'homme intime et son enveloppe, il y a des rapports qui ne trompent pas un œil exercé. Pourtant, cette impression s'efface, pendant qu'il parle, et l'orateur reprend ses avantages. On croirait, à l'entendre, que c'est un maître. Sa parole, grave et sévère, scandée par le geste vertical de la main qui tombe comme un couperet, donne à ceux qui l'écoutent l'illusion de l'autorité. Ne vous y fiez pas ! Ce sont là des effets d'école. L'écho de la dernière période est à peine éteint qu'il n'en reste rien.

Personne ne reprocherait à M. Ribot cette infirmité morale, si elle ne nuisait qu'à lui. Le malheur est que le pays en porte la peine, et la peine peut être sa perte définitive, si l'on n'y résiste. Avant d'être ministre, M. Ribot nous avait longuement

édifiés par les perpétuelles contradictions de sa parole
et de ses votes. Il votait, par exemple, les crédits ou
les projets qu'il avait combattus — il appelait cela
faire ses réserves — et s'il requérait, d'aventure,
avec sa grande voix de justicier, contre un ministère,
c'était pour l'accabler ensuite des témoignages de sa
confiance. Dans le centre gauche, d'où il vient, tout
le monde fait de même : le centre gauche est le
conservatoire des volontés ataxiques et des consciences
désarticulées. On s'en amuse, lorsque les malheureux
viennent bêler dans les couloirs contre leur triste
condition ; mais on ne leur en veut pas d'être ainsi,
parce qu'ils ne peuvent être autrement. Il s'appellent
modérés et ne sont que médiocres. Ce sont des êtres
de demi-caractère, incomplets et nuageux, à qui
manquent la netteté des esprits certains et la virilité
des tempéraments entiers. Ils ont des idées et pas de
principes, des vues universelles et pas de programme,
des intentions et pas de décision, de l'innocence et
pas de vertu.

Eh bien, imaginez qu'on aille prendre dans ce
troupeau celui qui est à la fois le plus prétentieux
et le plus débile pour en faire un chef de gouvernement, et demandez-vous ce que pourront être les
destinées d'un peuple aux mains d'un pareil homme?
C'est ce qu'on a fait avec M. Ribot. Il a été choisi

pour nous conduire et pour nous sauver, en un
temps misérable entre tous, où l'État se dissout, où
la société se noie, où les pouvoirs publics abdiquent
ou se déshonorent, où l'ordre, le droit, la justice,
l'honneur réclament de nécessaires et pressantes
réparations. Le devoir était clair; car il est dans
l'esprit et sur les lèvres de tout le monde; il
était facile, car il est l'expression du vœu una-
nime de la nation. Mais pour le connaître et
pour le comprendre, il fallait regarder ailleurs
que du côté du Parlement, et le Parlement mesure
tout l'horizon de M. Ribot. C'est en lui qu'il
se meut; c'est pour lui qu'il parle; c'est de lui
qu'il attend sa récompense. Il a donc, suivant la
tradition constante des parlementaires de son espèce,
tourné le dos au pays pour regarder la Chambre, et
il a fait appel à la concentration républicaine !...

La concentration républicaine est la plaie vive de
notre pays, le fléau de la république elle-même;
car elle est faite d'antinomies irréductibles, et, par là
même exclusive de tout gouvernement. Elle ne comporte aucune doctrine, ne représente aucun programme, ne proclame aucun idéal, ne tend à aucune
fin. Elle est seulement la coalition des intérêts, des
appétits, des passions, des chimères qui se sont
donné la république pour enseigne, et sous le

couvert d'une rubrique commune, exploitent ensemble la société et l'État. C'est elle qui, depuis quinze ans, nous a livrés aux bêtes, en subordonnant le pouvoir aux exigences, souvent même aux injonctions des sectes variées qui se réclament de la Révolution démocratique et sociale. Mais c'est d'elle aussi que sont nées toutes les révoltes de la conscience nationale contre cette politique d'égoïsme et d'oppression, de bassesse et de maraude qui présidait naguère aux pantalonnades révolutionnaires de Carmaux, et qui vient de couronner son œuvre par le scandale de Panama.

M. Ribot n'en a cure. Il est, lui aussi, partisan du « bloc » républicain. Il ne renie rien et n'exclut personne. Tous les républicains sont égaux devant lui, et c'est en proclamant bravement sa solidarité d'honneur avec tous qu'il a ouvert ses bras à la concentration républicaine. Ils s'y sont précipités. Dans la liste de ceux qui lui ont voté un ordre du jour de confiance, on rencontre les noms de M. de Rémusat et de M. Floquet, de M. de Kerjégu et de M. Clémenceau, de M. Paul Deschanel et de M. Basly. Pour un homme de doctrine, une pareille macédoine ne laisserait pas d'être embarrassante; car elle sue l'équivoque. Mais M. Ribot n'a plus de doctrine. Ce n'est plus, comme l'a dit Déroulède, qu'un pianiste qui joue la musique des autres!

Il y avait pourtant, ce me semble, autre chose à faire : c'était de mettre sous ses pieds ces considérations de parti qui ont tout faussé, tout perdu, tout sali, et qui nous mènent fatalement de l'imbécillité plate à la guerre civile ; c'était d'inaugurer, après tant de promiscuités malfaisantes et malpropres, une politique de pacification et d'assainissement, qui réponde enfin aux besoins et aux vœux de la nation ; c'était de rappeler que dans l'esprit de ceux qui l'ont enseignée, qui ont combattu et quelquefois sont morts pour elle, la république est un idéal de paix, de liberté, de justice et d'honneur, et d'opposer cette revanche du bien aux mœurs déshonorées du régime actuel.

Avec une conscience un peu plus haute de ses devoirs, M. Ribot eût formulé ce programme, sans se préoccuper du nombre ni de la qualité de ceux qui devaient l'applaudir ou le condamner. S'il triomphait, c'était pour lui une gloire immortelle, et pour la patrie le salut depuis si longtemps cherché ; s'il succombait, c'était toujours l'honneur. « Il y a, dit Montaigne, des défaites triomphantes à l'envy des victoires » ; mais pour en juger ainsi, il faut mettre à plus haut prix l'orgueil du sacrifice que la jouissance du pouvoir. Ce qui mesure au juste

les hommes d'État, ce n'est point leur façon de
conquérir un ministère, mais leur façon de le quitter.
Tel n'est pas le souci de M. Ribot. Plutôt que de
s'exposer à une sortie honorable, mais qu'il juge
prématurée, il s'est assuré, par la concentration
républicaine, contre ce genre d'accident, et il a
pleinement réussi. Il n'a plus de chute à craindre :
au niveau où il est descendu, on ne court plus le
risque de tomber.

24 février 1893.

CONSCIENCE DOUBLE

Si M. Paul Bourget voulait bien, pour un moment, appliquer à la politique un peu de cette psychologie pénétrante et subtile qu'il consacre aux choses du cœur, je lui demanderais de nous faire l'analyse de M. Ribot. L'amour n'est pas le seul état d'âme qui ait ses mystères, et M. Ribot, encore qu'il soit l'homme de France qui ressemble le moins à un héros de roman, peut fournir un sujet d'étude à ravir un psychologue de profession.

Il y a d'honnêtes gens qui sont tout uniment honnêtes gens, qui pensent, parlent, se conduisent en honnêtes gens, suivant la loi de leur nature, sans alliage, sans effort, sans tentation, sans même imaginer qu'ils puissent être autrement. Il en est d'autres qui sont des coquins, avec la même aisance et la même unité. Ces deux classes d'hommes représentent ce double principe du bien et du mal qu'on retrouve dans toutes les théogonies et dans toutes les morales, et les vicissitudes de la vie individuelle, de même que les catastrophes des peuples, dérivent, pour la plupart, du conflit incessant qu'il entretient dans l'humanité. Mais ce n'est là qu'un phénomène d'observation courante qui ne provoque aucune curiosité. Ce qui est vraiment rare et déconcertant, c'est la rencontre d'un honnête homme qui se croit honnête homme, et qui se conduit comme s'il ne l'était pas. Il est des plantes dont les branches sont chargées de fleurs et les racines gonflées de poisons. Dans l'ordre moral qui nous occupe, c'est le phénomène contraire qui se produit : les racines sont saines et les fruits vénéneux. Quel est le secret de cette anomalie? De quelle élaboration mystérieuse et malfaisante est-elle l'expression? Et quel est ce dédoublement de la conscience qui permet d'unir dans le même individu d'aussi choquantes contradictions? Cruelle énigme!...

Eh! oui, cruelle! Car c'est de là que viennent les sottises, les méfaits, les lâchetés, les vilenies, les scandales qui font de la politique un métier de fri-

18

pons, et de la Chambre un mauvais lieu. Si tout
honnête homme investi d'un mandat public portait
dans l'accomplissement de ses devoirs la conscience
rigide et sûre qu'il sait mettre dans la conduite de
ses affaires privées, nous aurions toujours à soutenir
les uns contre les autres des luttes de principes ;
mais nos luttes, au moins, ne seraient jamais déshonorées par d'abjectes et lâches turpitudes, comme
celles dont nous sommes aujourd'hui les témoins
désolés. Le mal n'est pas que l'on se combatte : car
le combat est une condition de vie et la loi même
du progrès ; c'est que l'on cesse de s'estimer ; c'est
que l'on recoure à des moyens déloyaux ou malpropres qui vous font haïr une cause et mépriser
ceux qui la défendent.

Malheureusement l'esprit de parti est un corrup-
teur subtil qui déforme à plaisir l'aspect normal
des choses, et prête aux actions des hommes des
sens inattendus. On fait choix d'un parti, parce que
les principes dont il se réclame, les espérances qu'il
agite, les revendications qu'il oppose aux erreurs ou
aux infirmités des autres paraissent le plus exactement répondre à l'idéal politique et social que nous
avons dans le cœur. Il n'est guère de parti dont la
théorie ne soit égale aux aspirations les plus nobles
et les plus pures de l'humanité. C'est à la pratique

que commence la déchéance. Dès qu'on s'est bien persuadé que son parti est le meilleur, on confond volontiers sa cause avec la cause même de la patrie, et la pente est glissante de ce sophisme à cette conséquence plus dangereuse encore que tous les moyens sont bons pour la servir. On perd, à ce métier, la notion du vrai, du juste, de l'honnête ; on se fait une morale particulariste qui n'est plus celle des autres, et, comme les difficultés augmentent à mesure qu'on s'écarte du droit chemin, on en vient insensiblement à la violence, au cynisme, à l'affolement, jusqu'à ce qu'arrive la culbute finale dans la boue ou dans le sang.

Pour le moment, M. Ribot en est à cet état pathologique que Stendhal, en parlant de l'amour, appelait la cristallisation. On eût compris qu'à son âge, et suivant le tempérament qu'on lui connaît, il eût fait avec la république un mariage de raison, pourvu des garanties accessoires qui assurent la régularité de la vie et la paix du ménage. Au regard des gens de sens rassis, la république est une nécessité de fait dont on peut s'accommoder, si elle est honnêtement et fermement gouvernée. Mais cette nécessité n'implique pas l'adoption de sa famille en bloc. Or, c'est précisément et surtout pour sa famille que M. Ribot s'est pris d'une passion furieuse, obsédante, insensée, et le premier effet de cette adoration aveugle a été de lui faire perdre toute faculté de discernement. Puis, comme elle s'était galvaudée dans toutes sortes d'opérations répréhensibles, il a pris peur pour elle, et sa passion surexcitée par la crainte l'a poussé éperdument à la défendre par tous les moyens. Il a laissé ainsi sa conscience en chemin.

Il serait excessif de dire que M. Ribot est devenu, au sens matériel du mot, un malhonnête homme. Il est certain qu'il lui reste assez de vertu pour se cabrer devant l'offre d'un chèque, et qu'il répondrait à toute tentative de corruption avec une indignation de bon aloi. Le malheur est qu'il permet à la vertu des autres des libertés qu'il ne prend pas pour lui. Il n'aime pas les chèques ; mais il se plaît dans la société de ceux qui les touchent ; il les considère comme gens de sa famille ; il les couvre, il les défend, il les sauve des investigations menaçantes, et si l'Angleterre faisait mine de lui rendre Cornélius Herz ou seulement de l'interroger, il livrerait l'Afrique et l'Asie pour obtenir d'elle qu'elle n'en fasse rien ! C'est en cela qu'apparaît le phénomène psychologique qui nous occupe. Cette procédure politique, les hommes de parti « cristalisés » comme M. Ribot l'appellent de la politique républicaine ; les autres, de la malhonnêteté.

Et **M.** Ribot serait le premier à penser comme eux, s'il n'était pas en cause. Supposez que l'affligeante et malpropre aventure dans laquelle il patauge misérablement soit arrivée à un gouvernement conservateur. Ce sont des monarchistes qui ont exploité le Panama ; ce sont les chefs de la droite qui ont fait commerce avec Cornélius Herz et le baron de Reinach ; ce sont des ministres de droite qui s'adonnent à des manœuvres louches et ténébreuses, brident la police, entravent l'instruction, mentent à la Chambre, font, en un mot, tout ce qu'ils peuvent pour masquer la lumière, tromper la justice, étouffer la vérité. J'entends de quelle voix indignée **M.** Ribot eût dénoncé ces horreurs ; je vois de quel geste tranchant et vengeur il eût accompagné son anathème : — Eh ! quoi, Messieurs, supporterons-nous que des pratiques abominables qui compromettent à la fois l'honneur du Parlement et la sécurité de la patrie puissent rester impunies, et qu'au scandale des actes que nous connaissons s'ajoute le scandale plus atroce encore de la complicité du pouvoir ? Pour moi, je déclare que ma conscience se révolte, que mon patriotisme s'épouvante devant de pareils spectacles, et c'est avec l'indignation d'un honnête homme, d'un bon citoyen

que, après les avoir flétris ici, j'appelle le suffrage
universel à les juger !

C'est à peu près là son style, et c'est aussi le langage que sa vieille conscience de doctrinaire doit
lui murmurer dans le tête-à-tête ; seulement, il ne
l'entend plus !

Cette sorte d'anesthésie morale se complique en
lui d'une infirmité plus fâcheuse encore : c'est
l'alliance d'un esprit orgueilleux et d'un caractère
défaillant. Il a tout ensemble l'intoxication du
pouvoir et l'incapacité de s'en servir ; tel un homme
ivre qui rêve de soulever le monde et n'a plus de
jambes. Du jour où il est entré dans la vie publique,
M. Ribot savait qu'il serait ministre. Avec nos
mœurs parlementaires, le pouvoir n'étant le plus
souvent qu'un prix d'éloquence, il avait la certitude
de le conquérir, et comme il parlait de plus haut
que les autres, il mesurait d'avance à la supériorité
de sa parole ses destinées ministérielles. C'était une
grosse illusion. Le talent est la moindre vertu d'un
homme de gouvernement : il n'y a que le caractère
qui vaille. Le pouvoir, il l'a ; il le pétrit de ses
mains frémissantes; il l'aime éperdument ; il se
mire et s'adore en lui. Mais qu'en fait-il ? Rien ! Il
n'y porte aucune idée, aucune doctrine, aucune
réforme, aucune autorité. Toute sa politique con-

siste à le vouloir garder, et c'est pour le garder qu'il chante ses hymnes à la concentration républicaine.

Au demeurant, M. Ribot reproduit servilement le gouvernement de M. de Freycinet ; mais il le reproduit avec autant de lourdeur et de gaucherie que l'autre savait y mettre de prestesse et de tact. Ce n'est pas M. de Freycinet qui se fût permis d'insulter une femme, dans le ridicule dessein de blanchir Goliard ou Soinoury. M. de Freycinet avait du monde, et l'éducation sauvait parfois chez lui les défaillances du caractère et du cœur. Encore moins eût-il commis cette inconcevable bévue de dénoncer du haut de la tribune « l'ambassadeur d'une grande puissance amie » comme le bénéficiaire d'un chèque de Panama, sauf à déclarer après que c'était là une abominable calomnie. A ce degré, la maladresse ne s'explique même pas par des aptitudes particulières : elle relève manifestement de la pathologie.

Et, de fait, M. Ribot est en proie à une sorte de trépidation cérébrale qui ne lui permet plus de se reconnaître ni dans ce qu'il fait, ni dans ce qu'il dit. Cela se sent à la nervosité de son geste, au mauvais on de sa parole. Il essaya l'autre jour d'être impertinent avec M. de La Rochefoucauld et ne fut que

grossier. Pour jouer le dédain avec les honnêtes
gens, il ne faut pas dire à des « chéquards » avérés:
— Mon honorable ami. — Nous avons vu, depuis
quinze ans, descendre dans la politique toutes les
infirmités qui peuplaient auparavant la cour des
Miracles ; nous n'avions rien vu de pareil à
M. Ribot. Son gouvernement est, sans comparaison
possible, le plus gauche et le plus bas que la république nous ait montré. Ses adversaires eux-mêmes
s'en étonnent, ses amis s'en désolent, et les scep-
tiques, qui savent toute la distance qu'il y a de la
doctrine à la réalité, sont de l'avis de Mathurin
Régnier :

Pardieu ! les plus grands clercs ne sont pas les plus fins [1]

28 mars 1893.

M. CONSTANS

M. Constans est de ces gens comme les aimait
Mazarin. Ce n'est pas seulement un habile homme :
c'est aussi un homme heureux. Lorsqu'il débarqua
de Chine en France, la république était aux prises
avec le boulangisme, et pour un homme qui passe
pour avoir au moins autant de flair que de principes, le choix entre la routine et l'aventure ne laissait pas d'être ardu.

Il choisit la vertu, qui lui sembla plus belle,

Mais il convient de dire qu'il fut aidé dans son
option par l'inconcevable témérité des boulangistes

qui engagèrent tout de suite contre lui une guerre
de Peaux-Rouges. Naturellement, M. Constans se
rebiffa, et sa poigne endiablée prêta des proportions
triomphales à une victoire que son ennemi ne dis-
putait pas.

Vainqueur du boulangisme, il eut la chance
d'être insolemment exclu du pouvoir par ceux-là
mêmes qu'il avait sauvés. Vous connaissez l'aventure de Boule-de-Suif, si merveilleusement contée
par Guy de Maupassant : c'est à peu près l'histoire de
M. Constans avec les pharisiens de la république.
On s'était servi de lui sans vergogne, aux heures
difficiles où le savoir-faire passe avant la doctrine ;
mais on s'empressa de le remiser dès que ses services, devenus inutiles, parurent compromettants.
Cette éviction s'accomplit dans les formes les plus
désobligeantes, sous l'inspiration de M. de Freycinet,
de M. Ribot et de M. Bourgeois. Ces trois piliers
de l'austérité républicaine trouvaient que le personnage de M. Constans jetait un mauvais renom sur
leur gouvernement. Ils provoquèrent une crise arti-
ficielle, suivie d'une démission collective, pour
avoir occasion de le débarquer seul sur le rivage,
comme un lépreux, après quoi la troupe ainsi allégée se rembarqua gaiement sur la galère ministérielle. Malheureusement la galère a sombré dans les

eaux troubles de Panama. Ceux qui la montaient grouillent dans des ténèbres innomées, tandis que M. Constans, sauvé de la contagion par son isolement même, reconquiert tout le prestige et tout le parfum d'un républicain immaculé!

Tout cela est d'un homme heureux; mais il est juste d'ajouter que ce bonheur est aussi l'œuvre de son habileté. M. Constans a été plusieurs fois ministre, et dans les différents cabinets où il a figuré, c'est lui qui fut toujours la maîtresse pièce de l'équipage ministériel. Il y avait autour de lui deux ou trois hommes de mérite qui avaient rang et qualité de ministre : on ne les connaissait pas. C'est lui qui personnifiait le pouvoir aux yeux de l'opinion publique : il en était l'esprit, la force, la chance; c'est à lui qu'on attribuait les meilleurs conseils, et s'il y avait quelque sottise à commettre, on la mettait, d'instinct, au compte du voisin. Et cet hommage à peu près général que ses pires ennemis ont toujours rendu au mérite professionnel de M. Constans n'est pas immérité. M. Constans est vraiment un homme de gouvernement : il est même le seul que la république ait encore révélé. Elle a fait défiler devant nous quelques centaines de politiciens de fortune qui occupaient la place pendant trois semaines ou trois mois, mais ne la remplissaient pas.

Aucun d'eux, sans excepter Jules Ferry, n'eut la main d'un ministre : souplesse et fermeté sont le privilège de M. Constans.

Ceux qui jugent des gens sur l'apparence pourraient se trouver déçus en le regardant. Personne n'est moins théâtral que cet homme de combat. Il n'élève jamais la voix, n'enfle pas les joues, et tout en jouissant d'un fort aimable talent de parole, il montre un parfait dédain des effets d'éloquence. Il est de façons accortes, d'accueil aimable, simple, familier et doux. Mais, sous cette physionomie souriante, se cache une des organisations les plus redoutables qui soient au monde. Il voit juste et vite, d'un regard jauge les hommes et mesure les situations, prend toujours la résolution la meilleure et l'exécute avec une prodigieuse sûreté.

Aucun scrupule de conscience ne l'arrête, non plus qu'aucun principe de parti. Ce sont, à ses yeux, des valeurs négligeables. Qui se souvient, par exemple, que le procès de la Haute Cour fut la plus scandaleuse et la plus cynique parodie de la justice qu'on ait jamais osée? Je gagerais que lui-même ne s'en souvient pas ! Il a sur ses adversaires et sur ses amis cette supériorité rare d'être sans haine comme il est sans passion. Il a senti, pendant une série d'années, tomber sur lui la plus effroyable, averse d'outrages, de diffamations et d'ignominies qui se soit jamais vue depuis le déluge, et n'a pas même ouvert son parapluie. Tout glisse également sur la carapace d'indifférence qu'il s'est faite, sans éveiller une sensation et sans laisser une trace, les amertumes du combat comme les joies du triomphe. Ce serait un impassible, si ce n'était avant tout un parfait sceptique. J'ai entendu mille fois ses adversaires et même ses amis s'écrier en parlant de lui : — « Quel merveilleux bandit ! » — Il y avait de l'admiration et une pointe d'amitié dans cette exclamation.

On conçoit qu'un tel homme se soit aisément affranchi des servitudes de parti qui constituent tout le bagage de ses frères en république, et qu'il prenne moins conseil de l'opportunisme que de l'opportunité. Opportuniste, il le fut avec avantage aux temps déjà lointains où cette cabale insolemment triomphante ne supportait à côté d'elle aucune concurrence. Mais l'opportunisme est tombé dans un discrédit pire que la mort : l'égoïsme avide et brutal qui lui servait de doctrine n'inspire plus qu'horreur et dégoût ; la plupart de ses chefs sont disqualifiés ou morts ; son peuple s'est dispersé, et des générations nouvelles ont surgi, qui ne savent pas bien ce qu'elles veulent, mais qui veulent éner-

giquement autre chose. M. Constans, qui n'est pas
une borne, s'est transformé en même temps qu'il a
vu l'esprit public se renouveler autour de lui, et
voici qu'il reparaît avec un évangile tout frais qui
annonce au monde la paix, la concorde, la justice
et la liberté.

Les mots, à vrai dire, ne sont pas nouveaux, et la
question précisément est de savoir s'il y a dans le
discours de Toulouse autre chose que des mots.
On en pourrait douter lorsqu'on regarde au nombre
et à la qualité des gens qui lui en ont fait compliment. Jamais étoile de théâtre en tournée ne fit
battre tant de mains et tant de cœurs ensemble.
Les conservateurs ralliés à la république se déclarent
charmés ; les libéraux du centre gauche trépignent
de joie, et les partisans les plus têtus de la concentration républicaine ne se tiennent pas d'aise. Il n'y
a que les radicaux qui font mauvais visage au prophète. Mais ce sont gens naturellement moroses qui
se sont fait une politique de leur méchante humeur.

Peut-on raisonnablement reprocher à M. Constans
de plaire à trop de monde ? C'est le grief éternel
des jaloux contre les coquettes, et les coquettes ont
eu de tout temps raison.

Puis-je empêcher les gens de me trouver aimable ?

Eh non ! Après tout, en échange des libertés que M. Constans veut bien nous promettre, on pourrait lui concéder celle de se laisser aimer. Il est une liberté pourtant que la loi lui refuse : c'est la bigamie. C'est gentil de coqueter, tant qu'on reste dans le domaine du *flirt*. Mais s'il s'agit d'épousailles, il faudra bien se décider à choisir entre M. Ranc et M. Piou.

Je cite ces deux noms, parce qu'il n'y a de politique intelligible en France que celle qui est personnifiée par les individus, et je choisis MM. Ranc et Piou, parce que l'un et l'autre me paraissent représenter assez exactement les deux pôles parlementaires entre lesquels M. Constans doit évoluer. M. Ranc n'est pas seulement un républicain absolu ; c'est aussi le type le plus accompli de l'homme de parti dans la république. Il est resté, dans la conquête, le républicain intraitable, exclusif et jaloux qu'il était dans l'opposition. La république a débordé sur la France ; mais la conception qu'il en a ne s'en est pas élargie, et il considère inflexiblement que sa raison d'être est un antagonisme irréductible avec l'esprit, les idées et les mœurs des anciens partis. A tous ces titres, il tient pour la concentration républicaine contre toute accession monarchique. M. Piou est monarchiste d'origine, et s'il avait le

pouvoir de faire prévaloir ses préférences, c'est
encore la monarchie qu'il choisirait. Mais il considère que la république est une nécessité de fait à
laquelle il faut se soumettre sous peine de se
condamner à une politique d'émigré. La protestation
monotone et stérile va peu à son esprit ouvert et
conciliant. Il accepte la république avec la sincérité
d'un honnête homme qui croit que mieux vaut, en
somme, cultiver la vérité que la chimère. Mais en
adhérant à la république, il n'entend lui sacrifier
rien du patrimoine moral qui constitue la part
vraiment sacrée du programme conservateur.

Voilà deux républicains dont la politique est
nettement inconciliable, et je défie M. Constans,
quelle que soit son habileté de main, de les atteler
ensemble. Alors que fera-t-il, et quel sera son choix?
S'il penche pour le républicain de gauche, il n'y
a rien de changé dans la république. C'est la
concentration qui se perpétue, avec les compromis-
sions radicales et socialistes qu'elle traîne après elle
comme un boulet de forçat. Or, pour cette besogne
subalterne et routinière, il n'est pas besoin de
M. Constans : M. de Freycinet, M. Ribot et M. Loubet lui-même y suffisent. S'il est, au contraire,
décidé, comme on l'assure, à chercher à droite le
complément de sa majorité, ce n'est rien moins

qu'une révolution qu'il s'agit d'accomplir dans la
république ; car le point de départ est une rupture
ouverte avec la fraction la plus militante du parti.
On rencontre force républicains qui font des vœux
tout bas pour que cette politique arrive : en n'en
connaît pas qui aient osé la tenter. Si c'est là pourtant le rôle héroïque que se réserve M. Constans,
ce ne sera plus assez de louer ses talents : il faudra
dire qu'on n'a jamais vu descendre dans le cirque
belluaire plus intrépide que lui !

10 juin 1893.

A L'ACADÉMIE

LA SUCCESSION DE M. RENAN

Le jour de la rentrée, je rencontrai **M.** de Mun dans les couloirs de la Chambre. « Voulez-vous, lui dis-je, faire quelque chose de très beau ? — Dites ! fit-il en souriant. — Présentez-vous à l'Académie, pour le fauteuil de Renan ! » Cette proposition l'étourdit. Il envisagea tout d'abord les obligations qui devaient en résulter pour lui. « Je ne puis, répondit-il après avoir réfléchi, m'obliger à faire l'éloge de Renan. » Ce n'était point cela précisément que je lui proposais, et l'éloge académique du défunt, de quelque éclat qu'il dût être revêtu, était le moindre intérêt de ma proposition. « Vous louerez en Renan, lui dis-je, ce qui mérite d'être loué :

l'homme et l'écrivain. Mais vous ne louerez pas sa philosophie ! Vous êtes l'antagoniste de sa doctrine : vous opposerez donc au septicisme qu'il a professé le cri de votre foi. La nouveauté du spectacle et la qualité des acteurs vous feront un auditoire immense. Vous ne parlerez pas seulement à l'Académie, mais au monde, et j'ose dire que votre discours comptera parmi les manifestations les plus retentissantes et les plus profondes qui se soient entendues en ce siècle. » M. de Mun réfléchissait toujours. « Ce serait très tentant, en effet, dit-il; mais encore faut-il que je sois reçu. — Bah ! lui répondis-je, ne supputez pas vos chances. Une entreprise comme celle-ci défie tout calcul. Puisque vous avez la gloire assez rare d'être un croisé dans un temps qui ne croit plus guère à rien, battez-vous et sus à l'infidèle ! » Depuis lors, je demande de temps en temps à M. de Mun des nouvelles de sa candidature. Il sourit toujours et me répond : « J'y pense ! »

Il pensait à l'Académie depuis quelque temps déjà, et bien d'autres y pensaient pour lui. Bien que son nom ne figure pas dans la réserve des journaux qui posent et poussent les candidatures académiques, personne, à l'heure qu'il est, n'a de titres à balancer les siens. Il est académicien né, je veux dire qu'il appartient à l'élite des talents supérieurs

qui font à l'Académie plus d'honneur qu'ils n'en
reçoivent. Le palais Mazarin ne serait qu'une succur-
sale de la Société des gens de lettres, s'il ne rajeu-
nissait incessamment sa gloire par l'accession de
toutes les supériorités. L'éloquence politique est
l'une de ses plus rares parures et, dans ce genre, le
comte de Mun est vraiment un maître. Il est de
ceux qui possèdent le magique pouvoir de suspendre
à leurs lèvres les assemblées ou les foules, de
faire passer sur elles le divin frisson qui serre la
gorge et mouille les yeux, de fondre en eux l'âme
des autres, au souffle ardent de leur parole, de les
emporter, éperdues, dans un transport d'allégresse
ou d'admiration. Depuis la mort de Gambetta, qui
fut plus puissant, mais aussi moins égal, M. de Mun
peut être considéré comme le premier des orateurs de la Chambre. Il réunit tous les dons classi-
ques du genre, sans que l'impeccable correction de
sa parole nuise à son action. La voix sonore et
claire, l'élégance un peu hautaine de la tenue, l'aisance du geste, le mouvement contenu et pourtant
vibrant de la phrase, tout est chez lui du style le
plus pur, je dirais le plus académique, si le mot
n'impliquait une sorte de défaveur. Si l'on excepte
Berryer qui fut, dit-on, hors de comparaison, il vaut
ou dépasse Montalembert, Jules Favre, Dufaure, ces

académiciens d'hier, et j'imagine que ni M. Jules
Simon, ni M. Émile Ollivier, ni M. Léon Say, ni le
duc d'Audiffret-Pasquier, ni le duc de Broglie,
parmi les vivants, n'hésiteraient à saluer en lui l'un
de leurs pairs.

Donc, que M. de Mun se présente à l'Académie,
rien de plus naturel; qu'il y soit triomphalement
élu, rien de plus légitime. Mais s'il y monte par
l'escalier de tout le monde, c'est un événement de
l'ordre le plus banal et qui ne vaut pas qu'on s'en
occupe. Il peut faire l'éloge de M. Marmier ou de
M. Camille Rousset, sans que je me dérange. Ce
qui m'intéresse et ce qui, je pense, intéressera tout le
monde, c'est qu'ayant à choisir entre trois fauteuils,
il brigue la succession de Renan. L'Académie, grâce
à Dieu, n'a de doctrine sur rien. Toutes les thèses
sont égales devant elle : elle n'a de préférences que
pour le talent. Elle élit indifféremment un évêque
militant comme monseigneur Dupanloup, ou un libre-
penseur comme Littré. C'est en vertu de ce principe
traditionnel et au nom de la même liberté qu'elle
peut, sans choquer personne, donner M. de Mun
pour successeur au suave iconoclaste qui écrivit la
Vie de Jésus.

C'est chose aisée de louer Renan. Sa vie fut celle
d'un sage, quelques-uns disent d'un saint. Son

19.

génie d'écrivain est proprement une magie. Il a
versé dans notre langue tout le suc des fleurs de
Grèce et de Judée et jamais poète n'a fait chanter
de plus douce musique aux oreilles des hommes.
C'était assez sans doute pour la verve enthou-
siaste de ses panégyristes, et ils se sont acquittés de
la tâche avec magnificence. Mais la plupart ont
omis de rechercher quelles ont été dans l'état présent
du monde, et quelles seront dans l'avenir les conséquences morales et sociales de l'œuvre de Renan,
et c'est là pourtant le considérant le plus impor-
tant du jugement que l'on doit porter sur lui. Un
homme de goût qui serait en même temps un
grand esprit et un grand cœur, un homme en qui
vivent, palpitent et crient les douleurs de l'humanité, paierait libéralement à l'excellence de l'artiste et au charme infini de l'œuvre d'art qu'il a
laissée, son tribut d'admiration ; mais j'imagine
qu'il opposerait de sévères revendications à cette
apothéose.

Le ministre de l'instruction publique a dit de
Renan « qu'il a été l'un des plus puissants ouvriers
de la révolution philosophique », M. Bourgeois est
un sectaire qui a des lettres. Ce qu'il appelle révolution philosophique est proprement la conquête de
l'âme moderne par le matérialisme. A ce point de

vue, l'éloge qu'il lui décerne n'est pas immérité. Il
est certain que personne, depuis Voltaire, n'a plus
efficacement contribué à démeubler l'âme humaine
des sentiments et des croyances que le christianisme
y entretenait depuis dix-huit siècles. Lorsqu'il parut,
l'irrévérence ignorante et gamine de Voltaire n'avait
plus pour clients que des pharmaciens de province,
et Renan n'était pas homme à rajeunir ces imperti-
nences. Il était homme d'église, et c'est avec une
onction toute sacerdotale qu'il composa son œuvre.
Ce n'est pas une main de négateur effronté et sacri-
lège qu'il porte sur le temple ; mais la main d'un
fils dont la raison révoltée n'a pas altéré le respect,
et qui continue d'apporter ses offrandes au dieu
déménagé. Il démolit le dogme en lui chantant des
hymnes séraphiques ; il saccagea l'église en faisant
pleurer sur elle toutes les harpes de Sion, et sur ces
ruines embaumées de toutes les fleurs de son génie,
il fonda un état d'âme qui n'est plus la religion,
mais est encore une piété.

N'est-ce donc rien ? nous a dit à son tour M. Jules
Lemaître, qui cinglait naguère d'une verve si frin-
gante la « gaieté » philosophique de Renan et qui
s'est montré hier le plus ému de ses panégyristes.
« Il nous a montré qu'on pouvait cesser de croire
aux dogmes des religions positives, sans pour cela

couper son âme du passé. Il nous a appris à chérir
quand même les mythes qui ont consolé et soutenu
les hommes dans le cours des siècles ; il nous a
appris à aimer les vertus et les rêves que la religion
de nos pères a suscités dans des millions de têtes et
de cœurs. » Et puis « croire que l'univers a un but
qui est de devenir de plus en plus conscient ; croire
au progrès indéfini par la science ; affirmer qu'une
œuvre mystérieuse et bonne s'accomplit dans l'univers ; que la justice et le bien seront un jour pleinement réalisés, et, en attendant, y conformer notre
vie, n'est-ce donc rien ? » Si fait ! c'est quelque
chose pour les dilettantes de l'esprit, pour les délicats, les raffinés, les heureux, les savants, pour ceux
qui n'ont point l'âpre souci de l'existence et qu'une
culture supérieure a pourvus de cette morale aimable
et distinguée qui est le code des honnêtes gens ;
c'est quelque chose pour les philosophes qui ont
su loger leur vie dans les temples sereins de la
science et de la sagesse et qui regardent de haut
la mêlée humaine. Ce n'est rien pour cet immense
troupeau d'êtres bornés, grossiers, brutaux, dévorés
de besoins, assoiffés de désirs, impatients de jouissances, inquiets, envieux, avides, désespérés,
malades, en un mot, misérables, qu'on appelle les
hommes.

— La vie est bonne! Amusez-vous et vive
l'amour! — Ce couplet, que Renan aimait à
chanter sous la rose, est le fond le plus certain de sa
philosophie, et l'on ne peut nier que cet optimisme
guilleret aille bien aux gens dont la vie est suffisamment ouatée. Renté, replet, béat, célèbre, populaire,
membre de deux ou trois académies et sacré grand
homme en tous lieux, choyé par les reporters et par
les maîtresses de maison qui le servaient comme un
plat de choix, le philosophe avait, en vérité, les
meilleures raisons de trouver bon goût à la vie. Il
eût pu songer sans doute que le monde est plein de
pauvres diables qui ne sont point logés à la même
hôtellerie, et pour qui le *Gaudeamus* philosophique
a moins de saveur. Mais c'est une idée qu'il n'a
jamais retenue.

Il est sans regard pour les malheureux. Le monde
spéculatif où il s'enferme n'a point vue sur la région
sombre où règne le mal. Ne lui dites pas qu'il y a
des galetas, des taudis, des charniers où grouillent
des milliers et des milliers d'êtres que le froid paralyse, que la faim torture, que la maladie déforme,
que le vice et la misère dévorent; un pareil souci
dérangerait la conception qu'il s'est faite des fins de
l'univers. Voltaire disait du peuple : — « C'est de la
canaille à laquelle il faut un aiguillon et du foin ! »

Renan pense de même, sans le dire. Il déteste les
vulgarités démocratiques et les tient à l'écart.
Pourtant, c'est dans l'esprit simple et court de ce
peuple que la semence de sa doctrine a le plus rapi-
dement germé. L'appel aux jouissances terrestres a
été entendu des multitudes et traduit suivant la loi
de leurs appétits. Quand le spiritualisme disparaît de
la conscience populaire, ce n'est pas la morale académique qui prend sa place. Le socialisme avec ses
brutalités l'envahit tout entière, et l'on peut dire, en
fin de compte, que le dernier mot de l'émancipation
philosophique enseignée par Renan est l'avènement
de la bestialité.

Que le philosophe, à bon droit, inquiet de cette
émancipation grossière, réagisse contre ses effets en
montrant à l'homme d'autres destinées, lointaines,
mystérieuses, indéfinissables, mais certainement
réconfortantes ; qu'il nous console d'avoir dépeuplé
le ciel en nous assurant que ce n'est pas pour longtemps, qu'il y a en nous et autour de nous un Dieu
nouveau, en voie de formation, lequel se façonne et
s'achève tous les jours et qui sera bientôt parfait ;
que la conscience de l'univers s'améliore, s'affine
et s'épure incessamment, au point de devenir elle-
même un mode de la divinité ; que les hommes
enfin seront conduits par la seule loi du progrès à

devenir bons, beaux et purs comme Dieu même, c'est à merveille pour ceux qui ont le don de comprendre ces spéculations transcendantes ; mais pour les trois quarts des hommes, ce ne sera jamais que du galimatias. Tout ce qu'on en peut retenir, c'est que la science, à un certain degré, est moralisatrice et qu'elle confère à ceux qui la possèdent la jouissance d'un idéal de justice et de bonté qui constitue pour eux une loi morale aussi pure et aussi haute que celle que les croyants font remonter à Dieu. Mais outre que cette culture ne sera jamais que le privilège d'une élite, elle n'est point faite pour remplir le cœur humain. C'est assez que le savant souffre ou désire, pleure ou rêve, pour sentir que la science, qui prétend répondre à tout, ne suffit à rien.

Et c'est précisément parce que l'humanité ne peut se suffire qu'elle a le tourment de l'infini. L'aspiration religieuse est la protestation universelle de l'âme humaine contre les fatalités terrestres, et les religions qui en émanent ne sont que l'appel incoërcible des malheureux contre les iniquités et les misères d'ici-bas. Quiconque souffre dans son cœur ou dans sa chair lève d'instinct la tête vers le ciel pour y chercher le secours dans l'épreuve et l'espoir des compensations éternelles. Ainsi faisait-on, du

moins, aux époques de foi naïve et forte, et ceux
qui le font encore y trouvent un adoucissement
certain à leur détresse. Les philosophes, les moralistes et les poètes nous ont-ils assez répété qu'il
n'est pas de bonheur qui dure, qu'il n'est pas
même de bonheur qu'on touche, sans qu'il s'éva-
nouisse? Et, de fait, que vaudrait la vie, pour la
plupart des hommes, si leur destinée est limitée
tout entière à l'ascension de ce calvaire qui va de
la naissance à la mort? Demandez à ceux qui aiment, surtout à ceux qui pleurent, si leur cœur ne
bat pas pour l'éternité! Vous avez le droit de penser que ce sont là des illusions enfantines que la
science réprouve et que la raison condamne : je ne
crois pas que vous ayez le droit de le dire. Car la
vraie fin de l'homme est le bonheur, et non la vérité; l'illusion devient alors sacrée, si c'est elle qui
console et la vérite qui tue. Dévaster à plaisir l'âme
humaine, couper en se moquant les liens qui la
rattachaient au ciel, enseigner qu'il n'y a sur nos
têtes que l'immensité vide, que la foi est une
hallucination, la prière une folie, l'espérance un
mensonge, que nous appartenons tout entiers à la
terre et que rien ne survivra de nous, rien de ceux
que nous aimions et que nous voulions revoir,
que nous venons du néant pour retourner au néant,

c'est là peut-être renouveler la philosophie, aux yeux des ministres du jour; mais c'est aussi faire œuvre d'assassin.

Je ne sais si M. de Mun réalisera l'idée que je lui ai soumise ; je sais seulement qu'elle est digne de lui. La cause spiritualiste et chrétienne dont il est le plus brillant soldat vaut qu'il tente l'entreprise, et le moment est vraiment propice à cette fortune. Les nouveautés courent le monde; tout se transforme ou périt en nous et autour de nous. Des générations nouvelles s'élèvent qui n'ont d'autre patrimoine moral que la liberté de ne plus croire à rien. La société est le jouet et la proie de charlatanismes variés qu'on décore aveuglément du nom de progrès.

Ce qu'elle y a gagné, ceux-là seuls le pourraient dire qui en ont été les bénéficiaires. Mais nous ne voyons que trop ce qu'elle y a perdu. Eh bien! ce n'est pas une revanche vulgaire pour un catholique qualifié comme M. de Mun et parlant d'assez haut pour que le monde entier l'écoute, que d'opposer à ce dévergondage le rôle social des vieux principes et des vieilles croyances qui enseignaient le peuple autrefois et gouvernaient sa vie sans démuseler un vice. Dans la pratique de la vie, les systèmes ne valent que par les bienfaits qu'on en retire, et peut-être n'est-il pas inutile de montrer que devant l'humanité qui souffre et veut être consolée, l'œuvre entier de Renan ne vaut pas la journée d'une sœur de charité.

27 octobre 1892.

A PROPOS DES TROIS MOUSQUETAIRES

Le moral d'un peuple dépend pour beaucoup de la qualité de ce qu'il lit. Les esprits et les cœurs s'imprègnent insensiblement des sentiments et des idées qui alimentent leur curiosité. L'âme française a subi, de ce chef, un déchet énorme. Autant elle était jadis rieuse et bonne, généreuse et confiante, héroïque et chevaleresque, naturellement éprise de tout ce qui l'élevait au-dessus des misères et des laideurs de la vie réelle, autant elle se montre aujourd'hui morne, déprimée, maussade, sceptique jusqu'au blasphème et positive jusqu'à la brutalité. C'est qu'elle ne connaît plus que des journaux qui l'abêtissent et des romans qui la détraquent.

La politique révolutionnaire, dont la république est le cadre obligé, n'a été, dans son principe et dans ses œuvres, qu'une immense Ligue du mal. Elle a fondé son règne sur les pires instincts de la nature humaine et le journal est devenu entre ses mains un instrument de dépravation incomparable. C'est par là qu'elle a fait pénétrer, dans les villages les plus fermés, et, juque-là, les mieux assujettis aux vieilles et bonnes traditions familiales, l'esprit d'insoumission et d'irrévérence, la blague faubourienne, le mépris insolent et niveleur, l'envie meurtrière, les curiosités libertines et la plus obscène impiété. Il n'est point de mœurs qui résistent à cette intoxication de l'ordure et de l'envie coalisées contre toutes les aristocraties, et peut-être faudra-t-il que ce genre de liberté périsse pour que la France revive.

Malheureusement, il n'est pas de bonne loi sur la presse, et toutes celles que pourrait proposer le régime actuel, sous couleur de salubrité, n'auraient d'autre effet que d'anéantir ou de museler les bons journaux, c'est-à-dire ceux qui sont armés en guerre contre ces turpitudes et ces scandales, tandis que les autres continueraient librement leur fructueux commerce. L'idéal serait peut-être un arbitraire intelligent et large, tel qu'on pourrait

l'attendre du « bon tyran » dont rêvait Renan et
que les honnêtes gens commencent à réclamer de
tous leurs vœux. Il mesurerait la liberté de la
presse à l'utilité bien entendue de l'État et des citoyens, et sa justesse impeccable vaudrait mieux, à
tous égards, que la justice hasardeuse du jury qui
est, à l'ordinaire, stupide et lâche; mieux en tout
cas, que celle des tribunaux correctionnels, qui est
bassement servile.

Le roman de notre temps va de pair avec le journal. Il est naturaliste ou psychologique et se pare volontiers du nom d'étude; mais les sujets d'étude qu'il
offre à notre curiosité sont presque toujours des phénomènes de l'ordre des monstres, c'est-à-dire des malades, des déments ou des brutes. Ni M. Zola ni
M. Bourget, qui sont les maîtres les plus renommés
du roman contemporain, n'ont su mettre au jour
une créature saine et franche, vivant sa vie suivant
les lois éternelles de la chair et de l'esprit, simplement humaine dans ses faiblesses comme dans ses
vertus, et donnant à ceux qui s'intéressent au drame
de sa destinée cette impression nécessaire qu'il s'agit
d'un être vraiment fait à notre image en qui pleure
ou sourit, jouit ou souffre, palpite et s'ébat notre
propre humanité. Les hommes de l'un sont des
alcooliques, des érotomanes, des impulsifs ou sim-

plement des porcs, n'ayant à traduire ou à satisfaire
que des passions ou des appétits de bêtes. Les
femmes de l'autre, pour être plus propres, n'en
sont pas plus vraies. Ce sont de délicieuses perru-
ches qui ont une boîte à musique à la place du
cœur. L'auteur en tire une psychologie subtile, raf-
finée ou maladive qu'on finit par s'assimiler, comme
on prend de la morphine ou de l'éther. Mais c'est
toujours artificiel et surtout malsain.

Eh bien ! quelque talent qu'on dépense à nous
peindre les accidents de l'alcoolisme ou de la névrose,
il faut oser dire que ce n'est là qu'une dépravation
de l'art. Il est déjà faux de prétendre, comme le
font les prosélytes du naturalisme, que le roman
doit être le décalque exact et minutieux de la réalité.
Mais cela fût-il vrai qu'il faudrait encore se réserver
la liberté du choix. Les fleurs, dans la nature, sont
aussi vraies que le fumier, et je ne sais pas pourquoi le réalisme artistique ou littéraire a fondé sa
théorie sur l'exploitation exclusive de la malpro-
preté.

De même, il reste dans notre société, toute viciée
qu'elle apparaisse, une forte majorité d'honnêtes
gens qui sont idéalistes, par principe et par goût,
et plutôt que de les contraindre à contempler la vie
dans « ses immondices et ses verrues » comme

disait Montaigne, j'imagine que le plus sûr moyen de leur plaire est de l'idéaliser.

Ces réflexions me sont venues en feuilletant, parmi des livres d'étrennes, l'édition nouvelles des *Trois Mousquetaires*. Voilà, du moins, des héros de roman dont la psychologie n'est pas compliquée ! Ils sont bien portants, comme le dit M. Dumas fils, dans ce monument de piété filiale et d'admiration attendrie qu'il vient d'élever, sous forme de préface, à la mémoire de son glorieux père. Bien portants, c'est le mot et c'est aussi leur plus précieuse vertu. On ne leur connaît point « d'humeurs peccantes », comme disaient les médecins de leur temps, point de lésions organiques ou cérébrales ; aucun souci de leur « état d'âme » et pas la moindre idée du pessimisme.

Ils sont sains de corps et d'âme, comme le sont toujours les hommes d'action, comme le seront, après eux, les grands sabreurs de l'épopée impériale, et cette belle santé est la clef de leur caractère, le conseil de leur vie ; c'est elle qui les fait « gais, spirituels, loyaux, intrépides, généreux, se dévouant jusqu'à la mort aux causes les plus nobles, aux sentiments les plus élevés ».

Ils aiment comment ils se battent, sans calcul, sans analyse et sans raffinement, suivant la bonne loi de nature, qui est aussi droite en ses penchants que simple en ses moyens. Leurs grands coups d'épée vont de pair avec l'intrigue enfantine qui occupe, en passant, leur cœur, et sans demander davantage à la vie, ils remplissent mieux leur jeunesse que des décadents, comme Chambige, par exemple, ou des forcenés comme Vaillant, qui sont les produits directs de la psychologie morbide ou de la sociologie naturaliste si témérairement exploitées par le roman de notre temps.

— D'accord, dira-t-on, mais ils ne sont pas vrais !
— Eh ! sans doute, ils ne sont ni réalistes ni réels. Ils n'ont été croqués ni dans un salon ni dans un assommoir. Alexandre Dumas n'a point noté leurs faits et gestes sur son calepin, comme M. Zola, par exemple, a noté les manifestations extérieures des saouleries de Coupeau ou les conversations saugrenues de Mes Bottes et de Bec Salé autour d'un saladier.

Ils sont plus grands et plus beaux que nature et c'est de cela qu'il faut les aimer. Il n'est point de héros historiques dont la tragédie ou l'épopée n'ait transfiguré le personnage et haussé la taille jusqu'aux proportions d'un demi-dieu. Eux aussi cessent d'être vrais dès qu'ils excèdent la mesure de l'humanité.

Mais ce qui est vrai, ce sont les fortes et saines émotions qu'ils éveillent ; c'est l'atmosphère de grandeur et de beauté morale qui les entoure ; c'est le glorieux privilège qu'ils ont d'entraîner les imaginations et les cœurs sur leurs traces, et de prêter aux plus humbles, aux plus obscurs, aux plus petits l'envie généreuse d'être semblables à eux. Ils initient ainsi la conscience populaire à la connaissance et à l'admiration des plus hautes vertus.

Par eux, des milliers et des milliers d'hommes échappent, pour quelques heures, aux vulgarités de la condition qui les absorbe ou les opprime, s'ennoblissent, en se délassant, dans le commerce de l'idéal, et il n'est si pauvre diable qui n'ait senti vibrer un instant en lui l'âme d'un martyr ou d'un paladin.

C'est une influence de cette sorte qu'exerça et que continue d'exercer Alexandre Dumas sur l'innombrable peuple de ses lecteurs, et il mérite, à ce titre, d'être compté pour l'un des grands bienfaiteurs de ce siècle. Conteur alerte, abondant et clair, il laisse couler sa veine, comme une fontaine laisse couler son eau, et charme indistinctement tous ceux qui l'écoutent, sans chatouiller jamais un instinct pervers. Il a le goût inné des camaraderies héroïques, l'admiration enfantine des personnages

19

épiques et des actions grandioses. Si le sort l'eût fait
naître, il y a trois mille ans, sur les rivages de la
mer Egée, il eût été Homère. Il serait allé de bourg
en bourg, chantant les héros et les combats autour
de Troie, Achille aux terribles colères, Ajax égal
aux dieux, et l'industrieux Ulysse, comme il nous a
conté, dans ses livres, l'intrépide d'Artagnan, le
puissant Porthos, le raffiné et subtil Aramis. Je
n'ose citer le noble Athos, parce qu'il est trop gen-
tilhomme pour avoir son pendant dans l'Iliade. Mais
ce n'est pas le fait d'une âme vulgaire que d'avoir
su produire une figure de mine aussi haute, et, de
même, ce n'est point un petit mérite que d'avoir
composé ces quatre physionomies aussi pittoresques
l'une que l'autre, quoique nettement distinctes, et
de les avoir su conduire à travers les péripéties de
l'action, sans que leurs traits s'altèrent ou se con-
fondent une seule fois.

Les augures du roman d'analyse me diront que ce
n'est là que de la littérature amusante. Mon Dieu,
oui ! Mais j'avoue que cela me suffit. On ne lit généralement que pour s'amuser ou pour s'instruire. Si
je veux m'instruire, ce n'est pas au roman que je m'a-
dresse, parce que les romanciers, qui ont parfois des
clartés de tout, n'ont de notion décisive sur rien. Ceux-
là surtout qui se piquent de reproduire la vie réelle

n'ont guère étudié que la surface des choses; ils sont
comme Victor Hugo, qui étudiait le vocabulaire de
toutes les professions, se faisait une provision de
termes techniques et les versait ensuite, par pa-
quets, dans ses vers, sans les entendre. Pour s'instruire, il faut s'adresser à ceux qui savent. Or, la
science, la philosophie, l'histoire, la critique ont
produit, en ces derniers temps, des œuvres aussi
profondes que solides, qui vous en apprendront
plus en un jour que toute une bibliothèque de romans.

Si je veux me distraire des ennuis, des vulgarités et des sottises de la vie réelle, je n'ai pas besoin
d'un livre qui m'y replonge, sous prétexte que c'est
vrai. Il me plaît de prendre un roman qui me
transporte dans un monde imaginaire où l'on me
conte des histoires qui ne sont pas vraies, mais qui
pourraient l'être. C'est affaire à l'auteur de doser
dans la juste mesure la vraisemblance et l'aventure,
de me peindre des héros en qui je reconnaisse
des hommes, et de joindre, s'il en est capable, le
charme du récit à l'originalité de l'invention.
Colomba, de Mérimée, est un modèle du genre.
Alexandre Dumas a donné un cadre plus vaste à ses
histoires, et comme il était naturellement exubé-
rant, il a beaucoup péché par prodigalité. Il n'en

reste pas moins un maître glorieux entre tous, et tel de ses romans vivra, j'imagine, plus d'années que tant de prétentieux et prétendus chefs-d'œuvre d'observation ne compteront de jours.

janvier 1894.

FIN

TABLE DES MATIÈRES

—

IMPRIMERIE CHAIX, RUE BERGÈRE, 20, PARIS. — 6592-4-94. (Encre Lorilleux).

www.ingramcontent.com/pod-product-compliance
Lightning Source LLC
Chambersburg PA
CBHW060932030726
47503CB00003B/559